바람의 언덕

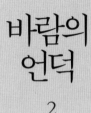

바람의
언덕

2

동여름 장편소설

고즈넉이엔티 GOZKNOCK ENT

바람의 언덕 2

초판 1쇄 발행 2018년 4월 15일

지은이 동여름
펴낸이 배선아
펴낸곳 (주)고즈넉이엔티

출판등록 2017년 3월 13일 제2017-000022호
주소 서울시 강서구 공항대로 649 제성빌딩 303호
대표전화 02-6269-8166 **팩스** 02-6166-9199
이메일 gozknock@naver.com

ⓒ 동여름, 2018
ISBN 979-11-88504-72-5   04810
       979-11-88504-70-1   (세트)

차례

9
뉴페이스

쿵, 소리와 함께 땅이 울렸다.

촬영 준비로 분주하게 움직이던 사람들이 동시에 소리 나는 곳을 돌아보았다. 멀리서 건물이 와르르 무너지는 소리가 들려왔다. 본격적으로 철거가 시작된 것이다.

나갈 준비를 마치고 집을 나서던 세원도 그 소리에 발을 멈추었다. 이제는 정말 이사를 준비해야 할 때였다.

큰 소리에 두려움을 느낀 강 여사가 신발을 신자마자 후다닥 달려 나갔다.

"엄마!"

놀란 세원이 스탭들 틈을 헤치고 강 여사를 쫓아 나갔다.

대문 앞에 도운이 서 있었다. 강 여사는 도운의 등 뒤에 숨었다. 친절하게도 그런 강 여사의 손을 도운은 꼭 붙잡았다.

"…철거 현장도 볼 겸 들렀어."

일정이 빡빡하다며 새벽같이 집을 나섰던 도운이었다.

"어머니가 많이 놀라셨나 보네."

걱정스러운 눈빛으로 도운이 말했다.

"홍세원은 괜찮아?"

세원은 고개를 끄덕였다.

도운은 남은 손 하나를 내밀며 말했다.

"오늘은 레지던스 말고 새 집에 가 있는 게 어때? 오래 머물러
야 하니까 적응도 할 겸."

특별 게스트가 초청되어 이번 주는 내내 세원이 출연할 필요가
없었다. 새 집에 적응하기엔 좋은 기회였다.

그러나 그 집엔 아직 살림살이들이 거의 마련되어 있지 않아 세
원은 답을 망설였다.

도운이 그녀의 마음을 읽기라도 한 것처럼 말했다.

"꼭 필요한 것들은 대충 넣어놨어."

최 팀장이 부지런히 움직여준 탓이었다.

"…정말요?"

세원이 눈을 동그랗게 떴다.

도운은 손목을 들어 시간을 확인했다.

"대충 옷가지 챙겨서 나와."

종종걸음으로 다시 방 안으로 들어가는 세원을 보며 도운은 흐
뭇하게 웃었다.

골목 초입에서 최 팀장이 차를 대고 기다리고 있었다.

철거가 시작된 곳이 입구 언저리라 꽝꽝 소리가 시끄럽게 울려왔다. 강 여사는 도운을 잡은 손에 힘을 꽉 쥐었다.

"어머니, 미안해. 촬영할 때 잠깐 멈춰야 해서 지금은 멈출 수가 없어."

강 여사는 고개를 끄덕였다. 강 여사의 어깨를 감싸며 도운이 말했다.

"빨리 가자."

강 여사가 차에 타자 도운은 밖에서 차 문을 닫아주었다.

도운이 함께 갈 수 없다는 걸 세원은 바로 눈치 챘다. 이 정도 쯤을 내준 것만으로도 고마운 일이었다.

"보일러 올려놓고 따뜻하게 있어. 저녁에 갈게."

아쉬운 마음에 슬며시 세원의 손을 잡으며 도운이 말했다.

"그리고…."

세원이 그를 올려다보았다.

"…홍 검사를 좀 만나봐야겠어."

뜻밖이었다. 잠시 잊고 있던 이름이 나오자 세원은 자신도 모르게 표정이 굳어지는 것을 느꼈다.

"또 무슨 일 있어요?"

떨리는 목소리로 물었다.

도운은 천천히 고개를 가로저었다. 그도 아직 홍 검사에게 전할 말이 완전히 정리된 상태는 아니었다. 장 탐정이 넘어와 봐야 정확히 결정할 수 있을 것 같았다. 다만 대화가 필요하다는 것만큼은 확실했다. 단 둘이, 허심탄회하게.

세원은 믿는다는 눈빛으로 도운을 바라보았다.

"이따 봐요."

이윽고 세 사람이 탄 차는 새 집을 향해 출발했다.

"엄마, 엄마도 진짜 마음에 들 거야."

강 여사는 딱히 듣고 있는 것 같지 않았지만 세원은 꿋꿋하게 말을 이어 나갔다.

"침대도 푹신하고, 창문도 크고, 바다도 잘 보이고, 마당도 있어. 정말 예쁜 집이야."

아늑한 새 집 풍경을 떠올리는 세원의 표정이 한껏 벅차올랐다.

세원의 예상대로 강 여사는 집이 마음에 쏙 든 눈치였다. 둘러보던 엄마는 이내 거실 소파에 앉아 평온한 표정으로 창밖을 응시했다.

최 팀장은 열린 창들을 닫고 보일러를 올려주었다.

"저는 그럼 가보겠습니다."

"네…."

최 팀장은 세원의 대답이 끝나기도 전에 서둘러 자리를 떴다. 평소답지 않게 다급해 보였지만 일이 바빠 그렇겠거니 생각하며 세원은 현관문이 닫히는 것을 바라보았다.

"엄마, 차 한 잔 마실까?"

"좋지."

부엌에 들어간 세원은 전기 포트에 물을 올려놓고 챙겨온 찻잎을 꺼내기 위해 캐리어로 향했다. 캐리어는 세원이 쓰게 될 작은 방 안에 놓여 있었다.

캐리어를 열고 짐을 뒤질 때 전화벨 소리가 울렸다. 도운인가 싶어 세원은 재빨리 가방에서 핸드폰을 꺼냈다.

화면 위에 떠 있는 이름은 도연이었다.

"…."

자신에게 영문 모를 모진 말을 남기고 서울로 떠나 버린 도연.

잠깐 동안 고민하던 세원은 조용히 수신 버튼을 눌렀다.

"여보세요."

전화기 너머에서는 아무 말이 없었다.

끊어버려야 하는 게 아닐까 생각했을 때였다.

"홍세원."

도연이 침묵을 깨고 입을 열었다.

세원은 침착하게 말했다.

"듣고 있어."

"하…."

힘겹게 입을 연 도연은 말을 이어가는 대신 한숨을 뱉어냈다.

가만히 듣고 있던 세원이 목소리를 높였다.

"뭔데."

그래도 도연은 쉽게 입을 열지 않았다.

"할 말 있음 해."

재차 세원이 재촉하자 그제야 도연은 말을 꺼냈다.

"화난 거 알아."

아무래도 사과를 하려는 것 같았다. 세원은 뾰로통한 표정으로 괜히 발끝을 내려다보았다.

"그런데, 내 말 진짜야."

"…뭐?"

사과 대신 도연의 입에서 나온 말에 세원은 다시 고개를 들었다.

"제발 헤어져."

"김도연."

세원은 미간을 찌푸리며 핸드폰을 고쳐 잡았다.

"대체 왜 이러는 건데?"

도연은 아랑곳하지 않고 말을 이어나갔다.

"자세히는 말 못해, 근데…."

도연의 말끝에 또다시 한숨이 따라붙었다.

동시에 삐익, 부엌에서 끓어오른 전기포트가 소리를 냈다. 힐끔 부엌 쪽을 보며 세원은 무심히 말했다.

"끊을게."

그러자 다급해진 도연이 말을 뱉어냈다.

"그 사람, 결혼할 여자 따로 있어."

전화를 끊으려던 손짓을 멈추고 세원은 다시 팔을 들어올렸다.

"그러니까 더 상처받기 전에 헤어져."

"…그게 무슨 말이야."

세원은 진심으로 지금 자신이 무슨 말을 들었나 싶어 눈을 깜빡거렸다.

"정말로 너 걱정해서 하는 말이야."

"잠깐만…."

"다 정리하고 엄마 모시고 서울 올라와. 내가 도와줄게."

도연의 목소리에서 진심이 느껴져 더 당혹스러웠다.

"나 지금 무슨 말인지 하나도 모르겠어."

떨리는 세원의 목소리에 답답한 것은 도연도 마찬가지였다.

"결혼할 여자가 누군데? 네가 그걸 어떻게 아는데?"

믿을 수 없다는 듯 세원은 다시 물어왔다.

"…그건 말 못 해."

이번엔 어물쩍 회피하는 도연이었다.

세원은 천천히 고개를 가로저었다.

"그럼 안 믿어."

"홍세원, 내가 말했잖아, 아들은 아버지를 닮는…."

뚝.

세원은 차마 그 말을 끝까지 듣지 못하고 전화를 끊어버렸다.

'말도 안 돼.'

주저앉듯 그대로 쪼그려 앉은 세원은 침착하려 애썼다. 상상할 수 없는 일이었다. 도운은 그런 기미조차 보인 적이 없었다. 이건 분명 도연이 만들어낸 거짓말일 거라고 세원은 생각했다.

차분히 부엌으로 돌아간 세원은 다시 전기포트의 전원 버튼을 눌렀다. 한 번 끓어올랐던 물은 금방 뜨겁게 달아올랐다. 멍하니 차가 우러나는 것을 지켜보면서 세원은 오히려 도연을 걱정했다. 도연은 부잣집에서 남부러울 것 없이 자라온 딸이었다. 부모님과 사이도 돈독한 편이었다. 혼외 자식 얘기에 왜 그렇게 열을 내는지 정말 모를 일이었다.

그때였다.

세원은 이상한 시선을 느끼고 고개를 들었다. 부엌과 통하는 다이닝 룸의 큰 창문 쪽이었다. 우려진 차를 쟁반에 챙겨 들고 거실로 향하던 세원은 잠시 멈춰 서서 창문 밖을 내다보았다.

집 앞에 뜬금없는 외제 차 한 대가 서 있었다. 선명한 붉은 색깔을 자랑하는 고급 SUV 차량이었다.

낯선 차를 보며 세원은 묘한 기분을 느꼈다.

쟁반을 식탁 위에 내려놓은 다음 창문 가까이 다가가 블라인드를 완전히 젖혔다. 검게 코팅된 차창 안쪽은 아무것도 보이지 않았다. 주변을 둘러보았지만 오가는 사람도 없었다.

고민하던 세원은 혹시 모를 위험에 대비하는 것이 낫겠다고 생각했다. 어쩌면 새로 차를 뽑은 새언니일지도 몰랐다. 이 집을 어떻게 알아냈는지는 모르겠지만.

세원은 작은 방으로 다시 들어가 내던지듯 두고 나왔던 핸드폰을 가지고 나왔다. 일단 사진을 찍어두는 게 좋을 것 같다는 생각이었다.

세원이 핸드폰을 들어 렌즈를 창문 쪽으로 향하자, 스르륵 차창이 열렸다.

아주 커다란 선글라스를 쓴 여자가 차 안에 앉아 있었다. 여자는 잠시 세원을 바라보다 이윽고 차 문을 열고 내렸다. 큰 키에 명품 투피스를 차려입은 여자는 한눈에도 시원한 인상이었다.

새언니와 닮기는커녕, 태어나서 처음 보는 얼굴이었다. 아무래도 집을 잘못 찾아온 사람인 것 같다는 생각을 할 때였다.

대문 앞에 선 여자가 선글라스를 살짝 내려 맨눈으로 세원을 바라보았다. 큰 창과 좁은 마당을 사이에 두고 둘의 시선이 부딪쳤다.

여자의 살짝 올라간 눈이 매력적인 인상을 주었다. 세원을 바라보던 여자는 고개를 갸우뚱하며 선글라스를 벗었다. 웃음기 섞인 얼굴에 패인 인디언 보조개가 한결 샐쭉함을 더해주었다.

영문 모를 표정으로 여자를 마주보던 세원에게 여자는 한쪽 손을 천천히 들어올렸다. 그리고 대문 쪽을 가리켰다.

당황한 세원은 엄마를 돌아보았다. 강 여사는 소파에 누워 잠든 것 같았다.

잠시 기다리던 여자는 세원이 움직이지 않자 벨을 누르려는 듯 손가락을 들어올렸다.

결국 세원은 엄마가 깰까 봐 황급히 손을 들었다. 자신을 향해 펼쳐진 손바닥을 보고 여자는 순순히 벨을 누르지 않고 기다렸다.

세원은 인터폰으로 향했다. 꼴깍, 침을 삼키고 현관 카메라 버튼을 눌렀다.

"누구세요?"

기다렸다는 듯 여자의 입에서 반말이 나왔다.

"너구나, 상간녀."

세원은 자신의 귀를 의심했다. 처음 보는 여자에게 왜 대뜸 이런 말을 들어야 하는지 모를 일이었다.

"저기…."

잘못 찾아온 것 같다는 말을 전하려 할 때였다. 불현듯 도연이 했던 말이 떠올랐다.

'그 사람, 결혼할 여자 따로 있어.'

설명할 수 없는 불길한 기운이 세원의 온몸을 에워쌌다.

'…설마.'

자신이 너무 예민한 탓이라고 생각했다. 아직 이 집이 낯설고, 지금 도운이 곁에 없기 때문일 거라고. 불길한 생각을 털어내려는 듯 세원은 세차게 고개를 흔들었다.

"문 열어. 잘못 찾아온 거 아니야."

인내심이 바닥났다는 표정으로 여자는 카메라 가까이 얼굴을 들이댔다.

"누구…."

세원은 떨어지지 않는 입술에 힘을 주었다.

"…누구신데요."

여자는 대뜸 반말을 하고 있는데 자신은 왜 존댓말을 하는지 모를 일이었다.

드디어 상대가 반응했다는 게 반갑다는 표정으로 여자는 한 걸음 물러섰다.

"나…."

잠시 자신을 설명할 말을 찾던 여자는 화면을 향해 대답했다.

"공도운 약혼녀."

삑.

그 말이 신호라도 된 듯 대문이 열렸다.

소희는 피식, 웃음을 흘렸다. 분명 세원은 지금 충격과 공포에 질려 있을 것이다.

소희의 예상대로, 공도운이란 이름에 자신도 모르게 문 열림 버튼을 누른 세원은 두려움에 손을 떨었다. 이미 여자는 마당을 걸어 들어오고 있었다. 여자의 걸음에 맞추어 마당의 흙이 패이는 미세한 소리가 세원의 귀에 들려왔다.

세원은 재빨리 현관문으로 향했다. 여자가 현관문 앞에 도착했을 때 다행히 타이밍을 맞추어 문을 열었다. 여자가 집 안에 발을 들일 틈이 없도록 세원은 밖으로 나가 현관문을 닫아버렸다.

"…."

상대의 뜻을 알아차린 소희는 빈정이 상했다.

"여기 어떻게 알았죠?"

세원은 소희에게 지지 않으려 온몸에 힘을 주었다. 소희는 세원의 얼굴을 뜯어보며 딴 소리를 했다.

"…생각보다 더 어리네."

야무지게 다문 입술, 젖살이 아직도 전부 빠지지 않은 동그란 볼이 세원의 나이를 알려주고 있었다.

"여기 어떻게…."

"왜 그 질문이 먼저 나오지?"

세원이 재차 물었지만 소희는 말을 끊어버렸다.

"진짜냐고 먼저 물어봐야지."

세원에겐 의미 없는 질문이었다. 이 여자가 누구든, 그것은 분명 거짓말이었다. 아니, 거짓말이어야 했다.

"직접 물어볼 거예요."

세원은 목소리가 떨리지 않도록 애썼다.

"도운… 씨한테."

도운 씨라는 호칭에 여자의 표정이 잠깐 찌푸려졌다.

"…좋아."

잠시 마당을 둘러보던 여자는 한편에 놓인 간이의자로 걸어가 앉았다. 굽 높은 힐에 묻은 흙으로 바닥이 엉망이 되었다.

여자는 편하게 다리를 꼬고 앉더니 구두를 벗어 흙을 털어냈다. 마치 제 집 앞마당에 앉아 있는 느낌이었다.

"여기 어떻게 알았냐고? 있잖아, 대한민국에서는 돈만 있으면 못 알아낼 게 없어."

오만하기 그지없는 말투였다. 세원은 기분이 나빠져서 눈을 가늘게 떴다.

여자는 그런 세원이 귀엽다는 듯 웃어젖히더니 말했다.

"너 방송 나온 거 봤어. 김 피디가 애 좀 썼더라? 도운 오빠도 한몫했겠지만."

자신이 아는 사람을 친근하게 부르는 여자에게 세원은 거부감부터 들었다. 김 피디건, 도운이건, 어떻게 아는 사이일까, 하는 물음이 세원의 얼굴에 투명하게 떠올랐다. 그것을 캐치한 여자가 반대쪽 구두를 털며 말했다.

"내가 빼라고 했어."

"…?"

영문 모를 말에 세원이 여자를 똑바로 바라보았다.

여자도 똑바로 앉아 세원을 마주보았다.

"방송에 나오는 게 보기 싫어서."

"그게 무슨…."

"집 주인 딸이 한두 번도 아니고 계속 나오니까 지겹더라고."

특별 게스트 때문에 방송에 출연하지 않게 된 게 갑작스럽긴 했다. 하지만 이번 주만 그렇게 진행될 뿐, 다음 주는 원래대로 출연하는 줄 알고 있었다.

"내일 촬영하는 것도 말이야. 정규편성에서 빠질 것 같은데."

건태와 함께 촬영하기로 한 윤 피디의 프로그램을 말하는 것 같았다.

"…오빠랑 헤어진다고 약속하면 그건 건드리지 않을게."

"도대체…."

세원은 당황스러울 수밖에 없었다. 여자가 말하는 것들은 관계자가 아니면 알기 어려운 이야기여서 허언이라고 단정하기도 어려웠다.

"어때?"

소희는 세원이 얼떨떨해 할 때 더 몰아붙일 요량이었다.

하지만 오히려 그게 세원을 자극했다. 듣자 듣자하니 여자는 무시와 협박으로 일관하고 있었다. 발끈한 표정으로 세원은 말했다.

"내가 왜요?"

사실 방송은 하지 않으면 그만이었다. 세원은 방송을 업으로 삼는 사람도 아니고, 출연하지 않는다고 딱히 손해 볼 것도 없었다.

정규 편성이 취소되면 윤 피디에게는 타격이 클 테니 내일 프로그램은 자신이 출연을 고사하면 될 일이었다. 고작 그런 것들을 위해 도운과 헤어지라니, 세원에게는 도무지 말이 되지 않는 소리였다.

소희는 답답하다는 얼굴로 의자에서 일어섰다.

"내 이름, 최소희. 이따 한 번 검색해봐. 내가 누군지 내 입으로 말하기엔 좀 장황해서 말이야."

뜬금없이 자신의 이름을 각인시키는 여자.

"이제 네가 왜 오빠랑 헤어져야 되는지 똑똑히 얘기해줄게."

그녀는 세원의 바로 앞까지 다가와 말을 이어나갔다.

"오빠는 나랑 결혼하는 조건으로 호적에 올라갈 거야. 공식적으로 그룹 후계자가 되는 거지. 그리고 동시에 우리 그룹 사위가 되는 거고."

'우리' 그룹이라는 말이 세원의 귀에 꽂혔다. 이 여자 또한 어느 재벌가의 딸이라는 것을 알 수 있었다.

"만약에 말이야, 그럴 일은 없겠지만 백 번 양보해서 오빠가 너랑 결혼한다고 치자. 그럼 오빠는 모든 걸 잃어버리는 거야."

세원은 아직 침착했지만 얼굴엔 차츰 분한 표정이 떠오르고 있었다.

소희는 승기를 잡기 위해 목소리를 높였다.

"호적에도 오를 수 없고, 후계자도 될 수 없고, 회장님이 돌아가시는 순간 바로 그룹에서 내쳐질 거야. 지금까지 오빠가 해온 게 전부 물거품이 된다고, 너 하나 때문에."

결국 그 말에 세원의 눈동자가 파르르 떨렸다.

소희는 희미한 걱정 하나가 사라지는 것을 느꼈다. 만에 하나라도 세원이 그저 재력만을 보고 도운을 만나는 것이라면 이런 논리는 먹히지 않을 수도 있었다. 그러나 이 어린 시골 아가씨는 그저 진심을 다해 도운을 사랑하는 것 같았다. 그런 세원을 보고 노파심이 들어 소희는 친절하게 한마디를 더 던졌다.

"…좋은 추억이었다고 생각해. 거기까진 문제 삼지 않을 테니까."

하지만 그 말이 세원의 마음에 더 선명한 상처를 남겼다.

그런 세원을 가만히 내려다보다 소희는 자리를 떴다.

"아, 맞다."

차에 타기 전에 문득 돌아보며 선심 쓰듯 말했다.

"혹시 돈 필요하면 편하게 얘기해."

친절을 가장한 앙칼진 목소리가 담을 넘어왔지만 세원은 미동도 하지 않았다.

소희는 자신의 명함을 꺼내 우편함에 넣었다. 통통, 우편함에 넣었다는 것을 알려주기 위해 손으로 쳐서 소리까지 냈지만 세원은 바라보지 않았다.

소희의 SUV가 부드러운 소리를 내며 집 앞을 떠날 때까지, 세원은 그대로 한참을 서 있었다. 완벽하게 주변이 고요해지자 그제야 세원의 무릎이 힘없이 꺾였다. 어찌나 세게 깨물었는지 입술에는 피가 맺혀 있었다.

아직은 받아들이고 싶지도, 생각을 정리하고 싶지도 않았다. 하지만 어쩔 수 없이 강렬하게 여자의 이름이 머릿속에 남았다.

세원은 주머니에 넣어두었던 핸드폰을 꺼내들었다. 떨리는 마음으로 최소희, 세 글자를 입력했다.

단번에 포털사이트에 인물 정보가 떠올랐다. 최소희라는 이름

옆에는 기업인이라는 직함이 달려 있었다. 정장을 차려입은 프로필 사진 속 여자는 방금 그 여자가 분명히 맞았다. 그리고 여자의 소속은 세원이 촬영 중인 방송국이 속한 대기업이었다.

스크롤을 내리자 관련된 기사도 여럿 있었다. 촉망받는 기업인, 유학, 해외연수 그리고 혼담. 정확히 상대가 누구인지 명시되어 있진 않았지만 꽤 큰 규모의 혼담이 오가고 있다는 내용의 기사였다.

전부 다 읽은 세원의 마음속에 떠오른 생각은 한 가지였다.

'잘 어울려.'

분했지만 사실이었다. 속상함에 방울방울 눈물이 터져 나오고 있었지만 부정할 수 없었다. 그대로 한참을 주저앉아 있던 세원은 창문을 두드리는 소리에 고개를 들었다.

어느새 잠에서 깬 엄마가 걱정스러운 얼굴로 다이닝 룸에서 자신을 내려다보고 있었다.

세원은 애써 눈물을 삼키고 자리에서 일어났다. 오랫동안 구겨졌던 다리가 저려왔다. 순간 휘청거렸지만 세원은 넘어지지 않고 똑바로 섰다.

"차… 마시자, 엄마."

스스로를 다독이듯 조용히 읊조리고는 집 안으로 들어갔다.

세원이 폭풍 같은 시간을 보내고 있는 것도 모른 채, 도운은 몰아치는 일 때문에 시간이 어떻게 지나가는지도 몰랐다.

저녁 식사만큼은 세원과 함께 하려고 했지만 장 탐정의 보고를 듣기 위해서는 그 시간조차 낼 수 없었다.

결국 도운은 세원에게 간단하게 문자를 한 통 넣어두고 자신의 사무실에서 장 탐정을 맞이했다. 최 팀장이 사온 햄버거가 세 사람의 저녁 식사였다.

인사를 나눌 새도 없이 장 탐정의 보고가 시작되었다.

"요약해서 말씀드리자면, 홍 검사의 장인어른은 미국에는 가본 적도 없다고 합니다."

"…"

어느 정도 예상했던 말이었지만 놀랄 수밖에 없었다. 햄버거를 먹으며 도운과 최 팀장은 의미심장한 시선을 교환했다.

"딸과는 연락이 끊긴 지 몇 년 됐고, 결혼했다는 것도 최근에야 들었답니다."

"뭔가 문제가 있었던 건가요?"

최 팀장이 고개를 갸우뚱하며 물었다. 그러나 장 탐정은 고개를 가로저었다.

"오히려 놀라울 정도로 평범한 집안이었습니다. 홍 검사 와이프 가 말한 것처럼 부잣집은 아니지만, 엄청나게 가난한 집도 아니었어요. 부모님들도 사이가 좋아 보였고, 혹시나 해서 이웃들 탐문 까지 하고 왔는데 걸린 게 없습니다."

도운은 묵묵히 햄버거를 먹으며 생각을 정리했다. 도운의 답을 기다리던 장 탐정도 조용히 햄버거를 베어 물었다.

잠시 사무실에는 침묵이 흘렀다.

다들 어느 정도 식사를 마치자 그제야 도운은 고개를 들어 장 탐정을 바라보았다.

"먹으면서 들으세요."

도운은 자리에서 벌떡 일어났다. 잠시 동안 사무실을 서성인 후에야 도운은 다시 입을 열었다.

"일단, 홍 검사는 전혀 모르고 있는 것 같습니다."

장 탐정도 어느 정도 동의한다는 듯 고개를 끄덕였다.

"홍 검사는 내가 만나볼게요. 그리고… 우리가 찾아낸 사기 피해자가 하나 더 있어요."

장 탐정이 의문의 눈빛으로 최 팀장을 바라보았다.

장 탐정 모르게 진행한 조사라 최 팀장은 스윽 시선을 피했다.

"중요한 건, 그 사건을 조사하다 알아낸 건데. 홍 검사 와이프가 우리 그룹 쪽에 연이 닿아 있다는 겁니다."

"네?"

"승진 정보. 그쪽에서 흘러나갔어요."

장 탐정은 믿을 수 없다는 표정으로 도운을 바라보았다.

밤이 깊어서야 도운의 업무는 일단락되었다.

세원은 다음날 촬영을 위해 일찍 잠들었는지 전화를 받지 않았다. 방해하지 않으려 도운은 레지던스로 돌아왔지만 현관에 들어서자마자 후회가 들었다. 이제는 이곳이 그저 휑한 무덤처럼 느껴졌다.

허전한 마음을 달래려 도운은 찬장 문을 열었다. 오래전에 넣어둔 고급 위스키가 잠들어 있었다. 위스키를 잔에 따라 들고 독한 향을 느끼며 도운은 창가로 향했다. 오늘 해결하지 못한 것이 두 가지 있었다. 위스키를 삼키며 도운은 천천히 그것들에 대해 생각했다.

한 가지는 공 회장에게 넣은 연락이었다.

도운은 공 회장에게 현장 방문을 권했다. 실질적인 명분은 사업에 힘을 실어달라는 것이었다. 하지만 도운의 최종 목표는 세원과 함께 식사 자리를 마련하는 것이었다. 일단 눈도장을 찍은 다음 훗날을 도모할 작정이었다.

문제는 너무나도 빼곡한 공 회장의 스케줄이었다. 한시라도 마음이 급했지만 공 회장의 일정을 마음대로 바꿀 수는 없었다. 기약 없이, 공 회장은 시간이 나면 내려오겠다고만 했다. 도운에겐 반쪽짜리 대답에 불과했다.

또 한 가지는 홍 검사와의 만남이었다.

홍 검사는 핸드폰도 꺼둔 채 휴가를 떠났다. 어디로 갔는지는 사무실 직원들도 알지 못한다고 했다. 불길한 생각이 들었지만 기다리는 것 외에는 방법이 없었다. 휴가가 끝나려면 며칠의 기한이 남아 있었다.

어느새 잔이 비었다.

도운은 아쉬운 마음에 한 잔을 더 따라 들고 핸드폰에서 세원의 사진을 찾아냈다. 경복궁에 갔을 때 함께 한복을 입고 찍은 사진이었다.

도운은 피식 웃으며 세원의 얼굴에 장난스럽게 잔을 부딪쳤다.

"짠."

남은 위스키를 털어 넣으며 도운은 마음이 조금 편안해지는 것을 느꼈다.

같은 시각, 세원은 뜬 눈으로 밤을 지새우고 있었다.

도운이 오면 더 마음이 심란해질 것을 알기에 일찍 잠든 척했다. 하지만 막상 도운이 없는 밤은 너무 쓸쓸했다. 애써 눈을 감고 이불 속으로 파고들어 보았지만 눈물이 멈추지 않았다. 조금만 도운을 생각해도 눈물이 계속해서 흘러나왔다.

아침에 눈이 부을까 걱정된 세원은 입술을 깨물며 스스로를 다독였다.

'지금은 촬영 생각만 하자.'

그러나 촬영장에 갈 생각을 하니 또 걱정거리가 떠올랐다.

도운은 촬영장에 가서 약혼자가 있다고 밝히라 했다. 건태를 위해서도 나쁘지 않은 아이디어였지만 문제는 소희였다. 그 말을 완전히 선전포고로 받아들이면 어쩌나 싶어 세원은 골치가 아팠다.

"하…."

어지러운 생각 끝에 떠오르는 것은 결국 도운의 얼굴이었다. 씩 웃어버리는 그 얼굴이 간절하게 보고 싶었다. 도운에게 모든 것을 솔직하게 말할까도 생각해보았다. 하지만…

소희의 말이 계속 세원의 머릿속을 어지럽혔다.

'만약에 말이야, 그럴 일은 없겠지만 백 번 양보해서 오빠가 너

랑 결혼한다고 치자. 그럼 오빠는 모든 걸 잃어버리는 거야.'

그 말을 생각하니 또다시 눈물이 차올랐다.

다음날 아침, 미리 신청해둔 요양보호사와 바통 터치를 한 세원은 일찌감치 집을 나섰다. 여전히 약혼 얘기에 대해서는 확신이 서지 않았다. 그러나 다행인지 불행인지, 세원이 걱정했던 상황은 아예 찾아오지 않았다. 건태의 폭탄선언 때문이었다.

"나 군대 가."

건태는 아무렇지도 않게 웃는 얼굴로 말했다.

"네?"

세원은 귀를 의심했다. 물론 언젠가는 갈 거라는 걸 막연하게 알고 있긴 했다. 입대를 회피하는 것은 건태의 성격에도 맞지 않았다. 그래도 막상 그가 군대에 간다고 생각하니 세원은 겁이 났다.

"왜…."

아직은 어리고, 쌓아야 할 커리어도 많은데. 왜 지금인지, 자신도 모르게 물었는데 곧 어리석은 질문이었음을 깨달았다.

"다녀와서 새로 시작하려고."

건태의 열애설은 잠잠해졌지만 아무래도 인기는 한풀 꺾인 상태였다. 배우로서 아직 굳건하게 자리를 잡은 상황도 아니어서 나름대로 고민이 많았던 모양이었다.

"선배…."

안타까운 마음에 세원은 그를 불러보았지만 해줄 수 있는 게 없었다.

건태는 웃으며 말했다. "면회 와, 도연이랑 같이."

세원은 차마 마주 웃을 수가 없었다.

"자… 그래서 오늘, 건태 씨 입대 전 마지막 여행 콘셉트로 가려고요."

윤 피디였다. 시무룩해 보이는 세원을 의식한 듯 윤 피디는 애써 씩씩하게 굴었다.

"세원 씨, 우리 웃으면서 해요. 그래야 건강하게 돌아오지."

맞는 말이었기에 세원도 미소를 지으며 고개를 끄덕였다.

방송은 윤 피디의 말대로 입대 전, 건태가 마지막으로 고향을 둘러보는 콘셉트로 진행되었다. 세원은 건태와 함께 학교를 둘러보고, 근처 음식점을 돌아보았다. 세원의 약혼 얘기 따위는 발붙일 틈이 없는 진행이었다. 세원은 그저 친오빠를 군대에 보내는 여동생의 심경으로 건태를 바라보았다. 방송을 보고 있을 수많은 팬들과 같은 마음이었다.

"꼭 면회 갈게요."

촬영이 끝날 때쯤 되어서야 건태가 입대한다는 현실을 받아들일 수 있었다.

건태는 따뜻한 미소를 지어보였다. 어쩐지 울컥하는 마음이 들게 만드는 미소였다. 그는 끝까지 고건태답게 의젓하고 의연했다.

그것은 세원에게도 강렬한 인상을 남겼다. 피할 수 없다면 받아들이고 강건하게 행동해야 한다고, 세원은 생각했다.

"내일 내려가마."

갑작스러운 전화였다.

반가운 말이었지만 급박한 일정에 도운은 다급하게 스케줄러를 넘겼다.

"괜찮겠지?"

도운의 대답이 선뜻 나오지 않자 공 회장이 물었다.

"네, 몇 시쯤…."

"점심 때 보자."

"알겠습니다."

통화는 간단하게 종료되었다.

잠시 얼얼한 표정으로 화면을 보던 도운은 곧 정신을 차리고 내선 전화 버튼을 눌렀다. 곧바로 최 팀장이 사무실에 나타났다.

"내일 점심, 아버지 방문."

도운은 다시 어딘가로 전화를 걸며 짤막하게 전달했다.

최 팀장의 얼굴에 당황한 기색이 떠올랐다.

"…."

그러면서도 의전 코스를 머릿속으로 재빨리 정리하는 듯했다.

세원은 아직 촬영 중인지 전화를 받지 않았다. 도운은 급한 마음에 핸드폰을 든 채 자리에서 일어났다.

"현장 갔다가 점심 먹고 올라가시는 걸로 대충 일정 잡아줘. 그리고…."

갑자기 말이 끊겼다. 도운의 시선이 머무는 곳으로 최 팀장이 돌아보았다.

사무실 문 앞에 홍 검사가 서 있었다.

종이컵 안에 담긴 녹차에 시선을 둔 채 홍 검사는 한참 동안 말이 없었다. 의외의 방문이었다. 휴가를 떠났다던 홍 검사의 얼굴엔 심란한 기색이 역력했다.

"저기…."

언제까지고 홍 검사가 그대로 앉아 있을 것 같아 불안해진 도운이 입을 열었다.

홍 검사는 정신을 차린 듯 고개를 들었다.

"아, 제가 시간을 너무…."

그러면서도 선뜻 입이 떨어지지 않는지 홍 검사는 뜸을 들였다.

"…지난번에 세원이가 좀 이상한 이야기를 하더군요."

드디어 입을 연 홍 검사는 여전히 찻잔만 보며 이야기를 이어 나갔다.

"내 집이나 잘 지키라고요. 흘러 넘겼지만 혹시나 하는 마음에. 아니, 어쩌면 그 전부터 어렴풋하게 이상하다는 생각을 했을지도 모릅니다."

홍 검사는 혼란스러워 보였지만 도운은 잠자코 그의 이야기에 귀를 기울였다.

문득 홍 검사는 도운을 보며 물었다.

"전부 알고 있었습니까?"

도운은 잠시 망설였지만 이내 고개를 끄덕였다.

"그렇군요."

홍 검사는 체념한 듯한 표정을 지었다. 도운은 홍 검사가 어디까지 알아냈는지 궁금했다. 무슨 생각으로 자신을 찾아왔는지도.

"혹시…."

조심스럽게 입을 떼었지만 홍 검사는 도운이 물을 틈을 주지 않았다.

"드릴 말씀이 있어 왔습니다. 협력해주셨으면 합니다."

협력이라는 단어에 도운의 눈이 가늘어졌다. 홍 검사는 다시 말을 이어나갔다.

"골프 모임에서 만났다고 합니다. 공 전무를요."

홍 검사 와이프와 둘째 형의 인연은 장 탐정이 조사 중이었다. 생각보다 쉽게 풀려버린 미스터리에 도운은 맥이 빠지는 느낌이었지만 티내지 않고 알고 있었다는 듯 고개를 끄덕였다.

"…역시 거기까지 알고 계셨군요."

도운의 연기가 괜찮았는지 홍 검사는 꽤 놀란 표정을 지었다.

"그럼 바로 말씀드리겠습니다."

진지한 표정으로 홍 검사는 말했다.

"공 전무를 사기 공범으로 묶어 고소할 생각입니다."

뜻밖의 말에 도운은 자신의 귀를 의심했다.

"이유는 간단합니다. 처벌을 피하려면 피해 금액을 돌려줘야 하는데, 저희 부부한테는 그럴만한 돈이 없기 때문입니다."

"잠깐만요. 그래서 그걸 공 전무가 낸다?"

황당하다는 표정으로 묻는데도 홍 검사는 눈썹 하나 까딱하지 않았다.

"네."

"하지만…."

아무리 얄미운 형이라고 해도 사실은 짚고 넘어가야 했다. 사기는 홍 검사 와이프의 단독 범행이었고 공 전무는 그 사기극에 놀아났을 뿐이었다.

"…무슨 말을 하실지 알고 있습니다. 그렇지만 빠져나갈 방법이 그것뿐입니다."

홍 검사가 파악한 와이프의 만행은 도저히 혼자서는 감당해낼수 있는 수준이 아니었다.

"물론 공 전무가 선뜻 그 돈을 내진 않을 겁니다."

도운을 물끄러미 바라보던 홍 검사가 침을 꼴깍 삼키고 말을 꺼냈다.

"그걸 상무님이 설득해주십시오."

"뭐?"

도운의 말이 짧게 튀어나갔다. 홍 검사는 도운을 향해 고개를 숙였다.

"공 전무도 송사에 휩쓸리는 건 싫을 겁니다. 그리고 엄밀히 말하자면 일말의 책임도 있습니다. 의도를 몰랐다 해도 그 자리에 동석했으니까요."

도운은 눈을 가늘게 뜨며 자리에서 일어섰다.

"이보세요, 홍 검사님."

그러나 홍 검사는 다급하게 말을 이어나갔다.

"일단 돈을 내고 나면, 그게 약점이 될 겁니다."

무슨 말인가 싶어 도운은 홍 검사를 내려다보았다.

"고소는 취하되고 아무 일도 없었던 것처럼 돌아가겠지만… 상무님과 저만 아는, 공 전무의 약점이 생기는 겁니다."

"그게 무슨….'

"일단 돈을 냈다는 것은 어느 정도 혐의를 인정하는 거니까요."

함정을 파는 수순이었다. 도운의 눈빛이 잠시 흔들리는 것을 본 홍 검사는 지금이라 생각하고 밀어붙였다.

"언젠가 상무님이 필요로 하실 때, 제가 증언하겠습니다."

"하….'

간곡한 말에 도운은 한숨이 절로 나왔다.

"왜 이렇게까지 하시는 겁니까?"

그 질문에 홍 검사의 표정이 어두워졌다.

"…제 책임이라는 생각이 들었습니다, 와이프가 이렇게 된 게."

홍 검사답지 않게 거만함도, 경솔함도 없는 말이었다.

"세원이한테도 잘하고, 반성하며 살겠습니다. 한 번만 용서해주십시오."

홍 검사가 왜 자신에게 용서를 구하는지 모를 일이었지만 도운은 마음이 무거워지는 기분이었다. 안하무인이던 홍 검사가 이렇게까지 나올 필요가 있나 싶을 때, 예전에 세원이 했던 말이 생각났다.

설마 하는 마음으로 도운은 질문을 던졌다.

"와이프 분을… 진심으로 사랑하시는 겁니까?"

반신반의하며 던진 말이었지만 홍 검사는 진지한 표정으로 고개를 숙였다.

"…네. 도와주십시오."

다른 누구도 아닌 홍 검사 입에서 도와달라는 말이 나오자 도운은 충격을 감출 수 없었다.

홍 검사는 당장 무릎이라도 꿇을 기세였다. 도운은 난감한 얼굴로 그런 홍 검사를 내려다보았다.

홍 검사의 제안은 분명 솔깃했지만 도운은 선뜻 홍 검사의 손을 잡을 수가 없었다. 홍 검사의 수는 도박과도 같았다. 뜻대로 풀리지 않을 경우 위험할 수도 있었다. 도운은 거기까진 감당하고 싶지 않았다.

'일단 아버지를 만나보고…….'

세원을 만났을 때 공 회장의 반응이 관건이었다. 거기에 따라 도운의 움직임도 달라질 예정이었다.

"……판단은 보류하겠습니다."

홍 검사는 어쩔 수 없다는 듯 고개를 끄덕였다.

"저도 오늘 확실한 대답을 들을 생각은 없었습니다."

생각보다 침착한 홍 검사의 반응에 도운은 의외라는 듯 그를 바라보았다.

"다만……."

홍 검사는 간곡한 표정으로 도운을 마주 보았다.

"피해자 정보가 필요합니다."

최 팀장이 만났던 한 사장의 정보를 말하는 것이었다. 그 정도는 도운도 제공할 의향이 있었다.

"좋습니다."

도운은 자리에서 일어나 다시 최 팀장을 호출했다.

"만약 한 사장이 고소를 안 하겠다고 하면 어떻게 되는 겁니까."

우려 섞인 도운의 질문에 홍 검사는 완고하게 대답했다.

"돈을 받을 수 있는 유일한 방법이라는 걸 알면 무조건 할 겁니다."

논리적인 답변에 도운도 고개를 끄덕였다.

홍 검사는 자료를 받아들고 곧장 돌아갔다. 홍 검사가 떠나자마자 도운은 다시 세원에게 전화를 걸었지만 연결되지 않았다.

급한 마음에 도운도 사무실을 나섰다. 공 회장 맞을 준비로 분주한 직원들에게 도운은 저녁 챙겨 먹으라는 말을 남기고 바람같이 사라졌다. 그런 도운의 뒷모습을 최 팀장이 걱정스러운 눈길로 보았다.

출발하면서 도운은 다시 한 번 세원에게 전화를 걸었다. 이번엔 핸드폰이 아예 꺼져 있었다. 도운이 알기론 세원의 촬영은 저녁식사 전에 끝나야 했다. 요양보호사가 그 시간이면 무조건 돌아가야 하기 때문이었다. 혹시라도 촬영이 늦어지는 바람에 강 여사가 혼자 있을까 봐 도운은 속도를 올렸다.

순식간에 도운은 집에 도착했다. 삐릭, 익숙한 소리를 내며 현관문이 열렸다. 집 안은 조용했다.

"…."

육중한 현관문이 제자리로 돌아가 닫힐 때까지, 센서 등만 켜졌다 꺼졌을 뿐 집 안엔 아무런 기척이 없었다.

"나 왔어."

허공에 대고 도운은 외쳐보았다. 하지만 대답하는 사람이 없었다.

도운은 커튼을 걷어 거실을 조금이나마 밝혀 보았다. 딱히 달라 보이는 건 없었다. 부엌도 깨끗했고, 다이닝룸도 잘 정리되어 있었다.

강 여사가 혼자 잠을 자고 있나 싶어 도운은 안방 문에 귀를 대 보았다. 두툼한 문 너머로는 아무 소리도 들리지 않았다.

도운은 아주 조심스레 손잡이를 눌렀다. 탈칵, 미세한 소리를 내며 문이 열렸다. 혹시라도 강 여사가 잠에서 깰까 봐 신중하게 문을 밀었다. 하지만 커다란 침대는 텅 비어 있었다.

불길한 생각에 도운은 다시 현관으로 나가보았다. 강 여사의 신발이 없었다. 치매에 걸린 사람들이 집을 나갔다가 실종되었다는 뉴스가 머릿속에 떠올랐다.

도운의 걸음이 다급해졌다. 우선 집을 전부 확인하기 위해 다락방에 올라가보려다 작은 방 문부터 열었다.

그때, 무언가 위화감을 느낀 도운이었다.

자신이 느낀 위화감의 정체를 알아내기 위해 도운은 천천히 방을 뜯어보았다. 깨끗하고 말끔한 방.

잠시 후에야 도운은 이상한 점을 알아채고 뒷걸음질 쳐 방에서 빠져나왔다.

다락방을 통과해 옥상까지 올라가본 도운은 확신할 수 있었다.

이 집에 남아 있는 세원의 짐이 없었다.

촬영장에 가져갔겠지, 도운은 불길한 예감을 떨쳐내고자 애써 그렇게 생각하며 집을 빠져나왔다.

김 피디는 고개를 가로저었다. 세원의 집 마당에서는 촬영이 한 창이었다. 원래대로 세원은 촬영 분량이 없었고, 촬영장에 온 적도 없었다.

"그럼…."

잠시 고민하던 도운은 윤 피디의 연락처를 물었다. 김 피디는 조금 난감해하는 눈치였지만 곧 직접 전화를 걸어 도운을 바꿔주었다.

"홍세원 씨요? 아까 전에 촬영 끝나셨는데요."

의외의 말에 도운은 아무 대답도 하지 못했다.

그때, 막내 작가가 다가와 김 피디에게 봉투를 건넸다.

"이거, 아침에 왔던 우편물인데 혹시 관련이 있을까요?"

우편으로 받기로 했다던 보건소 검진결과였다. 도운은 지푸라기라도 잡는 심정으로 바라보았다.

봉투를 받아 든 도운은 눈웃음으로 인사를 대신하고 집을 떠났다. 아무렇지 않은 표정이었지만 머릿속에는 이런저런 생각이 휘몰아치고 있었다.

'설마.'

다시 집으로 차를 몰며 도운은 불길한 예감을 떨치려고 노력했다.

"홍세원, 무슨 생각을 하는 거야."

그러나 아무리 생각해봐도 세원이 갑자기 이런 식으로 행동할 이유가 없었다.

"음성 녹음은 1번, 호출 번호를 남기시려면…."

세원에게 걸어둔 핸드폰에서 녹음된 목소리가 흘러나왔다.

메시지라도 남기고 싶었지만 손이 미끄러지는 바람에 종료 버튼이 눌러지고 말았다.

"…"

전화가 끊기자 도운은 일단 운전에 집중했다. 부드럽게 커브 길을 돌아 차는 다시 새 집 앞에 도착했다. 도운은 건강검진 봉투를 챙겨 들고 차에서 내렸다. 여전히 집은 정적에 휩싸여 있었다.

대문을 열던 도운은 문득 집 앞의 우편함에 눈길이 갔다. 물론 새 집으로는 전달될 우편물이 있을 리 없었다. 그래도 혹시나 하고 우편함을 열어보았다. 역시나 우편함은 텅 비어 있었다. 도운은 허무한 표정으로 우편함을 닫아버렸다.

그때, 우편함 바닥에 버려진 듯한 작은 종이 한 장이 눈에 띄었다. 별 생각 없이 도운은 그것을 꺼내들었다.

최소희.

소희의 이름이 적힌 명함이 난데없이 들어 있었다. 명함을 내려다보던 도운은 침착하게 이것이 왜 여기에 있는지 생각해보았다.

아무리 생각해도 여기에 소희의 명함이 있을 만한 이유는 한 가지밖에 없었다.

'찾아와서 협박이든 회유든, 비슷한 것을 했겠군.'

도운은 먼 바다를 내려다보며 입술을 깨물었다. 그래서 세원이 숨어버린 게 분명했다.

먼저 말했어야 했다. 소희는 분명 혼담이 오가고 있다는 사실을 부풀려 전했을 것이다. 세원은 충격을 받았을 테고 밤새 울었을 것이다.

도운은 마음 깊은 곳이 쓰려오는 것 같았다. 그것도 모르고 어제 곧이곧대로 레지던스로 돌아가 버린 스스로가 원망스러웠다.

그러나 언제까지고 그렇게 서 있을 수 없었다. 세원을 찾아야 했다.

도운은 곧바로 다시 차에 올라탔다.

고요한 사무실, 핸드폰을 귀에 대고 선 최 팀장이 조용히 고개를 가로저었다. 초조한 표정으로 지켜보던 도운이 털썩 소파에 앉아버렸다.

"…알겠습니다, 감사합니다."

혹시나 싶어 도연에게 전화를 걸어본 것이다.

"서울 올라가기 직전에 좀 다툼이 있었나본데요. 그게 마지막이라고…."

"그래?"

기억을 더듬어보니, 황급히 대문 앞을 떠나던 도연의 모습이 기억나기도 했다. 화가 나 보였는데 당시엔 대수롭지 않게 여겼다.

"그럼 어딜 갔지…."

도운은 눈을 감고 곰곰이 생각에 잠겼다. 생각 끝에 떠오른 인물이 하나 있었다.

"혹시…."

최 팀장도 같은 생각이었는지 도운과 시선이 맞부딪쳤다. 반신반의하는 표정으로 도운은 핸드폰을 꺼내들었다.

"네, 상무님."

바로 깍듯하게 전화를 받는 홍 검사였다.

"혹시…."

뜸을 들여보는데, 홍 검사는 전혀 눈치 채지 못한 것 같았다.

"결정하셨습니까?"

세원의 일과는 전혀 상관없는 물음에 도운의 표정이 심각해졌다.

"아뇨, 혹시 홍세원 씨 거기 있습니까?"

"네?"

전화기 너머에서 당황한 기색이 역력한 목소리가 들려왔다.

"전혀 연락받은 것도 없습니다. 무슨 일 있습니까?"

"…."

도운도 방금 전 최 팀장처럼 말없이 고개를 가로저었다.

"…알겠습니다."

도운이 전화를 끊으려는데 홍 검사가 다급하게 치고 들어왔다.

"잠깐만, 어머니는요?"

잠시 잊고 있었지만 강 여사는 홍 검사의 어머니이기도 했다.

"…홍세원 씨랑 같이 있을 겁니다."

도운은 무거운 마음으로 대답을 건넸다. 홍 검사는 잠시 말이 없었다.

"제가… 찾아보겠습니다."

신박한 생각이라도 있나 싶었지만 이어지는 홍 검사의 말에 도운은 맥이 빠졌다.

"친구에게 연락을 넣어보겠습니다."

"…김도연 씨를 말하는 거라면 이미 통화했습니다."

"그래도, 제가 어떻게든 찾아내겠습니다."

홍 검사는 간절해 보였다. 결국 홍 검사에게 빚을 지는 것이라 도운은 찜찜한 기분이 들었지만 선택의 여지가 없었다. 당장 내일 점심까지는 자리를 비울 수도 없는 상황이었다.

잠시 도운의 답을 기다리던 홍 검사가 결국 먼저 입을 열었다.

"빨리 움직여야겠군요. 연락드리겠습니다."

마음이 급했는지 전화를 뚝 끊어버렸다. 어떻게 되었냐는 듯 걱정스러운 표정인 최 팀장에게 도운은 말했다.

"찾아보겠다는데…."

못 미덥다는 투가 느껴지자 최 팀장의 얼굴도 어두워졌다.

"홍세원 성격 상, 다툼이 있었다면 절대 도연 씨한테 가지는 않았을 거야."

최 팀장도 동의하는 바였다.

"그럼 일단… 계좌 추적을 해야겠군. 장 탐정한테 연락 좀 넣어줘."

공 회장이 내려오기까지는 아직 시간이 남아 있었다. 아침이 오기 전에 찾으면 어떻게든 시간을 맞출 수 있을 것 같았다.

불안과 초조로 타들어가는 속을 달래려 도운은 다시 세원에게 전화를 걸었다.

"음성 녹음은 1번…."

이번에는 제대로 1번 패드를 눌렀다. 삐- 소리에 도운은 목소리를 가다듬었다.

"홍세원."

이름만 부르는데도 마음이 쓰려 도운은 괜히 창가로 다가갔다.

"나한테 다 생각이 있었어. 정리되면 말하려고 했고…."

하고 싶은 말이 많았지만 구구절절해지는 느낌이라 도운은 말을 멈추었다.

잠시 조용한 사무실의 공기가 녹음되었다. 결국 도운은 변명 같은 말들을 전부 삼켜내고 지금 가장 하고 싶은 말 한마디만 하기로 결심했다.

"…보고 싶어."

진심이 전해지길 바라며 도운은 녹음을 마쳤다.

이미 어두워진 바깥엔 불빛이 가득했다. 세원이 어딘가에서 울고 있지는 않을지, 추위에 떨고 있지는 않을지. 걱정스런 마음이 한 가득이었다.

10
이만하면 됐어요

거실에서 과제에 열중하던 도연은 결국 깊은 한숨을 내쉬었다.

"후…."

흐느낌 소리가 끊어질 듯 끊어지지 않으며 삼십 분이 넘도록 이어지고 있었다. 도연은 테이블 위에 탁 소리가 나도록 연필을 놓고 일어나 화장실로 향했다.

"나와, 홍세원."

"…."

서슬 퍼런 목소리에 흐느낌 소리가 뚝 끊겼다.

"주접 그만 떨고 나와. 시끄러워 죽겠어."

그렇게 말해놓고 도연은 부엌으로 가서 커피포트에 물을 올렸다. 세원에게 따뜻한 차라도 먹여 진정시킬 생각이었다.

그러나 세원은 물이 팔팔 끓어오르도록 화장실에서 나오지 않았다. 잠시 동안 물을 온도에 맞게 식힌 다음 찻잎 위에 붓자 그제야 화장실 문이 살짝 열렸다.

"흠, 흠."

괜히 목을 가다듬으며 나오는 세원이었다. 머쓱했는지 도연과 눈을 마주치지도 않고 식탁 의자에 앉았다. 세원의 눈이 퉁퉁 부어 있었다.

"…연락한 거 아니지?"

세원의 손에 핸드폰이 쥐어져 있는 걸 보고 도연이 물었다. 세원은 고개를 흔들었다.

정말로 연락한 건 아니었다. 도운이 남긴 음성메시지를 들었을 뿐.

그런 세원이 안쓰러워 도연도 차를 건네며 맞은편에 앉았다.

"마음 약해지지 마라. 이것도 다 지나갈 거야."

고분고분한 표정으로 차를 마시는 세원의 얼굴은 많이 해쓱해져 있었다.

"근데 너 진짜… 어떻게 알았어?"

뜨거운 차를 한 모금 삼키고 나서 세원이 물었다. 도연은 괜히 말을 돌리며 자리에서 일어섰다.

"아, 너 땜에 과제 하나도 못했어."

사실 도연이 소희의 존재를 어떻게 알았는지는 별로 중요한 게 아니었다. 그것이 전부 사실이라는 게 중요했다. 이제 다시는 도운을 볼 수 없다는 것도. 인생을 통틀어 처음으로 느껴보는 깊은 상실감 앞에 세원은 무너질 수밖에 없었다.

다시금 눈물이 차올랐다. 따뜻한 차도 세원의 마음을 진정시키지 못했다. 세원은 손으로 얼굴을 감싸 쥐었다. 옷소매가 촉촉이 눈물로 젖어들었다.

그때, 뜬금없이 초인종이 울렸다. 띵동, 띵동. 기다려줄 생각 따위는 없다는 듯 바쁘게 연달아 울렸다. 꽤 늦은 시간인 데다 방문객이 별로 없었기에 세원은 당황한 얼굴로 고개를 들었다.

"누구지?"

도연도 짐작 가는 게 없는 듯한 얼굴로 자리에서 일어났다. 인터폰 화면을 채 확인하기도 전에 문밖에서 재촉을 해댔다.

"경찰입니다, 문 여세요."

경찰이라는 말에 놀란 세원과 도연은 얼굴로 마주 보았다. 현관문 바깥에서는 정말로 경찰들이 사용하는 무전기 소리가 들렸다.

혹시나 싶어 도연은 재빨리 달려가 인터폰 화면을 확인해보았다. 복장도 경찰들이 맞는 것 같았다.

약속이라도 한 것처럼 두 사람은 숨을 죽이고 있었다.

"실종자가 이 집에 있다는 제보입니다. 문 여세요."

경찰은 침착하게 문을 두드리며 말했다. 실종자라는 말에 세원의 눈이 휘둥그레졌다.

"…실종 신고 했나 봐."

"말도 안 돼. 야, 대한민국 경찰이 실종신고에 이렇게 빨리 움직일 리가 없어."

그때, 도연의 핸드폰이 시끄러운 소리를 내며 울렸다. 아차, 싶은 표정으로 도연이 세원을 보았다. 집 안에 사람이 있다는 명확한 증거였다.

곧 전화 벨소리는 끊기고, 다시 경찰이 벨을 눌렀다.

"안에 계신 거 압니다. 문 여세요."

결국 도연은 현관으로 향했다. 세원은 부엌에 그대로 숨어 귀를 쫑긋 세웠다. 곧 문이 열리자 세원은 가슴이 철렁 내려앉는 듯했다.

궁금증은 오래 가지 않았다. 제 집처럼 안으로 터벅터벅 들어 건 홍 검사였다.

"…찾았습니다. 수고하셨습니다."

아직 현관에 서 있던 경찰들에게 하는 말이었다.

"실종자, 맞으십니까?"

"네, 감사합니다."

"…그럼 저희는 가보겠습니다."

경찰들은 자기들끼리 무전을 주고받더니 곧 자리를 떠났다.

문이 다시 닫히고, 집 안은 조용해졌다. 도연은 난감한 표정으로 현관에 그대로 서 있었다.

"어떻게…."

침묵을 깬 건 세원이었지만 홍 검사는 끝까지 듣지도 않은 채 말을 잘랐다.

"이래봬도 대한민국 검사야."

씁쓸한 얼굴로 세원은 입을 다물었다. 집에서야 엄마의 아들이고 못 미더운 오빠였지만 분명 그는 검사였다.

홍 검사는 핸드폰을 꺼내 전화를 걸었다. 이윽고 상대방이 전화를 받자 대뜸 세원의 귀에 가져다댔다.

"…."

그게 누구인지, 세원은 직감할 수 있었다. 떨려서 입을 뗄 수가 없었다.

"홍세원."

예상대로 도운이었다.

또르륵, 그 목소리를 듣자마자 세원의 눈에서 눈물이 한 방울 흘러내렸다. 세원은 눈을 감고 입술을 깨물었다.

"…시간이 없어. 내일 점심까지 여기 내려와야 돼."

세원은 울음을 참고 있었다. 잠시 기다리다가 도운은 말을 이어 나갔다.

"우리 아버지, 시간 내기 정말 어려운 사람이야. 나한테도 생각이 있으니까 한 번만 기회를 줘."

세원은 드디어 입을 뗐지만 흐느낌이 터져 나와 말을 할 수가 없었다. 그 소리를 들은 도운이 세원임을 확신하고 말했다.

"진짜 실종 신고할 뻔했어. 나한테 너무 잔인한 거 아니야?"

결국 세원은 목소리를 가다듬고 겨우 대답을 건넸다.

"알겠어요, 점심까지 갈게요."

생각보다 순한 대답에 도운은 놀랐지만 울음 섞인 목소리에 거짓이 있을 거란 생각은 하기 어려웠다.

"…진짜지?"

대답 대신 세원은 입을 앙다물고 고개를 끄덕였다.

홍 검사가 전화기에 대고 대신 대답을 전달했다.

"오전에 출발할 때 다시 연락드리겠습니다."

전화는 곧 끊어졌다. 홍 검사는 손목을 들어 시간을 확인했다.

잠자코 상황을 지켜보던 도연이 홍 검사에게 말했다.

"세원이가 싫다는데 오빠는 왜 이러는 거예요? 동생 편을 들어 줘야지."

원망 섞인 목소리였다. 홍 검사는 무표정한 얼굴로 고개를 들었다.

"밥 한 끼 먹는 게 뭐가 어려워. 헤어질 때도 예의와 절차는 필요한 거야."

냉정한 홍 검사 말에 도연은 입을 떡 벌렸다.

"…그럴수록 세원이가 힘들어지잖아요."

"…그러니까 섣불리 사랑하지 말았어야지."

자조적인 말이기도 했지만 도연이 그것을 알 리 없었다.

"내일 다시 올 거고, 그때 없으면 진짜 수배 때릴 거야."

도연이 딱히 무섭지 않다는 듯 얼굴을 찡그리자 홍 검사는 똑바로 도연을 가리키며 말했다.

"납치 감금으로 잡아넣을 수도 있어, 너."

곧 홍 검사는 밖으로 나가버렸다.

쾅, 현관문이 닫히자 도연은 스프링처럼 튀어 올랐다.

"세상에, 친오빠가 더 무섭네, 더 무서워. 검사면 다야? 납치는 무슨…"

하지만 세원은 잠잠했다. 부엌으로 가보니 세원은 그대로 바닥에 주저앉아 무릎에 얼굴을 묻고 있었다. 그런 세원을 보니 또 마음이 약해지는 도연이었다.

"…홍세원, 갈 거야? 가고 싶어?"

세원은 아무 말도 없었다. 그저 지친 숨이 입에서 흘러나왔다.

한참 후에야 세원은 고개를 무릎에서 떼고 말했다.

"좀 자야겠다."

비틀대며 일어나 작은 방으로 향하는 세원을 보며 도연은 혼잣말처럼 말했다.

"그래…."

힘없이 닫히는 방문을 바라보며 도연은 처음으로 확신이 사라졌다. 세원을 위해서라고 생각했지만 과연 잘한 일인지, 마음이 무거웠다.

그 때문인지 도연은 밤새 악몽을 꾸었다.

다음날 동이 틀 무렵, 도연은 땀에 흠뻑 젖은 채 눈을 떴다. 한참 동안 잠을 못 이루다가 드디어 잠에 든 지 몇 시간 만이었다.

"꺄악!"

도연의 머리맡에 귀신같은 형체가 앉아 있었다. 소리를 내지르는 도연에게로 천천히 고개를 돌리는 형체는, 세원이었다.

"야! 놀랐잖아!"

세원은 그런 도연을 잠시 내려다보더니 가만히 입을 열었다.

"내가 밤새도록 생각해봤는데…."

도연도 자리를 털고 일어나 침대 위에 앉았다.

"너 최 팀장님이지?"

뜻밖의 소리에 도연은 완전히 잠이 깼다.

"뭐… 뭐, 뭐가."

추측에 불과했지만 도연의 눈빛이 흔들리자 세원은 강한 확신이 들었다.

"진짜야? 언제부터였어?"

"아, 뭐가! 무슨 소리 하는 거야."

도연은 오히려 역정을 내며 다시 침대에 누워버렸다.

"내가 따지려는 게 아니고, 도와달라고 하려고 그러는 거야. 최 팀장님이 알려준 거지? …도운 씨 약혼한 거."

이불을 뒤집어 쓴 채 도연은 잠시 말이 없었다. 기다리던 세원이 이불을 잡아 내리자 그제야 도연은 어쩔 수 없다는 듯 입을 열었다.

"…뭘 도와줘."

진짜였구나.

하지만 더 물으면 도연이 화를 낼 것 같았다. 일단 지금은 더 캐묻지 않기로 결심하고 세원은 원래 하려던 말을 이어나갔다.

"최소희 연락처 좀 알려줘."

"뭐?"

"명함을 받았는데 버렸어. 보지도 않고."

도연은 다시 이불을 걷고 일어나 앉았다.

"그 여자가 찾아왔었어?"

처음 듣는 사실이었다. 세원이 더 묻지도 따지지도 않고 서울로 올라온 건 그때문인 것 같았다.

"하… 대단하네, 그 여자도."

도연은 혼잣말처럼 혀를 내둘렀다. 세원은 가만히 앉아 도연의 말을 듣고만 있었다.

"근데 연락처는 알아내서 뭐하게."

"물어볼 게 있어서."

세원은 진지한 표정으로 대답했다. 도연은 더 걱정스럽기만 했다.

"너 괜찮아?"

세원은 시선을 피했다.

"고년이 뭐라고 하디?"

"그냥 뭐…."

세원은 말하고 싶지 않다는 듯 끝을 흐렸다.

"…알려줄 거지?"

대신 도연을 재촉했다. 이번엔 도연이 난감하다는 표정으로 고개를 돌렸다.

"…팀장님한테 뭐라고 해?"

"내가 알려달라고 했다고 전해. 어차피 팀장님은 네 편이잖아."

"그게…."

도연은 뭔가 변명을 하고 싶었지만 세원은 알 만하다는 표정으로 덧붙였다.

"나 여기 있는 거, 팀장님은 알고 있었지? 그래도 실장님한테 말 안했잖아."

세원의 말은 사실이었기에 도연은 입을 꾹 다물었다. 도운이 만약 최 팀장을 서울로 보냈다면 세원은 더 늦게 발각될 수도 있었다. 어쩌다 홍 검사가 직접 왔는지는 몰라도 도운은 그 덕에 세원을 꽤 빨리 찾아낸 셈이었다.

"…이제 실장님 아니고 상무님이잖아."

별로 중요하지 않은 사실이었지만 도연은 괜히 짚고 넘어갔다.

자신의 부탁에 대한 동의의 표현이라는 걸 알기에 세원은 살짝 미소 지었다.

"고마워."

진심어린 말에 도연은 괜히 간지러워져서 다시 누워버렸다.

"일단 좀 더 잘래."

도연을 두고 세원은 조용히 방을 빠져 나왔다.

거실 창으로 이제 막 뜨기 시작한 해가 쏟아져 들어오고 있었다.

햇살을 바라보며 세원은 마음을 다잡았다. 다른 모든 어지러운 생각들을 접어두고, 도운만을 생각해야 했다. 도운을 위해서 해야 할 행동만을.

그것만이 그에게 줄 수 있는 마지막 선물이었다.

***

다시 둘러봐도 바람의 언덕 사업 부지는 공 회장 마음에 쏙 들었다.

역시 자신의 안목이 틀리지 않았다는 생각에, 그리고 사업을 여기까지 이끌어온 도운의 대견함에 공 회장의 얼굴에 미소가 가시지 않았다.

"…나도 은퇴하면 여기 내려와 살아야겠다."

공 회장은 진심이었지만 도운은 웃어넘겼다.

세차게 부는 바람에 공 회장은 잠시 눈을 감았다.

"진심이다. 너 호적에 올려놓고 결혼식도 끝나고 나면 그 다음에 은퇴할 작정이야."

공 회장의 목소리는 진지했다.

"아직 한창이신데 은퇴라니요."

도운은 공 회장과 나란히 걸음을 옮기며 대수롭지 않게 대답했지만 공 회장은 다시 한 번 확실하게 말했다.

"내가 은퇴를 해야 늬들도 적응을 하지 않겠니. 내가 좀 지켜봐주고…."

확고한 은퇴 선언에 도운은 걸음을 멈추었다.

도운의 얼굴에는 복잡한 표정이 떠올라 있었다.

공 회장은 말을 이어나갔다.

"지금처럼 전자는 큰애한테 맡길 생각이다. 그리고 너는 본격적으로 건설을 맡고…."

그 말에 도운은 자신도 모르게 말했다.

"그럼 둘째 형은…."

스스로에게 놀라 도운은 바로 입을 닫았다. 건설을 아예 맡긴다는데 당황하지 않는 도운을 보고 공 회장은 오히려 뿌듯했다.

"둘째는 홀딩스를 맡으라고 할 작정이다. 관망하는 일이 제격이야, 그놈은."

이미 생각을 구체화해 놓은 듯했다. 아버지의 고집을 잘 아는지라 도운은 더 말을 보태지는 않았다.

사실 공 회장의 시나리오는 도운에게 최고의 시나리오였다. 도운은 공남전자에는 욕심낼 생각이 전혀 없었다. 문제는 공남건설이었다. 그런데 지주회사인 홀딩스라면 둘째 형도 어느 정도 만족스러워하며 기꺼이 건설을 포기할 것 같았다.

차에 올라타면서 도운은 공 회장 시나리오의 유일한 문제점을 생각했다. 그것은 바로 최소희와의 결혼이었다.

"솔직히 말씀드리자면, 오늘 식사 자리에 초대한 사람이 있습니다."

도운의 말에 공 회장은 호기심 어린 눈길로 돌아보았다.

"제 말에 화를 내실 수도 있겠지만…."

긴장감을 숨기고 도운은 말을 이어나갔다.

"…사실 결혼하고 싶은 사람이 따로 있습니다."

평생을 고분고분했던 아들이었다. 이런 말을 들을 거라곤 생각해본 적이 없었기에 공 회장은 잠시 생경하게 도운을 바라보았다.

도운의 눈빛은 진지했다.

"일단 한 번만 만나보시면…."

"만나는 건 어렵지 않지."

공 회장은 머리를 뒤로 기대며 피곤하다는 듯 눈을 감아버렸다.

"…하지만 결론이 바뀌는 건 어려울 거다."

예상한 대로 공 회장의 태도는 단호했다.

도운은 좀 더 이야기를 하고 싶었지만 굳이 분위기를 나쁘게 만들 필요는 없다는 생각에 일단 입을 다물었다.

-호텔에 도착했습니다.

홍 검사에게 문자가 와 있었다. 공 회장과는 일단 세원을 만난 다음 얘기해도 늦지 않을 것 같았다. 확신할 수는 없지만 도운에겐 자신감이 있었다. 그것은 세원에 대한 믿음이기도 했다.

-스카이라운지에서 대기하세요. 우리도 방금 출발했습니다.

도운은 차분하게 답장을 보내고 편안하게 등을 기댔다. 익숙한 풍경이 차창 밖으로 스쳐 지나갔다.

결론이 바뀔 일은 없을 거라고 단호하게 말했지만 막상 레스토랑에 도착하니 공 회장도 조금은 긴장이 되었다. 아들을 사로잡은 여자가 대체 어떤 사람일지 호기심이 드는 것도 사실이었다. 하지만 결코 내색은 하지 않은 채 공 회장은 차분히 자리에 앉았다.

도운도 애써 미소를 지으며 맞은편에 앉았다.

잠시 후 노크 소리가 들렸다. 두 사람은 동시에 프라이빗 룸의 문을 바라보았다.

대답을 기다리는지 문 밖에선 움직임이 느껴지지 않았다.

"…들어오세요."

직원일 수도 있으니 도운은 짤막하게 존댓말로 대답을 건넨다.

도운의 목소리에 조심스럽게 문이 열렸다.

"…!"

환한 표정으로 룸 안에 들어선 여자를 보고 도운은 벌떡 자리에서 일어났다.

공 회장은 다소 허무한 웃음을 던졌다.

"나를 놀라게 하는 재주가 있구나."

또각또각 소리를 내며 안으로 들어온 여자는 소희였다.

"놀라셨어요?"

"괜찮은 서프라이즈였다, 허허."

반가운 표정으로 웃는 공 회장과 달리 도운은 딱딱하게 굳은 채 상황을 파악하고 있었다. 그도 그럴 것이 소희가 입고 있는 옷은 분명 세원이 아끼는 원피스였다.

"앉자."

소희는 직접 의자를 빼며 말했다. 그리곤 공 회장에겐 들리지 않도록 도운의 귓가에 작게 속삭였다.

"…이게 홍세원이 원하는 거야."

도운은 믿을 수 없다는 표정이었지만 소희는 환한 얼굴로 돌아가 애교 섞인 목소리로 공 회장에게 물었다.

"늦은 건 아니죠?"

"우리도 방금 앉았다."

소희를 흐뭇하게 바라보며 공 회장이 말했다. 그리곤 도운을 의아한 눈빛으로 바라보았다.

"아니."

도운은 소희를 똑바로 보며 입을 열었다.

"홍세원이 아니라 최소희가 원하는 거겠지."

도운의 입에서 기어이 그 이름이 나오자 의기양양하던 소희의 표정이 순간 구겨졌다.

"…오빠."

오가는 대화가 심상치 않자 공 회장은 마시던 물 잔을 내려놓았다.

소희는 입가에 웃음을 잃지 않기 위해 애쓰며 도운을 올려다보았다.

"생각해봐. 내가 여기 어떻게 알고 왔을까."

그 말에 도운의 눈빛이 살짝 흔들렸다. 여러 가지 생각이 도운의 머릿속을 스쳐 지나갔다. 오늘의 만남을 알고 있는 사람은 몇명 없었다. 도운 본인과 레스토랑을 예약한 최 팀장, 홍 검사 그리고 홍세원.

자신만만한 표정을 되찾은 소희가 쌩긋 웃으며 말했다.

"그러니까 앉아."

그래도 도운은 버티고 섰다.

이윽고 도운은 어쩔 수 없다는 듯 공 회장을 똑바로 보았다.

"죄송합니다, 아버지."

그 말에 소희는 입술을 깨물었다. 굳게 물린 입술 틈으로 한숨이 삐져나왔다.

"빨리 가서 데려오겠습니다."

"…그게 무슨 말이냐."

공 회장의 물음에 도운이 대답할까 두려워 소희가 웃으며 끼어들었다.

"아버님, 저희끼리 먼저 먹어요. 배고파요."

소희의 입가가 바르르 떨렸다.

"밥 먹으면서 제가 천천히 말씀드릴게요."

마침 룸의 문이 열리고 직원이 꾸벅 인사를 하며 들어왔다.

애피타이저가 차려지는 사이 도운은 자리를 박차고 나와버렸다.

공 회장은 도운의 행동에 몹시 놀랐지만 티는 내지 않았다.

소희 또한 혼자 남겨진 게 비참했지만 내색하지 않고 공 회장에게 식사를 권했다.

"…뭐죠?"

스카이라운지에 그대로 앉아 있는 홍 검사를 보고 도운은 당혹감을 감추지 못한 채 물었다.

홍 검사는 그런 도운을 생경하게 보며 되물었다.

"세원이가 식사를 마칠 때까지 기다리려는 참이었는데… 무슨 문제 있습니까?"

도운은 말문이 막혔다.

"홍세원 어디 갔습니까."

"네?"

도운의 질문에 더 놀란 건 홍 검사였다.

"그거야…"

분명 자신과 함께 앉아 있다가 도운이 도착하는 것을 보고 자리에서 일어난 세원이었다.

"당연히 저쪽으로."

홍 검사는 프라이빗 룸 방향을 가리켰다.

두 사람의 시선이 동시에 그쪽으로 향했다. 룸은 복도 끝에 있었는데, 룸에 도달하기 직전 꺾어지는 위치에 화장실이 있었다.

"화장실이라."

도운은 직감했다.

세원은 화장실에서 소희와 옷을 갈아입은 게 분명했다. 그렇게까지 해서 홍 검사의 눈을 속이고 빠져나간 것이었다. 소희의 선글라스를 끼고 화려한 차림으로 다시 나온 세원을 홍 검사가 알아보았을 리 없었다.

"…."

도운은 스카이라운지를 빠져나가는 경로를 눈으로 훑었다.

"홍 검사님은 여기 계세요, 최 팀장이 올 겁니다."

빠르게 최 팀장에게 전화를 걸며 도운은 홀을 빠져나갔다.

홍 검사는 영문도 모른 채 그대로 다시 자리에 앉았다.

세원은 멀리 가지 못했을 것이었다. 엘리베이터를 기다리며 도운은 생각에 잠겼다.

'왜 이렇게까지 도망가는 거야, 홍세원.'

한 번만 기회를 달라고 했다. 그 약속조차 지키지 않는 세원이 원망스러웠다.

그러나 지금은 세원을 찾아내는 게 급선무였다. 공 회장이 밥을 먹을 동안은 시간이 있었다. 우스꽝스러운 사자대면이 되더라도 시도하지 않는 것보다는 나았다.

문제는 도운의 머릿속에 떠오르는 장소가 없다는 것이다. 세원은 분명 도운이 찾지 못할 곳에 최대한 숨어 있을 것이었다.

'차가 없어 멀리 가지도 못했을 테고….'

물론 택시를 타면 될 일이었다. 터미널로 직행해 다시 서울로 올라갈 작정일 수도 있었다. 하지만 추측에 불과했기에 도운은 선불리 움직일 수가 없었다.

일단 도착한 엘리베이터를 타고 도운은 로비로 향했다. CCTV를 확인해볼 요량으로 순해 보이는 어린 여직원을 포착해 다가갔다.

VVIP 카드를 꺼내들며 부드러운 목소리로 말을 거는 도운에게 직원은 친절한 미소를 지어 보였다.

도운의 작전은 잘 들어맞았다. 물품을 도난당했으니 프라이빗 룸을 비추는 CCTV를 보여 달라는 요청에 여직원은 종종걸음으로 매니저에게 달려갔다. 시끄러워지는 걸 원치 않았던 매니저는 순순히 그 말을 들어주었다.

몇 분 지나지 않아 도운은 세원의 동선을 확인할 수 있었다. 조심스레 화장실로 들어서는 모습이 정확하게 찍혀 있었다. 잠시 후, 같은 옷을 입고 화장실에서 나오는 여자는 누가 봐도 소희였다. 키가 크고 걸음이 당당했다.

화면 속에서 소희가 프라이빗 룸으로 들어간 후, 긴장 속에 도운은 세원이 나오길 기다렸다.

그러나 한참을 기다려도 세원은 나오지 않았다. 결국 CCTV가 리얼타임으로 돌아올 때까지도 세원의 모습은 찾을 수가 없었다.

순한 얼굴의 여직원은 긴장된 표정으로 고개를 끄덕였다.

도운은 아무 말도 하지 않고 직원이 들고 나온 '수리 중' 팻말을 화장실 입구에 펼쳐놓았다.

도운은 직원에게 다시 한 번 따스한 미소를 보여주며 작은 목소리로 고맙다고 말했다. 그리고 곧, 도운의 뒤로 육중한 화장실 문이 쿵 닫혔다.

넓고 깨끗한 화장실은 텅 비어 있었다. 직원이 꼼꼼하게 확인하고 모든 사람이 나갈 때까지 기다려준 덕분이었다.

맨 끝 칸만이 문이 닫혀 있었다. 그리고 그곳에서는 훌쩍거리는 소리가 흘러나오고 있었다.

"…홍세원."

도운의 목소리가 넓은 화장실을 채우자 훌쩍이는 소리가 거짓말처럼 그쳤다.

"정말로 내가 못 찾을 곳에 숨어 있었네."

억지로 다가가지 않았다. 문 앞에 서서 도운은 침착하게 말했다. 낮고 부드러운 목소리가 조용한 화장실을 울렸다.

"…나랑 나가서 밥 먹자. 우리 아버지 보는 거 부담스러우면 거기 안 가도 돼. 난 그냥 홍세원이 여기서 이러고 있는 게 싫어."

하지만 세원은 묵묵부답이었다.

"안 나오면 사람들 여기 화장실 계속 못 쓴다. 내가 못 들어오게 막고 있거든."

다른 사람에게 민폐 끼치는 것을 싫어하는 세원의 성격을 정확하게 간파한 말이었다.

도운의 예상은 적중했다.

철컥, 드디어 굳게 닫혀 있던 문고리가 돌아갔다.

천천히 문이 열리고 세원이 나와서 섰다. 많이 울었는지 얼굴이 말이 아니었다.

그걸 본 도운의 마음도 쓰렸다. 한편으로는 그 미련함에 화가 나는 것도 사실이었다. 세원도 그걸 아는지 고개도 못 들고 바닥만 보고 있었다.

잠시 지켜보고 서 있자, 천천히 세원이 입을 열었다.

"…가요, 밥 먹으러."

세원의 목소리엔 힘이 없었지만 의지는 확실해 보였다.

세원은 천천히 발을 떼었다. 끝까지 도운에겐 눈길 한 번 던지지 않았다.

도운은 꼼짝 하지 않고 서서 세원을 지켜보았다.

세원은 수도로 다가가 손을 씻었다. 길게만 느껴지는 시간이 지나갔다. 물을 잠그자 화장실은 다시 적막에 휩싸였다. 이제는 정말로 도운을 돌아봐야 할 시간이었다.

'하나, 둘, 셋.'

속으로 침착하게 수를 헤아린 세원은 애써 밝은 표정으로 돌아보았다.

중요한 날이라 짙은 회색 수트를 차려 입고 머리를 단정하게 붙인 도운은 오늘 따라 더 근사해 보였다.

"근데 그 방엔 못 가요. 그러기로 약속했어요."

소희와의 약속이었다. 모든 자존심을 버리고 여기까지 내려와 세원의 말을 따르는 대신, 소희는 절대로 도운이 찾아낼 수 없는 곳에 세원이 숨어 있기를 원했다. 그래서 세원은 아예 화장실 밖을 나서지 않았다. 복도는 좁았고, 타이밍을 제대로 맞추지 않으면 도운과 마주칠 수도 있었다. 소희가 나서자마자 호텔을 빠져나간다 해도 위험하긴 마찬가지였다. 스카이라운지엔 홍지원이 그대로 앉아 있었고 엘리베이터, 혼잡한 로비, 택시를 잡기 위한 시도…. 아무리 계산해봐도 위험성이 높아 보였다.

조금만 시간을 끌면 그 사이에 식사가 무사히 끝날 거라 생각했는데, 도운은 이토록 빨리 자신을 찾아내고 말았다. 늘 그랬다. 회의실에서 울면서 뛰쳐나왔을 때도 그랬고, 바로 어제만 해도 그랬다.

"좋아."

도운이 말했다. 세원을 아버지에게 보여주고 싶은 마음은 가득했지만 우선 세원의 생각을 들어보고 싶었다. 도대체 왜 이렇게까지 아무것도 묻지 않고, 아무 말도 하지 않고 도망치는 것인지.

도운이 먼저 몸을 돌려 화장실 문을 열었다. 순한 얼굴의 직원은 아직까지도 화장실 앞에 서 있었다. 난감한 역할을 맡긴 것에 대한 미안함에 도운은 겸연쩍게 웃었다.

"고마워요. 따로 얘기를 좀 해볼게요."

뒤를 따르는 세원을 보고 직원은 놀란 눈치였다. 도난 사건의 범인치고는 여리여리하고 온순한 인상 탓이었다.

도운은 더는 아무 말도 않고 아버지가 있는 프라이빗 룸과 반대편 문을 열고 들어갔다. 마침 비어 있던 룸은 조용했지만 두 사람이 자리를 잡고 앉기 무섭게 레스토랑 직원이 달려 들어왔다. 예약손님만 이용할 수 있는 데라 도운이 얼른 VVIP 카드를 꺼내 보였다.

"잠깐이면 됩니다."

단호하면서도 부드러운 말투였다. 게다가 호감을 주는 눈웃음에 직원은 안 된다는 말을 꺼내기가 어려웠다.

"그럼… 메뉴판을 갖다드리겠습니다."

융통성 있는 직원의 태도에 도운은 만족스러운 표정을 지었다.

"괜찮아요, 그냥 제일 빨리 되는 걸로 해주세요."

"네?"

직원은 당황한 눈치였지만 도운은 진지한 얼굴이었다.

"따뜻한 걸로요."

"…알겠습니다."

직원이 룸을 나가자 다시 두 사람의 공간은 조용해졌다.

세원은 죄인처럼 고개를 숙인 채 손끝만 내려다보았다. 그러고 있는 세원이 답답해 도운은 먼저 입을 열었다.

"최소희하고 한 약속이 중요한가 보지?"

그 말에 더욱 어두워지는 세원의 얼굴이었다.

"나랑 한 약속을 내팽개칠 정도로 말이야."

"그게 아니라…."

도운의 생각대로 세원은 발끈해서 고개를 들었다.

드디어 두 사람의 시선이 마주쳤다.

도운은 계속 말해보라는 듯 눈을 가늘게 떴다. 그 표정은 늘 세원을 설레게 했다. 상황과 상관없이 그의 샐쭉한 눈꼬리가, 그 아래 작게 찍힌 점이 세원을 자극했다.

계속 그 눈을 보고 있으면 말을 이어나갈 수 없을 것 같아 세원은 다시 테이블로 시선을 던졌다.

"…미안해요."

무슨 말을 해도 도운을 이해시킬 수는 없을 것 같았기에 습관처럼 사과를 해버렸다.

"도대체 무슨 생각을 하고 있는 건지 말해봐."

도운이 날카롭게 물었다.

세원은 입술을 깨물었다. 도운은 침착하게 세원의 대답을 기다렸다.

"…이만하면 됐어요."

드디어 입을 연 세원은 의외의 말을 뱉어냈다.

"뭐?"

뜬금없는 말에 도운의 목소리가 살짝 커졌다.

"실장님, 아니… 상무님. 그냥 가벼운 마음으로 나 만난 거 아니라는 거, 이만하면 다 알았으니까 이제 그만해요."

"홍세원."

어지간하면 듣고만 있으려 했지만 참지 못하고 끼어들었다.

"나를 뭘로 보고 이런 말을 하는 거지?"

진심으로 화가 난 얼굴이었다. 세원은 결국 다시 굳게 입을 다물어버렸다.

그때, 짧은 노크소리 후 문이 열렸다.

"해산물 스튜와 크림 스프 그리고 간단한 샐러드입니다."

따뜻한 식전 빵과 함께 그럴싸한 상이 차려졌다.

직원이 나가자 도운은 한숨을 내쉬었다. 대화가 잠시 끊긴 덕에 조금은 화를 가라앉힐 수 있었다.

"먹어."

도운의 말에도 세원은 움직일 줄 몰랐다.

"다 먹을 때까지 안 나갈 거야."

그렇게 말하고 나서야 세원은 숟가락을 들었다. 도운은 모든 음식을 세원의 앞에 놓아주었다.

"그럼 같이 먹어요."

세원은 고집스럽게 말했다. 어쩔 수 없다는 듯 도운은 빵을 집어 스프에 적셨다. 입 안에 넣으니 따뜻한 기운이 온몸에 퍼져 나가는 것 같았다.

조금은 여유를 찾은 도운이 부드러운 목소리로 말했다.

"결혼하자고 해."

마치 빵이 맛있다는 말을 하는 것처럼 아무렇지도 않은 투였다.

잘못 들었나 싶어 억지로 스튜를 떠먹던 세원이 고개를 들었다. 도운은 특유의 넉살 좋은 얼굴을 되찾고는 재차 말했다.

"그럼 결혼해줄게."

어이가 없어서 세원은 피식 웃어버리고 말았다. 지금 자신이 왜 이토록 도망 다니고 있는지 도운도 분명 알고 있을 터였다. 그래도 그는 그렇게 말했다. 그것이 도운의 장점이었다.

"싫어요."

세원도 조금 밝아진 목소리로 답했다.

"대학도 가고, 여행도 하고, 하고 싶은 거 아직 너무 많아요."

그렇게 나오시겠다, 하는 얼굴로 도운은 의자에 등을 기댔다.

"결혼하고 내 돈으로 해."

"뭐요?"

직설적인 도운의 말에 세원은 눈을 동그랗게 떴다.

"대학도 가고, 여행도 하고, 하고 싶은 거 다 해."

악의 없는 진심이었다.

세원은 숟가락을 놓고 자세를 고쳐 앉았다.

"나랑 결혼하면, 그 돈 다 없어져요."

세원은 진지했지만 도운은 대수롭지 않게 답했다.

"세계여행이라도 다니게?"

"그러니까 결혼해요."

장난기가 걷혀진 세원의 입에서 진짜 하고 싶었던 말이 흘러나왔다.

"최소희랑."

소희는 기본적으로 밝은 에너지를 가지고 있었다. 부유한 집에서 사랑받고 자란 막내딸만이 풍길 수 있는 아우라였다. 현명하거나 침착한 것과는 거리가 멀었지만 같이 있으면 기분이 좋아지는 장점이 있었다.

그 덕에 도운이 끝까지 자리로 돌아오지 않았는데도 공 회장은 즐겁게 식사를 마칠 수 있었다. 분명 소희의 발랄함은 도운과 어울리지 않는 구석이 있었다. 그래도 이렇게까지 냉정하게 대할 건 없다는 게 공 회장의 생각이었다.

"아직 시간이 좀 있으니 라운지에 나가서 커피라도 한잔할까?"

"와아! 너무 좋아요, 아버님!"

그 말에 세상 행복한 얼굴로 함박웃음을 짓는 소희였다. 애교 있는 며느리를 마다할 시아버지가 세상에 있을까. 공 회장은 기분 좋게 자리에서 일어섰다.

하지만 문을 열고 복도를 나오자마자 공 회장은 우뚝 그 자리에 멈춰 서고 말았다.

좁은 복도에 도운이 서 있었다. 아주 어두운 표정으로 벽에 기대고 선 도운의 시선은 바닥 어딘가에 머물러 있었다.

"여기서 뭐하는 거냐."

공 회장의 목소리가 다시 무거워졌다. 이렇게 좋지 않은 얼굴로 나타날 거라면 차라리 오늘은 소희와 단 둘이 마무리하는 게 나을 뻔했던 것이다.

"…제가 이 결혼을 할 수 없는 이유가 분명해졌습니다."

도운은 단호한 목소리로 입을 열었지만 공 회장은 지금 듣고 싶지 않았다.

"나중에 얘기하자. 오늘 정말 너무 멋대로구나."

공 회장은 소희가 나올 수 있도록 살짝 비켜섰다.

소희는 마음이 아팠지만 공 회장의 뜻대로 먼저 라운지 쪽으로 걸어갔다.

공 회장도 소희의 뒤를 따르려는 찰나, 다시 도운의 목소리가 들려왔다.

"아버지처럼 되기 싫어섭니다."

지금껏 착하기만 했던 아들의 입에서 나온 말이라기엔 너무 충격적이었다.

공 회장은 자신의 귀를 의심하며 천천히 뒤를 돌아보았다. 그러나 도운은 똑바로 자신을 바라보고 있었다.

굳은 표정으로, 도운은 다시 입을 열었다.

"제가 소희와 결혼하면 결국 아버지처럼 되고 말 겁니다."

"그게 무슨…"

"마음은 늘 다른 곳에 가 있기에 정처 없이 집을 겉돌고, 자식들을 낯설게 대하고, 다른 곳에 가서 평안을 느끼고 그 자식에게만 사랑을 주겠죠."

"…"

그 강한 아들의 눈에 눈물이 고여 있었다.

"아버지께서 저를 많이 아껴주시고 사랑해주신 거 잘 압니다. 그런데, 그래도…"

마지막 말을 건네기 전에 도운은 입술을 세게 깨물었다.

공 회장은 하고 싶은 말을 다 해보라는 듯 도운을 기다려주고 있었다.

그것조차 자신을 향한 애정이라는 것을 도운은 알기에 마음 깊은 곳에 고통이 느껴졌다. 그래도 이 말을 꼭 해야 할 것 같았다.

"…제 자식은 그렇게 만들고 싶지 않습니다."

힘겹게 말을 뱉은 도운은 잠시 숨을 고른 후 자리를 떠나버렸다.

공 회장은 복도에 그대로 서 있었다. 충격이 아직 머리를 울리며 남아 있는 것 같았다. 도운에게는 언제나 최선을 다 했다고 생각했다.

"아버님…"

조심스레 다가온 소희가 공 회장의 팔을 붙들었다.

이상한 기운을 감지하고 다가온 공 회장의 비서진들도 복도를 메웠다.

"나는 괜찮네. 커피는 다음에 마실까?"

"네…"

순순히 대답은 했지만 소희의 얼굴엔 못내 아쉬움이 남아 있었다.

쓸쓸하게 웃으며 공 회장은 떠나버렸다.

잠시 후, 모든 소란이 가라앉자 조용히 맞은 편 룸의 문이 열렸다. 그새 또 울었는지 눈이 발갛게 부어오른 세원이었다.

세원을 본 소희는 도끼눈이 되어 달려갔다.

"약속했잖아."

"정말 찾아낼 줄 몰랐…."

그러나 세원의 말이 끝나기도 전에 불같이 뺨이 달아올랐다.

지금 무슨 일을 당한 건가 싶어 세원은 놀란 얼굴로 소희를 올려다보았다. 분한 얼굴의 소희를 한참 바라본 후에야 세원은 자신이 맞았다는 사실을 깨달았다.

"…왜 때려."

드디어 소희에게 반말을 던진 세원이었다.

"야, 네가 분명…."

"내가 그 사람한테 어떻게까지 말했는데 나를 때려."

"뭐?"

세원의 온몸이 바들바들 떨렸다.

"도운 씨 엄마랑 똑같이 되고 싶지 않으니까, 나도 그렇게 비참하게 죽고 싶지 않으니까 헤어지자고. 그렇게까지 말했는데, 근데 나를 때려?"

온순한 줄만 알았던 세원에게 이런 맹렬한 표정이 있을 줄은 몰랐기에 소희는 움찔했다.

"…그건 몰랐네."

이번엔 소희의 말이 끝나자마자 짝 소리가 났다. 세원의 반격이었다.

태어나서 처음 느껴보는 아픔에 소희는 충격을 받은 얼굴로 세원을 돌아보았다.

"미쳤어?"

"먼저 미친 건 너야, 먼저 때렸으니까."

"야, 너랑 나랑 같아?"

소희는 소리를 지르며 세원에게 달려들었다.

"아악!"

지지 않고 세원도 소희의 머리채를 마주 잡았지만 체격 차이가 있어 당해낼 수가 없었다.

우르르 사람들이 몰려들 때까지, 두 사람은 싸움을 멈추지 않았다.

부어오른 볼은 쉽게 가라앉지 않았다. 얼음주머니를 대고 꼬박 한나절을 누워 있었는데도 그랬다. 끊임없이 차오르는 눈물은 아마도 그 때문일 거라고 세원은 생각했다.

창 밖에는 세차게 바람이 불었다. 일어나야 했지만 몸을 꼼짝도 할 수 없었다. 이 집의 모든 곳에서 도운이 느껴졌기 때문에, 눈을 뜨는 것조차 힘들었다.

세원이 엄마와 함께 새 집으로 돌아오는 것은 도운의 조건이었다.

"사업 주체로서 제공한 집이니까 들어가 있어. 절대로 찾아가거나 하지 않을 테니까."

애써 무덤덤한 목소리로 도운은 말했다.

세원은 그를 바라볼 수가 없었다. 도운이 어떤 표정을 짓고 있든, 그 얼굴을 보고 나면 또다시 무너질 것 같았다. 입술을 깨물며 애꿎은 스튜만 휘젓는데 도운은 그 말을 끝으로 방을 나가버렸다.

스튜도, 스프도 아직 식지 않은 채였다. 애써 울음을 삼켜보았지만 곧 스튜 위로 투둑, 눈물방울이 떨어졌다. 한 번 시작된 눈물은 멈추지 않고 흘러 내렸다.

'내가 무슨 말을 한 거지.'

스스로도 믿을 수가 없었다. 혼외자식으로 태어난 건 당신 잘못이 아니라고 말해놓고, 그렇게 그를 위로해놓고. 슬픔은 나누면 약점이 된다더니 지금 자신이 딱 그렇게 행동한 꼴이었다. 가장 약한 부분을 건드려 그를 떠나보내게 만들었다.

이렇게까지 해야 했을까. 세원은 깊은 자괴감에 고개를 들 수가 없었다. 텅 비어 있는 방이 세원의 흐느낌으로 가득 찼다.

잠시 후 벽 너머에서 소란스러운 소리가 들려올 때까지, 세원은 자리에서 꼼짝도 할 수 없었다.

'…제 자식은 그렇게 만들고 싶지 않습니다.'

꿈결인지 도운의 목소리가 들리는 것 같았다.

눈을 떠보니 어제 일을 생각하다가 또 깜빡 잠이 든 모양이었다. 다 녹아버린 얼음이 흥건한 물이 된 채 주머니 속에 들어 있었다.

오랫동안 누워 뒤척인지라 허리가 아파왔다. 입맛이 없어도 엄마 밥을 챙겨드려야 했다. 하루 세 번 꼬박꼬박 약을 먹어야 하기 때문이었다.

이미 밥 시간이 훌쩍 지나버려 세원은 무거운 마음으로 몸을 일으켰다. 방문을 열고 나오는데 부엌에서 복작거리는 소리가 들렸다. 엄마가 일어난 것 같았다. 불이라도 쓰면 위험하지 않을까 싶어 걸음을 서두르던 세원은 멈칫하고 말았다. 현관에서부터 부엌까지, 점점이 흙이 떨어져 있었다.

"엄마…."

부엌에 들어선 세원의 얼굴이 심각해졌다. 싱크대 앞에 서서 냉이를 다듬는 엄마의 발이 온통 흙투성이였다.

"마당에 냉이가 많더라고. 이걸로 된장국 끓여먹자."

"…."

엄마는 아무렇지도 않게 말했지만 충격을 받은 세원의 입은 쉽게 다물어지지 않았다. 자신이 힘들어하는 사이 엄마는 악화되었나 보다. 영문도 모른 채 서울로, 다시 고향으로 힘든 걸음을 해야 했던 엄마가 이제야 눈에 들어왔다.

세원은 조용히 걸레를 물에 적셔 바닥을 닦았다. 제대로 하는 것이 하나도 없는 것 같아 마음이 쓰려왔다. 힘들어도 정신을 차려야 했다. 도운과 함께일 땐 몰랐던 고단한 삶의 무게가 무겁게 어깨를 짓누르고 있었다.

11
완전한 이별

쿵, 소리를 내며 담벼락이 와르르 무너져 내렸다.

도운은 굳이 사무실을 떠나 철거 현장에서 상황을 지켜보았다. 심란해 보이는 뒷모습에 최 팀장도 덩달아 마음이 무거웠다. 도연에게 약혼 사실을 말해준 것도, 최소희의 연락처를 알려준 것도 자신이었다. 최 팀장은 어쩌다 그걸 다 말해버렸는지 기억을 되짚어보았다. 이토록 힘들어 하고 있는 도운을 보고 있자니 후회가 드는 탓이었다.

"난 세원이가 평생 괴로움 속에 사는 꼴 못 봐요."

도연은 약혼 이야기를 듣자마자 벼락같이 화를 냈다.

"확실하게 정해진 건 아직 하나도 없습니다."

격한 반응에 최 팀장은 뒤늦게 수습해보려 했지만 도연은 이미 귀를 닫았다.

"아니, 완전 뻔해요. 결국 그 여자랑 결혼하고 세원이는 낙동강 오리알처럼 버려질 거야."

극단적인 말이 수화기를 넘어 들려왔다.

"왜 그렇게 부정적으로 생각해요?"

나름대로 반박해보았지만 도연은 확고했다.

"어차피 한때의 감정일 뿐이에요. 세원이는 아직 너무 어리고."

"하지만 상무님 좋은 사람이에요."

최 팀장은 진심이었다. 곁에서 본 공도운이라는 사람은 다른 재벌가 자제들처럼 안하무인도 아니었고, 불성실하지도 않았다. 핸디캡을 안고 태어난 것이 도리어 그를 더 좋은 사람으로 만드는 기폭제가 된 것 같았다.

"그거랑 별개의 문제예요."

도연은 억지를 부렸다. 최 팀장은 부드러운 목소리로 달래듯 말했다.

"나는 두 사람, 응원하고 싶어요. 도연 씨도 도와줬으면 좋겠고."

그러자 도연은 착 가라앉은 목소리로 최 팀장을 불렀다.

"팀장님."

진지한 목소리에 최 팀장은 자신도 모르게 자세를 반듯하게 했다.

"네."

"혼외자식의 어려움과 슬픔에 대해 잘 알죠?"

전부는 아니어도 어느 정도는 알고 있었다. 당연히 그것은 도운 때문이었다. 그 사실은 도연도 잘 알고 있을 터였다.

"그런 편이죠. 왜요?"

"그럼 반대는요."

'반대'라는 말이 무엇을 뜻하는 것인지 잠시 생각을 해봐야 했다.

"다른 자식들은 얼마나 힘들겠냐고요."

공 회장 부인이 낳은 자식들을 의미하는 것 같았다. 사실 딱히 생각해본 적이 없었기에 뭐라 해야 할지 몰랐다. 최 팀장과는 만날 일이 드문 사람들이었다. 게다가 공 전무에겐 늘 좋지 않은 인상을 받은 탓이었다.

말문이 막혀 있는데 도연의 목소리가 흘러나왔다.

"…일단 아버지가 바람을 피웠다는 것부터 충격이죠. 어느 날 갑자기 모르는 얼굴이 동생이라고 나타나는 건 더 충격이고. 가장 최악인 건, 세상 사람들 모두가 그 애가 가장 힘들 거라고 말한다는 거예요."

"…."

진심이 어려 있어 최 팀장은 아무 말도 할 수가 없었다. 도연은 마치 그것을 겪어본 사람처럼 말하고 있었다.

"그러니까 그 사람이 아무리 좋은 사람이라고 해도 난 반대할 수밖에 없어요. 어쨌든 불륜의 결과물인 거니까 존재 자체를 인정할 수 없다구요."

격앙된 도연의 목소리에 최 팀장은 조심스럽게 말을 꺼냈다.

"혹시…."

개인적 경험이 있는지 물어볼 것도 없이 도연은 단번에 말을 잘랐다.

"아니, 난 안 만날 거예요."

실수로 튀어나온 말인 것 같았다. 도연은 당황한 눈치였다.

"그러니까 그게… 팀장님을 안 만나겠다는 건 아니고요."

당연히 그 뜻이 아니라는 건 알고 있었지만 최 팀장은 더는 묻지 않았다. 묻더라도 만나서 다시 얘기하는 것이 좋을 것 같았다.

결국 그날의 통화 때문이었다. 이후 최 팀장은 도연에게 협력할 수밖에 없었다. 세원이 도연의 집에 간 걸 아는 데도 거짓을 말한 건 그 때문이었다. 도운은 당연히 도연이 거짓말을 한 것으로 알았다. 최 팀장으로선 다행이었지만 늘 마음 한구석에 찜찜한 것이 있었다.

최 팀장이 생각에 빠져 있을 동안, 집 한 채가 거의 다 무너져 내렸다. 먼지가 자욱하게 피어올랐다. 도운은 집 가까이로 다가갔다. 사람들이 챙겨가지 않은 가재도구들이 바닥을 나뒹굴었다. 괜히 이런 저런 것들을 구경하는 도운이었다. 깨진 그릇, 작은 나무 의자, 낡은 담요와 부서진 서랍들. 선택되지 않고 버려진 것들을 보고 있자니 묘한 감정이 들었다.

"…상무님."

뒤에서 최 팀장의 목소리가 들려왔다. 지금은 아무것도 하고 싶지 않았기에 도운은 분명 그 목소리를 들었지만 반응하지 않았다.

그러자 최 팀장은 다시 한 번 말했다.

"회장님 전화입니다."

그 말엔 돌아보지 않을 수 없었다. 어제 그렇게 올라가버린 후 당분간은 연락이 없을 거라 생각했다. 의외의 전화에 도운은 무슨 일이 있나 싶었지만 최 팀장 표정은 다급해보이지 않았다.

도운은 전화기를 건네받았다.

"사업하는 놈이 전화기를 꺼놓으면 어쩌냐."

공 회장은 평소와 같은 목소리로 말했다.

"…죄송합니다."

도운도 평소와 같이 차분하게 대답했다. 고분고분한 아들의 대답에 공 회장은 짧은 한숨을 내쉬었다. 아직도 도운이 자신에게 그런 말을 던졌다는 게 믿기지 않았다. 어쩌면 믿고 싶지 않은 것일 수도 있었다.

"임원회의, 원래대로 참석해라."

당연히 도운은 그럴 생각이었다. 독한 말을 던졌다고 해도 여전히 아버지에 대한 존경심과 애정은 유효했다. 결혼을 제외하고는 모든 것을 공 회장의 뜻에 따를 생각이었던 것이다.

"알겠습니다."

당황하지 않는 도운의 대답에 공 회장은 안심했다. 도운이 일을 내던지고 도망갈지도 모른다고 생각한 건 그저 기우였다.

"끝나고 따로 얘기 좀 하자."

이번엔 대답을 듣지 않고 전화를 끊어버렸다.

"네…."

미처 전달되지 못한 도운의 대답이 허공에 퍼져나갔다. 짧은 통화였는데도 피로감이 느껴졌다.

전화기를 돌려주려고 돌아보자 최 팀장이 조심스런 눈빛으로 보고 있었다.

"임원회의 때문에. 내가 안 올 것 같았나 봐."

최 팀장은 공 회장이 아직 아들을 몰라도 한참 모르는구나 싶었다. 그런 생각을 내색하지 않고 핸드폰을 받아들려는 찰나, 다시 벨소리가 시끄럽게 울렸다. 자연스럽게 도운은 화면을 내려다보았다. 깜빡한 말이 있어 다시 공 회장이 전화를 걸어왔을지도 모른다는 생각에서였다. 그러나 화면엔 의외의 이름이 떠 있었다.

도운이 굳어진 얼굴로 핸드폰을 건네자 최 팀장은 긴장했다. 혹시라도 도연의 이름이 떠 있을까 싶어서였다. 그러나 화면에 떠 있는 이름은 최 팀장에게도 의외였다.

홍세원.

세원에게 전화가 걸려온 건 처음이라 최 팀장도 적잖이 당황할 수밖에 없었다.

"아마 상무님이 핸드폰을 꺼놓으셔서…."

전화기를 다시 건네려하는 걸 도운은 단칼에 잘랐다.

"그럴 리 없어, 받아봐."

더 이야기할 틈도 없이 도운은 뒤돌아 현장 안으로 들어가 버렸다.

하지만 아무리 생각해도 세원이 자신에게 전화 걸 일이 없었다. 최 팀장은 통화 버튼을 누르고 말했다.

"세원 씨, 지금 상무님께서 전화를 받으실 수가 없습니다."

수화기 너머는 조용했다. 최 팀장은 가만히 서서 눈치만 보고 있었다.

"팀장님, 그게 아니고요."

세원은 약간의 망설임 끝에 말했다.

"…저 좀 도와주세요, 상무님한텐 얘기하지 마시고요."

밑도 끝도 없는 말이었다. 최 팀장은 대답하기 전에 힐끔 도운의 눈치를 보았다. 도운은 다음 철거 현장으로 발걸음을 옮기고 있었다. 거리가 꽤 멀어진 상태였다.

"무슨 일입니까?"

조심스런 최 팀장의 물음에 세원은 떨리는 목소리로 말했다.

"이걸 좀… 와서 봐주셔야 될 것 같아요."

도운이 믿었는지는 모르겠지만, 어쨌든 세원의 집 수도가 터졌다는 핑계를 대고 바로 달려온 최 팀장이었다. 조심스레 현관문을 여는 세원의 볼이 발갛게 달아올라 있었다. 집 안이 따뜻해 그렇겠거니 생각하며 최 팀장은 안으로 들어섰다.

"상무님한테 말씀 안 하셨죠?"

최대한 목소리를 낮추고 세원이 물었다.

최 팀장은 고개를 끄덕였다.

"그럼 위에서 잠시만 기다려주시겠어요?"

테라스처럼 쓰는 옥상 공간을 말하는 것이었다. 앉아서 대화할 만한 곳은 집 안에도 있었다. 의아한 생각에 최 팀장은 고개를 갸우뚱하면서도 세원이 시키는 대로 다락방을 통과해 옥상으로 올라갔다.

옥상에는 캠핑의자가 단정하게 세팅되어 있었다. 가운데는 작은 테이블도 새로 펼쳐져 있었다. 직접 봐야 한다는 게 뭔지, 옥상을 아무리 둘러보아도 알 수 없었다.

일단 세원을 기다려보기로 하고 최 팀장은 자리에 앉아 핸드폰을 확인했다. 도연에게서 메시지가 들어와 있었다.

-세원이 좀 잘 도와줘요. 나도 곧 내려가려고요

아무래도 도연이 자신에게 전화를 해보라고 한 모양이었다. 무슨 일인지 본격적으로 호기심이 들기 시작했다.

곧 세원이 차를 내왔다. 테이블 위에 찻잔을 올려둔 세원은 다시 옥상 입구 쪽으로 다가가 신중하게 문을 닫았다. 누군가 들을까 봐 걱정하는 눈치였다. 아마도 강 여사가 들으면 안 될 이야기인 것 같았다. 최 팀장은 차를 한 모금 마시며 그런 세원을 짐짓 모른 체 했다. 편안하게 말을 꺼낼 수 있도록 나름대로 배려한 것이다.

그래도 세원은 쉽게 말을 꺼내지 못했다. 의자에 앉아 최 팀장이 차를 거의 다 마실 때까지 한참 동안 입술만 깨물고 있었다. 결국 찻잔을 비운 최 팀장이 먼저 말을 꺼냈다.

"도연 씨한테 연락 받았습니다. 무슨 일인지 말씀해보세요."

그제야 세원은 정신을 차리고 최 팀장을 바라보았다. 몹시 불안한 표정이었다.

"우선 죄송합니다, 이런 일로 전화를 드려서…."

세원은 품에서 종이 한 장을 꺼냈다. 반으로 접힌 A4 용지였다. 별 생각 없이 받아 든 최 팀장의 표정이 종이를 펼치자마자 굳어졌다. 맨 위에 적힌 세 글자가 너무나 의외인 탓이었다.

고소장.

최 팀장은 미간을 찌푸린 채 우선 고소인이 누구인지 파악하기 위해 시선을 맨 아래로 돌렸다. 거기에 적힌 이름 세 글자는 더욱 경악스러운 것이었다.

"최소희 씨가 왜…."

최 팀장의 말에 세원은 고개를 숙였다.

"다 제 불찰이에요. 아무리 맞았다고 해도 참았어야 했는데…."

그제야 최 팀장은 세원의 볼이 발갛기만 한 게 아니라 부어올라 있다는 걸 깨달았다. 최 팀장은 천천히 고소장을 읽어보았다.

"일방적인 폭행…."

"아무래도 완전히 잘못 걸린 것 같아요."

고소장의 내용은 상당 부분 왜곡되어 있었다. 신중하게 읽어 내려가던 최 팀장의 표정은 점점 사색이 되었다. 최소희 측에서 첨부한 진단서는 전치 8주를 주장하고 있었다. 폭행을 넘어서 상해에 해당하는 수준의 진단서였다.

"어떻게 된 거죠?"

"…."

잠시 괴로운 표정으로 눈을 감고 있던 세원은 무슨 일이 있었는지 상세하게 설명했다. 세원의 목소리는 지치다 못해 담담했다.

이야기를 들을수록, 최 팀장은 세원이 걸려들었다는 생각밖에 할 수 없었다. 상대는 최소희였다. 재벌가의 막내딸.

"홍 검사님께는 말씀드렸습니까? 관할 지검이 그쪽으로 되어 있는데."

세원은 고개를 가로저었다.

"도움이 될 것 같지도 않고, 말하고 싶지도 않아요."

최 팀장도 남매의 불편한 관계를 지켜봐온 터라 더는 말할 수가 없었다.

세원은 괴로운 표정으로 고개를 들더니 최 팀장에게 물었다.

"…혹시 벌써 알고 있을까요?"

갑작스러운 질문이었다. 최 팀장은 종이로 시선을 돌렸다.

"글쎄요… 그래도 알게 되는 건 시간문제라고 생각합니다. 최소희라는 인물이 얽혀 있으니까요."

세원은 고개를 끄덕였다. 검사들로서는 서로 맡고 싶은 사건일 수밖에 없었다. 이렇게 간단한 사건으로 재벌가의 눈에 들 기회가 흔치 않을 테니까.

절망적인 얼굴로 고개를 떨구며 세원은 물었다.

"저… 감옥에 가게 되나요?"

너무도 순진한 질문이라 최 팀장은 잠시 말문이 막혔다. 세원의 손끝은 진심으로 떨리고 있었다.

"그렇진 않을 겁니다."

"제가 참았어야 했는데. 하지만 참을 수가 없었어요."

세원은 두 손으로 얼굴을 감싸 쥐었다. 여린 어깨가 괴로움을 드러내고 있었다.

"홍세원 씨, 진정하세요. 왜곡되어 있는 사실관계를 바로잡으면 잘 해결할 수 있을 겁니다."

"하지만 어떻게…."

물론 그 방법은 지금부터 생각해야 했다. 손을 놓고 있을 수만은 없었다. 최악의 경우, 세원의 말대로 전과자가 될 수도 있었다.

"혹시 상무님께…."

최 팀장이 조심스럽게 말을 꺼냈다.

"절대 안 돼요."

세원은 듣지도 않고 단호하게 말을 잘랐다. 다시 고개를 든 세원의 얼굴에는 체념에 가까운 표정이 떠올라 있었다.

"차라리 감옥에 갈게요. 상무님은 절대 모르는 게 나아요."

극단적인 반응에 최 팀장은 입을 다물었다. 세원은 자리에서 일어나며 말했다.

"…제가 괜한 말씀을 드린 것 같네요. 죄송합니다."

그래도 최 팀장은 자리에 앉아 계속 고소장을 들여다보았다.

세원은 도연의 말만 믿고 최 팀장에게 전화한 게 후회되었다. 그때, 최 팀장이 문득 좋은 생각이 났다는 듯 세원을 올려다보았다.

"도와줄 만한 사람이 생각났습니다."

"…?"

한 줄기 희망이 비치는 기분이었다. 세원은 간절한 얼굴로 최 팀장을 내려다보았다.

도운은 최 팀장이 현장을 떠나자마자 사무실로 복귀했다. 수도가 터졌다는 건 둘러대기 위한 말인 게 분명했다. 세원이 그 정도 일로 최 팀장에게 전화를 걸 리 없었다.

자꾸만 신경이 쓰이는 통에, 빙그르르 회전의자를 돌리며 도운은 이런 저런 생각을 해보았지만 짐작 가는 게 없었다.

"팀장님, 일찍 오셨네요."

일부러 살짝 열어둔 문 너머로 직원의 목소리가 들려왔다. 작은 목소리였지만 한껏 예민한 도운의 귀에는 바로 꽂혀 들어왔다.

"상무님은?"

"좀 전에 들어오셨어요."

세원의 집에서 생각보다 빨리 복귀했다. 늘 그렇듯 바로 보고하러 들어올 줄 알고 도운은 의자를 돌려 자세를 바로 했다. 하지만 최 팀장은 자신의 자리로 돌아가 버렸다.

당황한 도운은 내선 전화를 들었다. 익숙하게 최 팀장 자리의 버튼을 누르려던 찰나, 고민이 머리를 스쳤다. 묻고 싶은 것은 많았다. 세원의 상태는 어떤지, 밥은 잘 먹고 있는지, 강 여사는 괜찮은지, 집에 다른 문제는 없는지.

찰칵. 모두 우스운 질문인 것 같아 도운은 결국 전화기를 내려놓았다.

그러나 오래 기다릴 것도 없었다. 잠시 후 노크 소리가 들려왔다. 최 팀장이었다.

"촬영이 시작되어서 철거는 잠시 멈췄습니다."

"…알고 있어."

정해져 있던 스케줄이라 새로울 것은 없는 내용이었다. 최 팀장은 침착하게 수첩을 내려다보며 말을 이어나갔다.

"장 탐정이 중간보고 차원에서 내려온다고 합니다."

이번에도 도운은 시큰둥하게 고개만 끄덕였다.

"수도관은…."

그제야 도운의 눈빛에 생기가 돌았다.

최 팀장은 어쩐지 미안한 마음에 시선을 다시 수첩으로 돌리며 말했다.

"생각보다 수리할 곳이 많아 전문가를 불렀습니다."

잠시 도운은 말이 없었다. 조용히 최 팀장을 응시하며 도운은 생각했다.

'생각보다 심각한 일인가 본데.'

묻는다고 해서 최 팀장이 솔직하게 말해줄 것 같지는 않았다. 그래서 도운도 짐짓 맞장구를 치며 답했다.

"…여자만 둘 있는 집이니까 수리할 때 최 팀장이 가 있도록 해."

최 팀장은 즉각 고개를 끄덕였다. 더 이상 캐묻지 않는 도운이 고마웠다.

"그 일이 아니라도 가끔씩 들여다보고."

무심한 듯 세원을 당부하는 도운이었다. 최 팀장의 마음이 무거워졌다. 세원의 일을 잘 해결할 수 있을지 불안했다. 그래도 티를 낼 수는 없었다. 두 사람이 어떤 각오로 이별했는지를 누구보다도 잘 아니까.

"…네. 그리고 샘플하우스는 예정된 날짜대로 착공에 들어가겠습니다.

최팀장은 애써 아무렇지 않은 얼굴로 업무 얘기로 넘어갔다. 도운도 마찬가지로 업무용 얼굴로 돌아와 답했다.

"좋아, VR은 얼마나 진행됐지? 임원회의 때 틀 수 있게 해줘."

빠듯한 요청이었지만 좋은 아이디어였기에 최 팀장은 빠르게 수긍했다.

"바로 준비하겠습니다."

비가 올 것처럼 흐려지는 날씨에 세원은 커튼을 쳤다.

더 이상 도운이 찾아오지 않는 식사 자리는 아주 간소했다. 마당에서 캔 냉이가 남아 있어 스프를 끓인 참이었다. 호밀 빵과 따뜻한 커피를 곁들여 상을 차리고 세원은 엄마를 불렀다.

거실 소파에 앉아 망연히 바깥을 내다보던 엄마는 천천히 식탁으로 다가와 앉았다.

"맛있겠다."

눈처럼 흰 스프를 본 엄마는 소녀처럼 좋아했다.

세원도 마주앉아 억지로 한 스푼을 떠먹었다. 정성으로 끓인 스프는 감칠맛이 좋았다. 자연스레 도운 생각이 나서 세원은 눈물이 날 뻔한 것을 참았다. 분명히 도운이 좋아할 만한, 혀끝에 봄이 맴도는 맛인 탓이었다.

세원은 억지로 생각을 떨쳐내려 빵 한 조각을 떼어 엄마에게 건넸다.

"스프에 찍어서 먹어봐, 엄마."

엄마는 세원이 시키는 대로 해보았다. 곧 만족스러운 미소가 얼굴에 떠올랐다.

"부드럽네."

세원도 마주 웃으며 엄마의 입가에 묻은 스프를 닦아주었다.

"근데 지원이는 안 오니?"

뜬금없는 소리에 세원의 손이 멈칫했다.

"…오빠는 바쁘잖아. 사건이 진짜 많다던데."

마저 입가를 닦고 세원은 수건을 거두었다.

다시 빵을 떼서 건네자 엄마는 받아들더니 먹지 않고 물끄러미 세원을 바라보았다.

"그럼 우리 공 실장은?"

결국 그 이름이 엄마의 입에서 나오자 세원은 입술을 깨물어야 했다. 대답이 돌아오지 않자 엄마는 다그치듯 말했다.

"우리 사위 말이야."

"…엄마."

결국 세원은 입을 열었다. 애써 웃음을 짓느라 입가가 바르르 떨렸다.

"나, 그 사람이랑 헤어졌어."

덤덤한 말투와 달리 세원의 눈에서는 기다렸다는 듯 눈물이 쏟아져 내렸다.

갑작스러운 눈물에 놀란 엄마가 빵을 스프에 찍어 세원에게 건네주었다.

"같이 먹으면 좋을 텐데. 그 사람, 내가 안 챙겨주면 아무렇게나 먹을 텐데…."

억지로 세원의 손에 쥐어준 빵에서 스프가 흘러내렸다. 뜨거운 줄도 모르고 세원은 통곡을 쏟아냈다.

"진짜로 헤어져버렸어…."

서러운 울음이 터져 나왔다. 엄마도 그런 세원을 보며 울상을 지었다. 덩달아 울음을 터뜨리려는 엄마를 보며 세원은 참아 보려고 했지만 이미 터져 나온 울음은 멈출 줄을 몰랐다.

　그때 집 안으로 들어선 도연은 해괴한 광경에 경악할 수밖에 없었다.

　강 여사가 문을 열어주었는데 얼굴이 온통 눈물범벅이었고, 안쪽에서는 세원의 곡소리가 들려오고 있었다.

　"어머니…."

　겨우 입을 뗀 도연을 보고 강 여사는 훌쩍거리며 말했다.

　"우리 공 실장이 이제 안 온대."

　"…."

　뭐라고 말해야 할지 알 수 없었다. 백에서 티슈를 꺼내 얼굴을 닦아주자 강 여사의 울음이 잦아들었다. 어느 정도 진정이 된 강여사는 도연의 손을 잡고 이끌었다. 깨끗한 거실을 지나 다이닝 룸에 들어서니 엉엉 울고 있는 세원이 보였다. 오랜 시간 친구로 지내왔지만 이렇게까지 자제력을 잃은 세원은 처음 보는 것 같았다.

　도연은 우선 세원의 손에 들려 있던 빵부터 치웠다. 손에 흐른 스프를 닦아내자 발갛게 된 맨살이 드러났다. 도연이 그러거나 말거나 세원은 바라보지도 않은 채 서러운 울음만 쏟아냈다.

　달래는 것을 포기한 채 도연은 천천히 옆에 앉았다.

　"세원아."

　"나 어떡해…."

　그제야 입을 여는 세원이었다. 흐느낌에 가까운 말소리가 흘러나왔다.

"그 사람한테 미안해서 어떡해…."

힘들어할 것은 당연했다. 도연도 알고 있었다. 그래도 막상 이렇게 무너진 세원을 보니 마음이 아팠다.

말없이 도연은 세원을 붙들어주었다. 세원은 쓰러지듯 도연의 어깨에 기대어 눈물을 쏟아냈다.

오후 내내 어둑어둑하더니 드디어 비가 내리기 시작했다.

도연은 어지러운 식탁을 치우고 따뜻한 밀크티를 한 잔 끓였다. 방문을 열어보니 세원은 퇴창에 걸터앉아 멍하니 밖에 내리는 빗줄기를 바라보고 있었다.

"…집이 깨끗하고 좋네."

도연은 세원의 옆에 밀크티가 든 찻잔을 내려놓고 앉았다. 세원은 밀크티에는 눈길도 주지 않은 채 말했다.

"이 집도 그 사람이 얻어준 거야."

"뭐?"

세원은 차분한 목소리로 말했다.

"오해는 하지 마. 아주 대책이었고… 특약 사항이었어."

오랜만에 계약서에 따로 붙인 조항을 생각해냈다. 세원과 강 여사를 위해 도운이 먼저 제안했던 거였다. 기꺼이 아들 행세를 하며 자연스럽게 이사할 수 있을 때까지 배려해주고 기다려주던 도운을 생각하니 또 눈물이 날 것 같아 세원은 억지로 밀크티를 한 모금 마셨다.

"맛있지? 내가 진짜 정성 들여 끓인 거야."

분위기를 반전시켜보려 도연이 말했다. 티백으로 진하게 우려 낸 홍차에 적당한 비율로 우유를 섞어 끓였다.

세원은 감흥 없는 표정으로 잔을 다시 내려놓으며 말했다.

"사과해."

밑도 끝도 없는 소리였다. 잘못 들었나 싶어 도연은 눈을 동그 랗게 떴다.

"그 사람, 아버지랑 달라."

도연을 똑바로 바라보며 세원은 말을 이어나갔다.

"아버지한테 당신처럼 되지 않겠다고 모진 소리를 했다고."

세원은 상당히 감화를 받은 것 같았지만 도연에게는 딱히 와 닿 는 말은 아니었다. 도연은 냉담하게 대답했다.

"진짜 다른지는 지켜봐야 알지. 말하는 건 쉬워."

"그래서 나랑 헤어진 거야."

굴하지 않고 바로 받아치는 세원이었다.

"…그것도 쉬운 거라고는 하지 마."

세원이 그렇게까지 말하자 할 말이 없어진 도연은 입을 다물 었다.

둘 사이에 침묵이 흘렀다.

"그래, 사과할게."

도연이 말했다.

"열 번이고 스무 번이고 사과할게. 그게 대수야?"

막상 도연이 시원하게 응수하자 세원은 부끄러워졌다. 자신이 어리광을 부렸다는 생각이 들었다. 누군가에게 대신 화를 내고 싶었는지도 몰랐다. 자신과 도운이 결코 이어질 수 없다는 사실에 대해서.

"그러니까 너도 인정해."

도연은 진지하게 말했다.

세원은 긴장된 얼굴로 고개를 들었다.

"밀크티 맛있다는 거."

세원은 피식 웃어버리고 말았다. 고개를 끄덕이는 세원에게 도연은 말했다.

"그럼 다 마셔."

힘없이 세원은 찻잔을 집어 들어 남은 밀크티를 마셨다.

도연은 고개를 돌려 밖에 내리는 빗줄기를 바라보았다.

"더워지려나 봐."

세원의 눈길도 자연스럽게 바깥을 향했다. 작은 창밖으로 보이는 풍경이 빗물 때문에 흐릿했다.

"봄이 벌써 끝났네…."

여러 의미가 담겨 있는 말이었다.

그 말에 담긴 심란함이 싫어 도연은 창을 등지고 앉았다.

"누가 찾아왔었어."

덤덤한 말투에 세원의 시선이 도연의 입가에 머물렀다.

"교복을 입고 있더라. 얼굴이 되게 어렸어."

무슨 말인지 세원은 쉽게 파악이 되지 않았다.

"…그게 누군데?"

도연은 가벼운 한숨을 내쉬었다. 웃고 있었지만 한숨엔 고단함이 묻어 있었다.

"미대에 가고 싶다고 찾아와서는 눈을 반짝반짝하는데 한 대 때려주고 싶었어."

누구냐는 질문에는 일부러 대답하지 않은 것 같았다. 재차 묻기도 애매해서 세원은 가만히 듣고만 있었다.

한참 뜸을 들인 후에야 도연은 입을 열었다.

"내 동생이래."

"…동생?"

무남독녀 외동딸로 곱게 자란 도연이었다. 금시초문인 동생 얘기에 세원은 놀랄 수밖에 없었다.

"부잣집에는 이런 게 꼭 하나씩은 있나 봐. 우리 집이 재벌은 아니지만."

"…!"

세원은 자신도 모르게 떡 벌어진 입을 가렸다. 부족한 것 없이 자랐다고 생각했다. 부모님도 사이가 좋아 보였기에 더욱 예상치 못한 일이었다.

"엄마는 아직도 모른대. 웃기지?"

도연의 말투가 담담한 게 더 마음 아팠다. 이제야 도운에 대해 과민하게 반응했던 것이 이해가 되었다. 그것도 모르고 도연을 원망하기만 했던 자신이 부끄러웠다. 사과하라고 한 것도 후회가 되었다.

"네 말도 맞아. 문제를 일으킨 사람 따로, 힘들어하는 사람 따로. 나나 걔나 무슨 잘못이 있겠냐. 우리 엄마도 그렇고."

침착해지려고 노력하던 도연의 입에서 다시 한숨이 흘러나왔다.

"그래도… 걔는 너무 미워. 뻔뻔해. 그렇게 찾아오는 것도 재수 없어."

도연의 입장을 들어보니 그 심정도 이해가 갈 것 같았다.

"…그래서 어떻게 했어?"

"어떻게 하긴, 싸대기라도 한 대 때릴 걸. 그냥 모른 척했어."

처음 도운의 존재를 알게 되었을 때 형들도 그런 기분이었을까. 어쩔 수 없이 세원의 머릿속 흐름은 도운에 대한 생각으로 이어졌다.

"더 황당한 건, 아빠가 나보고 걔를 만나주라는 거야."

"그건…."

너무 잔인한 일이라고 생각하면서도 도운을 떠올리면 또 세원은 그렇게 말할 수가 없었다.

"…안 때린 게 용하네."

결국 세원은 실없는 대답밖에 할 수 없었다.

도연도 헛웃음을 지어버렸다.

"그치? 내 성격에."

누구한테 말도 못하고 혼자 담아두고 있었을 도연이 안타까워 세원은 말했다.

"나 한 잔 더 끓여줘, 밀크티."

세원 나름의 화해 신청이었다. 그걸 모를 리 없는 도연도 선심 쓰듯 대답했다.

"…그래. 다음에 네가 더 맛있는 거 해주겠지."

알겠다는 듯 세원은 조용히 미소를 지어 보였다.

***

며칠 후 해도 뜨지 않은 이른 새벽, 세원은 부지런히 집을 나섰다.

촬영이 전부 끝났다는 소식에 예전 집에서 짐을 챙겨오기 위해서였다.

세원이 어느 정도 짐을 정리해놓으면 최 팀장이 와서 대책회의를 하고 같이 집으로 넘어오기로 되어 있었다. 시간은 충분했지만 세원은 서둘렀다. 혼자 조용히 시간을 보내고 싶었기 때문이다.

오랜만에 보는 집은 그 사이 더 낡아버린 것 같았다. 어차피 허물 집이라 스텝들도 막판엔 조심성 없이 다닌 모양이었다. 평상과 툇마루 위에 발자국들이 어지럽게 찍혀 있었고 낡은 부엌문은 거의 떨어져 나갈 지경이었다.

세원은 천천히 마당을 가로질러 툇마루에 가서 앉았다. 어린 시절부터의 기억이 가득한 집이 사라진다고 생각하니 마음 한구석이 무너지는 기분이었다. 마당 곳곳에 남은 아빠의 흔적들 그리고….

주룩. 결국 세원의 눈에서 또 눈물이 흘러내리고 말았다.

이 집에 관한 기억의 끝은 도운이었다. 오랜만에 집에 내려와 대문을 열었을 때, 바로 지금 세원이 앉은 그 자리에 도운이 앉아 있었다. 샐쭉한 눈으로 자신을 바라보던 그 풍경이 아직도 생생했다. 얼떨결에 뒷걸음질 친 자신에게 다가와 도운은 씩 웃으며 말을 건넸었다.

그때가 기억나 세원은 힘없이 웃었다.

시간을 돌릴 수 있다고 해도 달라지는 건 없을 것 같았다. 도운과 함께 보낸 시간들 하나하나가 전부 다 소중했기에, 세원은 똑같이 그를 사랑하고 말았을 것이라 생각했다.

그때였다.

끼익, 익숙한 소리를 내며 대문이 안쪽으로 열렸다.

이른 시간인 데다 철거가 상당히 진행된 마을엔 인적이 없었다. 세원은 덜컥 겁부터 났다.

하지만 거기엔 도운이 서 있었다.

마치 두 사람이 처음 만난 날처럼, 마당을 사이에 두고 시선이 부딪혔다.

첫날 두 사람의 눈빛엔 의심과 호기심이 서려 있었지만 오늘은 애틋함과 안타까움이 가득 차 있었다.

두 사람은 아무 말도 못한 채, 아무 소리도 내지 못한 채 서로를 마주보았다.

잠시 적막한 시간이 흐른 끝에, 드디어 도운이 뭔가 말하기 위해 입을 열었을 때였다.

"상무님!"

멀리서 들려오는 최 팀장의 목소리였다.

대문 앞에 서 있던 도운이 세원에게서 눈길을 거두고 골목 아래

쪽을 보았다.

"아, 거기 계셨네요."

급하게 골목을 올라오는 발소리가 들렸다.

떠나야 할 시간이었다.

도운은 그 전에 다시 한 번 세원을 돌아보았다. 처음 만난 날 그 모습 그대로, 여전히 수수하지만 예쁜 시골집 아가씨를 향해 도운은 씩 웃어 보였다.

세원은 참지 못하고 흐느낌을 숨기려 두 눈을 감았다. 도운의 눈웃음이 한 장의 사진처럼 세원의 마음속에 남았다. 세원은 그대로 눈을 뜨지 않고 도운이 떠나는 것을 소리로 듣고 있었다.

점점 그의 발소리가 멀어지는 것을 듣고만 있던 세원이 참지 못하고 눈을 떴다. 자리에서 벌떡 일어섰다. 대문을 향해 두어 걸음 떼었을 때였다.

같은 마음으로 다시 달려온 도운이 대문을 열고 들어왔다. 도운은 그대로 세원을 향해 돌진해 숨 막히도록 껴안았다.

세원은 안타까움에 입술을 깨물며 그를 마주 안았다. 참고 참았던 흐느낌이 그의 품에서 다시 터지고 말았다.

"…울지 마."

세원을 더욱 더 꽉 껴안으며 도운은 속삭였다.

그의 가슴에 얼굴을 묻으며 세원이 뭔가 말하기 전에 도운이 또다시 선수를 쳤다.

"미안해하지도 마."

그것은 불가능한 일이었기 때문에 세원은 대답할 수 없었다.

도운은 품에서 세원을 떼어내고 크고 보드라운 손으로 세원의 얼굴을 감싸 쥐었다.

그 사이 얼굴이 눈물범벅이 되어버렸다.

"알겠지?"

울음을 참으려 세원의 입가가 바르르 떨렸다.

거부할 수 없는 도운의 눈을 마주보며, 세원은 늘 그래왔던 것처럼 고개를 끄덕였다.

그제야 도운은 마지막으로 천천히 세원을 들여다보며 눈에 담았다.

"…지금 출발하셔야 됩니다."

임원회의에 늦을지도 몰라 최 팀장이 끼어들지 않을 수 없었다.

도운은 안타까운 얼굴로 세원의 집을 떠났다.

털썩, 그가 떠난 자리에 그대로 주저앉아 세원은 울음을 삼켜야 했다.

최 팀장이 돌아온 것은 그로부터 몇 시간 후였다.

그 사이 세원은 침착한 얼굴을 되찾고 짐을 전부 정리한 다음 청소까지 마친 상태였다.

"아까는 죄송했습니다."

마당으로 들어서며 최 팀장이 말했다. 도운을 불러낸 것에 대한 사과였다.

세원은 최 팀장을 바라보다가 멋쩍게 웃으며 말했다.

"…무슨 그런 걸 사과하세요."

도운과 조금이라도 더 같이 있고 싶었던 것은 사실이지만 일하러 갈 사람을 붙들고 있는 것은 원치 않았다.

"잠깐 기다리세요."

세원은 차를 내올 생각에 부엌으로 들어갔다. 잠시 후 간단하게 차를 준비해서 마당으로 나오자 평상에는 최 팀장 외에 한 사람이 더 앉아 있었다.

"잘 지내셨죠?"

최 팀장이 말했던 '도와줄 만한 사람'은 장 탐정이었다.

세원은 바로 인사를 건넬 수가 없었다. 그를 이렇게 다시 만나게 될 줄은 몰랐기 때문이었다. 장 탐정에게 마지막으로 보인 모습이 울음을 참으며 회의실을 뛰쳐나온 것이어서 세원은 더 민망한 마음이 들었다.

세원과 달리 장 탐정은 아무렇지도 않은 얼굴이었다. 과거야 어쨌든 지금은 문제를 해결하는 게 급선무였다.

"상황이 좋지 않습니다."

장 탐정은 부정적인 말로 브리핑을 시작했다.

"…일단 CCTV. 그날 점검이 있었기 때문에 녹화분이 전혀 없다고 합니다."

"말도 안 돼."

반사적으로 대답하는 최 팀장이었다.

"그것도 그 층 전부 다요. 이상하죠?"

세원도 최 팀장과 같은 생각이었다. 점검이라면 레스토랑이 영

업하지 않는 시간에 충분히 할 수도 있었다.

굳어진 얼굴로 잠시 고민하던 세원이 말했다.

"…직원들은요? 그날 목격자가 많았어요."

장 탐정은 묘한 표정을 지었다.

"그런 것 같더군요, 그런데 진술이 최소희 주장과 일치합니다."

"뭐라고요?"

이번엔 세원이 반사적으로 대답했다. 경악스러운 표정이 세원의 얼굴 위에 떠올랐다.

"아니에요, 진짜 아닌데…."

입술을 깨문 세원의 낯빛이 어두워졌다.

"그럼 다른 쪽으로 접근할 수는 없을까요?"

난감한 얼굴로 최 팀장이 물었다. 장 탐정은 다시 브리핑을 이어나갔다.

"진단서. 예상대로 최소희 주치의가 끊어준 겁니다. 전치 8주에 맞추려 상당히 노력했더군요."

팔랑거리는 소리를 내며 장 탐정의 수첩이 넘어갔다.

"변호인단. 마찬가지로 짱짱합니다. 대형 로펌이 맡았고 얘기 들어볼 만한 사람을 한 명 만나봤는데…."

그 말에 세원이 간절한 얼굴로 고개를 들었다. 하지만 장 탐정은 단호하게 말했다.

"…합의할 여지는 절대로 없다고 합니다."

당연한 수순이었다. 세원의 입에서 깊은 한숨이 흘러나왔다. 그런 세원을 유심히 보며 장 탐정이 물었다.

"무슨 일이 있었죠?"

"그건 말씀드린 대로…."

"아뇨, 그 전에. 하필 거기서 두 사람이 마주친 이유가 뭡니까?"

정곡을 찌른 말이라 세원의 눈빛이 흔들렸다. 도움을 구하듯 최 팀장을 돌아보았다.

장 탐정은 그런 세원의 행동에 더욱 확신이 들었다.

"제 생각을 말해보겠습니다."

장 탐정은 탁 소리가 나게 수첩을 덮고 말했다.

"최소희 씨, 그룹 차원에서 공도운 상무님과 결혼 얘기가 오가고 있더군요. 이건 사실이죠?"

세원도, 최 팀장도 아무 대답을 하지 않았다. 다만 그늘이 드리워지는 세원의 얼굴이 대답을 대신했다.

"그런데 공도운 상무님께서 호감을 가진 건 홍세원 씨입니다. 이것도 사실이고요."

이번엔 조용히 입술을 깨무는 세원이었다.

"결국 최소희 씨가 홍세원 씨에게 악감정을 가진 건."

"그게…."

드디어 세원이 입을 열었다. 정확하게 장 탐정이 예상한 타이밍이었다. 장 탐정은 세원의 이야기를 경청하기 위해 편안하게 자세를 고쳐 앉았다.

장 탐정이 차를 한 모금 마시는 걸 지켜보며 세원은 조심스럽게 말했다.

"어디서부터 말씀드려야 될지…."

세원의 눈빛엔 두려움이 가득했다. 장 탐정은 초면은 아니었지만 세원에겐 아직 낯선 인물이었다.

그런 세원의 마음을 이해하는 최 팀장이 대신 대답을 전했다.

"전부 말씀해주시는 게 탐정님께 도움이 될 겁니다."

장 탐정도 동의한다는 듯 세원을 바라보았다. 두 사람 다 그렇게 나오자 세원은 입을 열지 않을 수가 없었다.

"…최소희가 찾아왔었어요."

"여기로요?"

흥미를 느꼈는지 장 탐정의 눈빛이 반짝 빛났다.

"여기는 아니고, 이사한 집으로요."

"어쨌든 이 부근까지 온 거네요."

"네, 직접 운전해서 왔어요."

"…직접 운전을 했다는 건, 다른 사람 모르게 와야 할 이유가 있었다는 뜻인데. 뭐였죠?"

잠시 그날의 굴욕감이 떠올라 세원은 대답을 하기 전에 마음을 추슬러야 했다. 착잡한 표정으로 심호흡을 한 다음에야 다시 말을 이어갈 수 있었다.

"저한테 이런 저런 협박을 하면서 상무님이랑 헤어지라고 했어요. 처음엔 그냥 허세라고 생각했는데… 나중에 보니까 진짜 대단한 사람이더라고요."

그 말에 동의할 수 없었기에 최 팀장이 끼어들었다.

"사람이 대단한 건 아닙니다, 배경이 대단한 거지."

최 팀장 때문에 세원의 말이 끊길까 봐 장 탐정은 우려가 되었지만 다행히 세원은 그 말에 오히려 용기를 얻어 말을 이어나갔다.

"…어쨌든 저는 헤어질 생각이었어요. 제가 상무님과 어울리지 않는 건 사실이니까."

힘든 사실을 얘기할 때 오히려 담담해지는 세원의 목소리였다.

"그런데 상무님이 아버지랑 식사 약속을 잡으면서 일이 꼬인 거예요."

"그럼 최소희 연락처를 알려달라고 했던 게…."

그때 일을 떠올리며 최 팀장이 말했다. 세원은 작게 고개를 끄덕였다.

"제가 불렀어요, 최소희. 그 자리에 대신 나가달라고."

계속 듣고만 있던 장 탐정이 입을 열었다. 이제야 알 것 같다는 얼굴이었다.

"그럼 고소한 건 결국, 완전히 헤어지라는 선전포고네요."

정확한 장 탐정의 요약에 세원은 창백한 얼굴로 고개를 숙였다. 반면 장 탐정은 밝은 얼굴로 말했다.

"그걸 조건으로 협상해보는 게 가능할 것 같은데요."

잔인할 정도로 냉담한 장 탐정의 말에 최 팀장이 반사적으로 제동을 걸었다.

"그건…."

하지만 장 탐정은 멈출 생각이 없었다.

"전과가 생기는 것보다는 훨씬 나을 겁니다."

맞는 말이라서 세원은 마음이 아팠지만 수긍할 수밖에 없었다. 게다가 이미 도운과는 헤어지기로 각오를 다진 상태였기 때문에 더는 두려울 것이 없었다.

"이미 완전히 헤어졌는데, 더 어떻게 해야 될까요. 각서라도 써야 되는 건가요?"

"…그 정도로 끝나면 다행입니다."

세원의 얼굴에 금세 놀란 표정이 떠올랐다. 그 외에 자신이 할 수 있는 일이 더 있다는 것을 믿을 수 없었다.

"그럼요?"

"얘기를 해봐야 알겠지만… 아예 해외로 나가거나 개명을 하고 숨어버리는 걸 원할 수도 있습니다."

세원은 자신도 모르게 헛웃음을 터뜨렸다. 현실감이 없는 이야기들이었다.

"무섭네요."

농담처럼 던진 말이었지만 장 탐정은 미동도 하지 않고 대답했다.

"어느 정도 각오는 하셔야 할 겁니다."

이번엔 믿을 수 없다는 듯 최 팀장을 돌아보았다. 그런데 최 팀장의 표정도 굳어져 있었다.

"…원래 이래요?"

세원은 최 팀장을 향해 물었다.

최 팀장은 대답을 못하고 시선을 피했다. 무언의 긍정이었다.

"정말 무서운 세계구나….'

혼잣말처럼 중얼거리며 세원은 하늘을 올려다보았다. 도운과 약속한 대로 울지 않기 위해서, 차오르는 눈물을 참아내기 위해서였다.

그런 세원의 마음도 모른 채 하늘은 야속하도록 맑았다.

임원회의에서 샘플하우스 VR을 틀기로 한 시도는 성공적이었다. 특히 VR을 미디어로만 접했지 실제로 경험해보지 못했던 중년 임원들의 반응이 좋았다. 바람의 언덕 주 고객이 은퇴를 앞둔 중장년층임을 고려하면 나쁘지 않은 선택이었다.

그러나 회의 내내 도운의 표정은 좋지 않았다. 도운의 머릿속은 VR이고 뭐고 세원에 대한 생각으로만 가득 차 있었다. 그 집에서 세원과 다시 조우한 것은 운명이라고밖에 생각할 수 없었다.

하지만 세원은 울고 있었다. 빈 집에 앉아 처연하게 울던 그 풍경이 도운의 마음을 아프게 했다. 자신도 모르게 한숨을 쉬던 도운은 공 회장과 눈이 마주쳤다.

공 회장은 걱정 섞인 눈빛으로 도운을 바라보고 있었다. 바로 시선을 거둔 도운은 애써 덤덤한 표정을 지었다. 회의가 모두 끝나고 사람들이 빠져나갈 때까지, 도운은 공 회장을 의식하며 담담한 표정을 유지하기 위해 노력했다.

드디어 회의실에 도운과 공 회장만이 남았다. 공 회장은 피곤한 얼굴로 잠시 눈을 감았다.

조금 시간이 흐른 후에야 공 회장은 천천히 입을 열었다.

"…어쩔 생각이냐."

아마도 결혼에 대한 이야기겠지만 질문이 너무 막연했기에 도운은 선뜻 대답을 할 수가 없었다. 회의 자료의 표지만 바라보고 앉은 도운에게 공 회장은 재차 말했다.

"네 생각이 궁금해서 불렀다. 뭐든 말해봐라."

도운은 고개를 들고 아버지를 마주 보았다.

"그날 말씀드린 대로입니다. 더 하고 싶은 말은 없습니다."

"…."

사랑하는 아들이 쏟아냈던 모진 말들이 생각나 공 회장은 다시 눈을 감아버렸다. 미간에 진한 주름이 잡혀 있었다.

"너 때문에 내가 심장병이 도질 것 같다."

"…죄송합니다."

순순히 사과하자 공 회장은 순간적으로 화가 나서 목소리를 높였다.

"죄송하면!"

"…."

강압적인 공 회장의 태도에 도운은 더는 말하지 않고 입을 다물어버렸다. 화를 가라앉히기 위해 공 회장은 잠시 시간을 가져야 했다.

"…나도 그날 말한 대로다. 너를 호적에 올리려면 그쪽의 도움이 필요해."

도운은 묵묵부답이었다.

"그렇지 않으면 내 상속자가 될 수도, 우리 회사의 후계자가 될 수도 없다."

이미 아는 얘기의 반복이었기에 도운은 동요하지 않았다.

"…그런 사람에게 공남건설을 맡길 수도 없겠지."

공남건설 얘기가 나오자 미세하게 반응하는 도운이었다. 바람의 언덕 사업에 대한 애착을 아는 공 회장의 강수였다.

"둘째가 전무로 가 있으니 너 대신 맡겨볼 참이다."

도운은 분한 듯 입을 다물었지만 대꾸는 하지 않았다. 그런 도운을 답답하게 지켜보던 공 회장이 다시 한 번 물었다.

"…이제 어쩔 생각인지 말해봐라."

도운은 눈을 감고 깊은 숨을 내쉬었다.

"아버지 뜻대로 하겠습니다."

"…!"

반가운 말에 공 회장은 허리를 세우고 앉았다. 하지만 도운의 말은 끝난 게 아니었다.

도운은 천천히 눈을 뜨더니 아버지를 돌아보았다.

"만약 과거로 돌아갈 수 있다면 어떻게 하시겠습니까."

"뭐?"

뜬금없는 말에 공 회장은 눈을 가늘게 떴다.

"만약 결혼하기 전으로 돌아가 제 어머니를 만날 수 있다면…."

도운은 아예 공 회장을 향해 돌아앉은 채 말을 이어나갔다.

"…그래도 그 자리를 지키기 위해 저희 어머니를 외면하고 포기하고, 기다리게 해서 결국 첩으로 만드실 겁니까?"

도운은 자극적인 단어를 쓰며 강하게 공 회장을 밀어붙였다. 공 회장은 도운에게 말려들고 있다고 생각했지만 선뜻 저지할 수가 없었다.

"이제 저를 그 시절의 아버지라고 생각하시고, 어떻게 해야 하는지 말씀해주십시오."

드디어 도운의 질문이 끝난 것 같았다. 도운은 진지한 눈빛으로 아버지를 바라보았다.

진심 어린 아들의 눈빛을 마주 보는 공 회장의 마음은 착잡했다. 하지만 길게 생각할 것은 없었다. 오래 기다릴 것 없이 공 회장은 도운의 질문에 대답하기 위해 입을 열었다.

***

부웅, 소리와 함께 장 탐정의 차가 한적한 국도를 갈랐다. 생각보다 출발이 늦어진 탓에 마음이 조급했다.

대책 회의를 마치고 얼떨결에 함께 이삿짐을 날라준 것이 화근이었다.

세원의 설득에 못 이겨 점심까지 먹고 나니 시간이 훌쩍 지나 있었다. 부지런히 달리면 해가 지기 전에는 서울에 도착하겠지만 퇴근 시간에 딱 걸릴 것 같았다.

"후⋯."

예상했던 대로 톨게이트 언저리부터 차가 꽉 막히기 시작했다. 차에서는 담배를 잘 피우지 않지만 한 대 피워 물지 않을 수 없었다.

최소희. 장 탐정의 마음이 바쁜 것은 최소희를 만나야 하기 때문이었다.

이런 류의 협상은 절대 변호인단을 통할 수가 없었다. 당사자를 만나야만 정확히 원하는 것이 무엇인지 알 수 있었다.

그러나 최소희는 쉽게 만날 수 있는 인물이 아니었다. 섣불리 접근했다간 역풍을 맞을 수도 있었다. 최대한 자연스럽게 접근해서 확실하게 원하는 바를 파악해야 했다.

그 방법이 무엇일지, 장 탐정이 자신의 인맥 지도를 머릿속에 펼쳐놓고 골똘히 생각에 잠겨 있을 때였다.

시끄럽게 울리는 벨소리가 장 탐정의 차를 가득 메웠다. 습관적으로 블루투스 이어폰을 귀에 꽂고 장 탐정은 화면 위에 떠오른 이름을 잠시 바라보았다.

"…네."

짤막하게 대답했다. 수화기 너머에서는 말이 없었다. 전화를 걸어온 곳은 아주 조용한 곳인지 작은 소음 하나 들리지 않았다. 장 탐정은 상대방이 자신과 기 싸움을 하고 있다는 사실을 깨달았다.

'솔직히 말해야겠군.'

장 탐정은 쓸데없는 감정 소모를 싫어했다. 그것은 탐정이라는 보기 드문 직업을 유지할 수 있는 비법이기도 했다.

"말씀하십시오, 최소희 씨. 혹시 몰라 연락처는 미리 받아두었습니다."

그제야 상대방은 정적을 깨고 피식, 웃음을 터트렸다. 비웃음에 가까운 것이었지만 장 탐정은 딱히 동요하지 않았다.

"허 변호사한테 들었어요. 합의를 하시겠다고요."

소희가 단도직입적으로 대화를 시작했다.

그것은 장 탐정의 마음에 들었다. 원하는 것이 분명한 사람은 다루기가 쉬웠다.

"만나서 얘기하죠, 제가 그쪽으로 가겠습니다."

소희도 장 탐정과는 말이 통할 거라고 느꼈는지 더 묻지 않고 강남의 호텔 로비에서 만나자고 청했다. 다행히 성남 톨게이트에서 멀지 않은 위치였기에 얼추 시간을 맞출 수 있을 것 같았다.

커피숍에 앉아 칵테일을 마시고 있는 최소희는 멀리서도 눈에 띄었다. 큰 키에 시원시원한 이목구비도 그렇지만 어두운 구석에 앉아 굳이 선글라스를 쓰고 있는 것도 그랬다.

"…생각보다 젊으시네요."

힐끔 선글라스를 내려 장 탐정을 바라보더니 최소희가 말했다.

본론을 벗어나는 얘기는 싫어하는 편이라 장 탐정은 대꾸 없이 자리에 앉아 명함을 건넸다.

곧 직원이 다가오자 메뉴판도 보지 않은 채 에스프레소를 주문했다.

명함을 물끄러미 보던 소희도 직원을 향해 말했다.

"나도 한 잔 더 줘요, 블랙러시안."

"알겠습니다."

잔에 남은 칵테일을 전부 마신 다음 최소희는 다시 장 탐정을 바라보았다.

기다렸다는 듯 장 탐정이 먼저 입을 열었다.

"저희 쪽은 준비가 되었습니다."

그 말에 소희는 짧은 한숨을 내쉬며 뒤로 기대어 앉았다. 큼지막한 선글라스에 가려져 표정은 보이지 않았다.

"무슨 준비."

의도를 가진 반말이 소희의 입에서 흘러나왔다.

이번엔 장 탐정도 기분이 나빴지만 티는 내지 않았다.

"…원하는 걸 말씀해보시죠."

흔들리지 않는 장 탐정을 잠시 바라보다가 소희는 다시 그의 명함을 집어 들었다.

"홍세원, 왜 도와줘요?"

또 다시 본론에서 벗어나는 얘기였다. 장 탐정이 대답하지 않자 소희는 고개를 들어 장 탐정을 바라보았다.

"걔가 돈이 있는 것도 아니고. 비용이 지금 누구 주머니에서 나가는 거지?"

혼잣말 같아서 장 탐정은 굳이 대답할 필요성을 느끼지 못했다. 마침 직원이 다가와 둘의 대화는 잠시 끊겼다.

직원이 잔을 테이블 위에 내려놓기도 전에 소희는 낚아채듯 잔을 빼앗았다. 그대로 술을 들이키는 소희를 직원은 황당하게 바라보았지만 아무 말도 않고 자리를 떠났다.

장 탐정은 침착하게 최소희를 기다렸다. 생각했던 것처럼 대화가 수월하게 흘러갈 것 같지 않았다.

잠시 후, 기어이 블랙러시안 한 잔을 전부 털어 넣고 나서야 소희는 잔을 내려놓았다.

"원하는 거."

소희의 목소리는 한층 가라앉아 있었다.

"뭐라고 생각해요?"

다시 이야기가 똑바로 돌아왔다. 장 탐정이 바라던 바였다.

"완전한 이별."

정곡을 찌르는 말에 소희의 입가가 살짝 떨렸다. 합의를 얻어내야 하는 주제에 장 탐정은 당당했다.

"…무조건 결혼 일정에는 차질이 없도록 하겠습니다."

이번엔 살짝 숙이고 들어오자 그의 말이 끝나기도 전에 소희는 웃음을 터뜨렸다.

코웃음으로 시작된 작은 웃음은 잠시 후에는 커피숍이 떠나갈 정도로 큰 폭소가 되었다.

"탐정님 재밌으신 분이네."

처음보다 굳어진 상대를 향해 소희는 물었다.

"지금 공 상무, 어디 있는지 알아요?"

당연히 장 탐정이 알 리 없었다. 대답이 없자 소희는 씁쓸하게 웃었다.

"…완전한 이별은 무슨. 난 한 잔 더 마실 거니까 나가요."

소희의 말에 서늘한 촉이 장 탐정의 뒷덜미를 스쳤다. 일단 자리에서 일어난 장 탐정은 그래도 예의를 갖추어 말했다.

"더 알아보고 연락드리겠습니다."

하지만 소희는 그를 쳐다보지도 않았다.

이삿짐이 쌓여 있는 집은 어수선했다. 천천히 정리하려 해도 엄두가 나지 않아 세원은 한동안 사방에 뻗쳐둔 짐들을 바라만 보았다.

하루 사이에 너무 많은 일들이 일어난 것 같았다. 새벽에 도운을 만난 것은 꿈만 같았고, 어디론가 물거품처럼 사라져야 할지도 모른다고 했던 장 탐정의 말은 신기루 같았다.

땅이 꺼져라 한숨을 내쉬며 세원은 식탁에 이마를 대었다. 최소희가 어떤 조건을 내걸지 자신은 상상조차 할 수 없었다. 세원에겐 아픈 엄마가 있었다. 같이 외국에 나가기도 힘들고, 병원에서 거리가 먼 시골 오지로 숨어버리는 것도 어려웠다. 하지만 그걸 최소희가 배려해줄 리 없었다.

생각할수록 부정적인 결론만 나는 것 같아 세원은 다시 고개를 들었다. 지금은 장 탐정에게 맡겨볼 수밖에 없었다. 억지로 자리에서 일어선 세원은 짐을 정리하기로 결심했다. 몸을 움직이다 보면 기분이 한결 나아질 것 같았다.

쿠당탕탕!

그때 위에서 큰 소리가 들려왔다. 옥상에는 바람을 쐬겠다고 도연이 올라가 있었는데.

아니나 다를까, 다락방으로 향하는 문을 열자 도연이 급하게 계단을 내려오고 있었다.

"무슨 일이야?"

"어?"

세원을 보고 당황한 도연은 괜히 말을 얼버무렸다.

"그게, 컵을 떨어뜨렸어."

"뭐? 깨졌어? 안 다쳤어?"

도연을 살펴보는 세원이었지만 도연은 오히려 세원을 돌려 세왔다.

"난 괜찮은데, 그러니까, 내가 치울게."

"뭐야."

이상하게 횡설수설하는 것처럼 보였다. 세원이 미심쩍어하는 기색을 보이자 도연은 세원의 등을 떠밀며 말했다.

"밀크티나 마시자. 옥상은 내가 싹 치울 테니까 너는 방 좀 치우고 있어."

탁. 작은 방에 세원을 밀어 넣은 도연은 뒤에서 문을 닫아버렸다.

수상하긴 했지만 세원은 따질 기력이 없었다. 아끼는 컵을 깼거나 옥상에 큰 얼룩을 만들었거나 그런 소소한 일이겠지, 생각하며 세원은 묻지 않고 넘어가기로 했다.

도연은 방문을 닫고 조용히 귀를 기울이고 있었다. 다행히 세원은 안에서 고분고분 짐 정리를 시작한 것 같았다. 한숨 돌린 도연은 발끝을 세우고 다가가 현관문을 열었다.

대문 너머에 검은 차 한 대가 주차되어 있었다. 방금 들어온 차였다.

그리고 이 검은 차는 분명히 도운의 차였다.

똑똑- 노크 소리가 들렸지만 도운은 몸을 일으킬 수가 없었다.

똑똑똑. 노크 소리는 다소 거세고 강해졌다. 겨우 눈을 뜬 도운이 핸들에 이마를 댄 채 힐끔 돌아보았다. 차창 밖에 화가 섞인 얼굴로 도연이 서 있었다.

차 문은 잠겨 있지 않았지만 도운은 열어줄 힘이 없었다. 선팅이 강하게 되어 있어 밖에서는 안쪽 상황이 잘 보이지 않을 터였다.

앞쪽으로 돌아와 차창 가까이에 얼굴을 대고서야 도연은 사태를 파악할 수 있었다.

벌컥, 드디어 문이 열리자 시원한 공기가 차 안으로 들어왔다. 도운은 희미하게 웃으며 도연을 돌아보았다.

"뭐예요, 안 어울리게. 지금 아픈 거예요?"

뿔난 얼굴을 하고서도 도연은 걱정을 하고 있었다. 도운은 대답 대신 힘겹게 몸을 일으켰다. 그러나 곧 뒤로 쓰러지듯 몸을 기대고 눈을 감았다.

"…아프면 병원에 갑시다."

최 팀장에게 전화를 걸기 위해 도연은 핸드폰을 꺼냈다.

그러나 그 시각, 최 팀장은 장 탐정의 전화를 받고 있었다. 어쩔 수 없이 전화를 끊고 문자메시지를 남기는데, 어느새 눈을 뜬 도운이 힘겹게 입을 열었다.

"홍세원."

무슨 말인가 싶어 도연은 고개를 들었다.

"…"

어느새 뒤에 세원이 와서 서 있었다.

엄마가 말없이 맨발로 마당에 나간 이후로 세원은 현관문의 도어락 소리에 민감해졌다. 분명 옥상을 치운다 했는데 미세하게 도어락 소리가 들리자 또다시 엄마가 밖에 나간 줄 알고 뛰쳐나온 것이다. 그러나 강 여사는 안방에서 조용히 짐들을 정리하고 있었다. 대신 현관에서 사라진 건 도연의 신발이었다.

다시 도운을 보게 될 줄 몰랐다. 세원은 굳은 채로 서서 도운을 바라보았다. 그가 반가웠지만, 당장에라도 그에게 달려가고 싶었지만… 걱정이 되는 것도 사실이었다. 도운과 완전히 헤어졌다고 불과 몇 시간 전에 장 탐정에게 자신만만하게 말하지 않았던가.

세원을 향해 도운은 씽긋 웃었다. 하지만 도운답지 않게 맥아리가 없었다.

심상치 않다는 걸 느낀 세원이 다가가 도운의 이마에 손을 짚었다. 열이 펄펄 끓고 있었다.

"왜 이러는 거예요."

속상한 감정이 고스란히 묻어나는 목소리였지만 도연은 세원을 뒤로 끌어냈다.

"최 팀장님 오실거야. 넌 들어가 있어."

이어서 도연은 도운을 향해 말했다.

"여기 다시는 안 오기로 했잖아요. 지금 세원이가 얼마나… 악!"

분명 고소 얘기를 할 것 같아서 세원은 도연의 옆구리를 꽉 꼬집었다.

"들어갈 테니까 조용히 해."

세원의 눈빛은 분명히 말하고 있었다.

'최소희와의 일, 절대로 말하지 마.'

별 수 없이 도연은 입을 다물었다.

세원은 도운을 뒤로 하고 떨어지지 않는 발걸음을 떼었다.

그때였다. 도운이 손을 뻗어 세원을 붙잡았다.

"나, 다 버리고 왔어."

두 여자의 눈이 동그랗게 커졌다.

"이제 그냥 공남건설 직원 공도운인데…. 그래도 여기 오면 안 돼?"

두 사람은 아무 말도 하지 못했다. 먼저 입을 연 건 도연이었다.

"미쳤어요…?"

심한 말이었지만 진심이었다. 사랑하는 여자를 위해 왕위를 버린 남자는 봤어도 재벌이길 포기한 남자는 본 적이 없었다.

도운은 아무 말도 하지 않은 채 힘겹게 세원을 바라보았다. 놀란 얼굴로 도운을 돌아본 세원의 눈에서 커다란 눈물방울이 흘러내렸다. 울지 않기로 했지만 울지 않을 수가 없었다.

세원은 새벽에 도운이 그랬던 것처럼, 멈추지 않고 그대로 다가가 그를 품에 껴안았다. 따뜻한 세원의 품에서 도운은 이제야 조금 자신이 저지른 일이 실감이 날 것 같았다.

12
세원의 잘못

눈을 감은 채 공 회장은 집무실에 꼼짝도 하지 않고 앉아 있었다. 회의실에서 나눈 대화의 여운이 길게 남은 탓이었다.

"…다시 시간을 돌려도 나는 똑같은 선택을 할 거다."

도운의 질문에 대한 공 회장의 대답이었다. 냉담한 말에 도운이 눈을 가늘게 뜨고 공 회장을 바라보았다.

시선을 회피하면 혹시라도 거짓이라 생각할까 봐 공 회장은 아들의 눈을 똑바로 보며 말을 이어나갔다.

"내가 누려온 것들 중 쉽게 얻은 것은 아무것도 없어."

도운도 공 회장을 똑바로 응시했다. 그 눈은 말하고 있었다.

'뻔한 얘기.'

그래도 공 회장은 말을 끊지 않았다. 한 번은 해야 할 말이었다.

"그 덕에 너도 유학까지 다녀온 거고. 좋은 옷 입고 좋은 음식 먹

으며 생계를 걱정하지 않고 살 수 있다는 것이 현대사회에서 얼마
나 큰 축복인지, 네가 아직도 모른다는 것을 믿을 수가 없구나."

"…그렇네요."

가만히 듣던 도운이 피식 웃음을 흘렸다.

공 회장은 그것이 체념의 웃음이라고 생각했지만 도운은 자리
에서 일어서며 말했다.

"결국 그런 것들을 잃지 않기 위해 사랑은 포기하라는 말씀이
시죠?"

"…."

공 회장은 말없이 눈빛으로 대답을 대신했다.

도운이 작정한 듯 말했다.

"그런데 아버지는 왜 둘 다 포기 안 하셨습니까."

"뭐…?"

"현대사회에서의 축복도, 사랑도, 아무 것도 포기 안 하셨잖아요."

도운의 말엔 비아냥이 섞여 있었다.

"도운아."

하지만 결코 멈출 생각이 없어 보였다.

"다시 묻겠습니다."

도운은 아버지를 진지한 눈빛으로 바라보았다.

"시간을 돌려도 똑같은 선택을 할 거라는 말은… 똑같이 저희
어머니가 죽게 놔둘 거라는 말입니까?"

"…의미 없는 질문이다."

결국 공 회장은 도운의 시선을 피하고 말았다. 도운은 그런 공

회장에게 더욱 화가 났다.

"차라리!"

끓어오르는 화를 가라앉히기 위해 도운은 잠시 말을 끊어야 했다.

"만난 걸 후회한다고 말하세요. 사랑하지 말았어야 했다고 말하시라고요."

도운의 말이 옳을 수도 있었다. 원하는 답을 해버릴까, 공 회장은 잠시 고민이 들었다. 하지만 끝내 공 회장은 고개를 가로저었다.

"그럴 수는 없다."

도운은 그 말에 대놓고 코웃음을 쳤다.

"지켜주지 못한 사랑이라고 해도 고매하게 남겨두고 싶으신가 보군요."

쓰리도록 공 회장의 마음을 후벼 파는 말이었다. 공 회장은 고통스러운 한숨을 내뱉었다.

"…너 때문이다."

자리를 떠나려던 도운의 발걸음을 잡아채는 말이었다.

"그걸 전부 다 후회해버리면… 너를 만날 수 없을 테니까."

절절한 부성애의 고백이었지만 지금 도운의 귀엔 그렇게 들리지 않았다.

"아주 그럴싸한 포장이네요."

공 회장의 말에 오히려 특유의 여유 있는 표정을 되찾은 도운은 다시 아버지를 돌아보며 말했다.

"좋아요, 포기하겠습니다. 다만, 아버지처럼 포기한다고 해놓고 포기하는 시늉만 하지는 않을 겁니다."

길게 돌고 돌아 제자리로 온 대화였다. 도운이 자신에게 어떤 원망을 쏟아내든 공 회장은 크게 상관없었다. 결과만 똑바로 만들 수 있다면.

피곤이 싹 가신 얼굴로 공 회장이 말했다.

"그래, 그럼 본격적으로 준비하마."

결혼 준비를 말하는 것이었다. 그러나 공 회장의 말이 끝나기도 전에 도운은 단호하게 말했다.

"아뇨, 포기하는 건 그쪽이 아닙니다."

다시 낯빛이 어두워지는 공 회장의 얼굴이었다.

탁! 다시 생각해도 답이 없는 대화였다. 공 회장은 자신도 모르게 책상을 내리쳤다. 놀란 비서실장이 노크도 없이 문을 열었다가 머쓱한 표정을 지었다.

"회장님…."

공 회장은 대답 대신 몸을 돌려 무심한 도시의 풍경을 내려다보았다.

"어떻게 해야 되겠나."

공 회장의 물음에 비서실장은 아무 대답도 하지 않았다. 어차피 그에게 물은 게 아니었다. 그 질문은 기억 속에 봉인해버린 어떤 얼굴에게 던지는 것이었다. 이제는 기억이 가물가물했지만 도운을 볼 때면 얼핏얼핏 그 얼굴이 떠올랐다. 도운의 어머니. 그 얼굴을, 공 회장은 많이 그리워하고 있었다. 그녀가 죽은 이후로는 그 어떤 사소한 연정도 품어본 적이 없었다.

"대단한 사랑 나셨네."

언젠가 아내가 비웃은 적이 있었다.

"…차라리 나처럼 대단한 사랑을 만나지 그래. 이놈 저놈 만나고 다니지 말고."

공 회장이 받아치자 아내는 그 말에 진심으로 상처받은 표정을 하고 나가버렸다. 그 바람에 아이들은 엄마의 손길을 거의 받지 못하고 자라야 했다. 누가 먼저 바람을 피웠건, 누가 더 심하게 한눈을 팔았건 늘 죄인은 공 회장이었다.

그것을 말없이 감내한 이유는 단 한 가지, 도운 때문이었다.

잠시 동안 바깥 풍경을 내려다보던 공 회장은 이윽고 비서실장에게 말했다.

"홍세원…."

무산된 식사 자리에서 새겨 들어둔 이름이었다.

'홍세원이 아니라 최소희가 원하는 거겠지.'

도운에 말 속에 담긴 그 이름이 익숙하게 들렸던 이유가 방송 때문이라는 것을 깨닫는 데는 그리 오랜 시간이 걸리지 않았다.

방송을 챙겨본 덕에 그 이름은 비서실장에게도 낯설지 않았다. 다만 호명된 맥락을 알 수 없었기에 비서실장은 귀를 기울였다.

"…출연했던 방송들 좀 갖다 줘. 따로 더 자세히 알아보고."

더 묻지 않고 비서실장은 꾸벅, 고개를 숙였다.

그가 집무실을 나가자 공 회장은 다시 피곤하다는 듯 의자에 몸을 묻었다. 오늘따라 지독하게 혼자인 기분이었다.

도운이 눈을 뜬 건 깊은 밤이 다 되어서였다.

설핏 세원이 곁에 앉아 있는 게 보였다. 손바닥으로 따스한 온기가 전해졌다. 위에 얹어진 세원의 작고 가느다란 손가락에서 전해지는 온기였다.

잠시 동안 도운은 그 꿈만 같은 광경을 바라보고 있었다. 세원은 침대에 엎드려 잠깐 잠이 든 것 같았다.

나머지 한 손을 뻗어 도운은 세원의 머리칼을 쓸었다. 도운의 기척을 느낀 세원이 부스스 잠에서 깼다. 세원은 천천히 고개를 돌려 도운을 바라보았다. 도운은 힘없이 웃었다.

세원은 도운의 손을 꼭 쥐며 물었다.

"괜찮아요?"

도운은 세원의 머리칼을 귀 뒤로 넘겨주었다. 자연스레 드러난 세원의 쇄골 위에 목걸이가 영롱하게 반짝였다.

"선물, 더 많이 해줄걸."

실없는 말에 세원이 웃으며 말했다.

"괜찮으면 됐어요. 그게 선물이야."

그래도 도운은 미안한 마음에 목걸이를 바라보았다. 이제는 마음껏 비싼 선물을 사줄 수가 없었다. 그것은 공 회장의 말대로, 아직까지 도운이 겪어보지 못한 불편함이었다.

"잠깐만 있어요, 죽 데워올게요."

세원은 자리에서 일어났지만 도운은 세원의 손목을 잡았다. 그런 도운을 달래듯 말했다.

"죽을 먹어야 약을 먹죠."

"…약 먹을 테니까 이리 와."

도운이 세원을 잡아끌었지만 세원은 버티고 서 있었다.

"빈속에 먹으면 탈나요."

"난 괜찮아."

도운은 막무가내로 이불 한쪽을 걷고 세원에게 들어오라는 듯 눈빛을 쏘아 보냈다. 그래도 세원이 버티고 서 있자 도운은 시름 섞인 한숨을 내쉬었다.

"의사 왔다 가지 않았어?"

기다렸다는 듯 세원이 바로 대답했다.

"그분이 죽 먹고 약 먹으라고 했어요."

"…돌팔이네."

"뭐예요?"

"홍세원만 있으면 낫는 병이야, 이거."

어이없지만 도운다운 말에 세원은 어쩐지 안심이 되어 웃고 말 았다.

"빨리, 나 추워."

아직도 이불을 걷고 있었다. 결국 세원은 못이기는 척 그 안으 로 쏙 들어갔다.

자연스럽게 도운은 세원을 품에 안았다. 그의 넓은 품안에 세원 의 작은 체구가 꼭 맞았다.

"이 느낌 너무 그리웠어."

아련한 말투로 도운이 말했다. 세원도 슬그머니 팔을 뻗어 도운 의 허리를 껴안았다.

'나도요'

속으로 말을 삭이며 세원은 눈을 감았다. 또다시 눈물이 날 것 같았다.

"이 집 말이야…"

잠시 세원의 온기로 몸을 녹이던 도운이 말했다.

"우리 신혼집으로 너무 좁은 거 아니지?"

도운은 정말로 이 집에서 평범한 샐러리맨으로 살아갈 작정이었다. 세원은 목이 메여 바로 대답할 수가 없었다.

잠시 후에야 세원은 겨우 입을 떼고 말했다.

"…세쌍둥이만 안 가지면요."

세원의 대답에 도운은 그 얼굴이 너무나 보고 싶어져서 이불 속을 파고들었다.

도운의 품에 폭 잠겨 있던 세원의 얼굴은 발갛게 달아올라 있었다. 동그란 눈을 껌뻑이며 세원도 도운을 마주보았다.

"내가 잘할게."

물끄러미 세원을 바라보던 도운이 뜬금없이 말했다.

"그러니까 홍세원, 죽지도 말고 떠나지도 마."

세원은 차마 아무 대답도 할 수 없었다. 대신 도운에게 바짝 다가가 입술을 마주 댔다. 도운의 입술은 평소 같지 않게 건조했다. 아픈 상태로 누워 있던 탓이었다.

세원은 그의 마른 입술을 가만히 들여다보았다. 손가락을 가져다 대자 보드라운 손끝에 거칠거칠한 입술이 느껴졌다.

도운을 떠나지 않으면 소희는 끝까지 갈 작정이었다.

도운이 다시 찾아온 것을 알게 된 장 탐정은 세원에게 전과자가 되고 싶으면 마음대로 하라고 했다. 그때 세원은 생각했다. 전과자가 되는 것보다 더 무서운 것은 도운을 전과자의 남자로 만드는 것이었다.

다시 도운을 올려다보자 빠져들 것 같은 깊은 눈이 보였다. 도운은 눈이 마주치자 참을 수 없다는 듯 세원의 입술 위로 거친 키스를 쏟아 부었다.

'오늘까지만…'

눈을 감으며 그런 도운을 받아들이는 세원이었다. 지금은 아무 것도 생각하고 싶지 않았다. 그저 다시는 오지 않을 이 시간을 만끽하고 싶었다.

잠시 후 도운은 키스를 멈추었다.

"홍세원, 괜찮아?"

어느새 세원의 눈에서 눈물이 흐르고 있었다. 세원은 대답 대신 도운의 손을 잡아끌었다. 천천히 자신의 심장 위에 그 손을 얹고 세원은 말했다.

"…보고 싶었어요."

거기서 그치지 않고 세원은 도운의 손을 천천히 동그랗게 움직여 문질렀다. 도발적인 세원의 행동에 도운의 아래가 순식간에 단단해졌다. 더 기다릴 것이 없었다. 도운은 거칠게 탈의하고 세원에게 달려들었다.

순식간에 속살을 드러낸 두 사람은 서로의 몸을 탐닉했다. 세원의 손끝이 닿을 때마다 도운은 자제하고 또 자제해야 했다. 충분히 세원이 달아오를 때까지 참아내던 도운은 드디어 세원의 뻣뻣했던 다리의 힘이 풀리자 그 틈을 파고들었다.

"읏…!"

세원의 작은 얼굴을 뜨겁도록 손바닥 안에 쥐고 도운은 계속해서 힘을 주어 움직였다.

조용한 방 안에 두 사람의 거친 숨소리만이 가득했다.

세원이 습관적으로 입술을 앙다물자 도운은 손에 힘을 주어 입이 벌어지도록 만들었다. 작게 벌어진 입술 틈으로 나오는 뜨거운 숨이 도운을 더욱 흥분시켰다.

"평생 죽지도 말고 떠나지도 마. 홍세원…."

하지만 세원의 입에서는 가쁜 숨소리만이 흘러나왔다. 머리끝까지 달아오른 도운은 세원을 엎드리게 하고 뒤에서 세원의 작은 몸을 끌어안은 채 자신을 밀착시켰다.

"하앗…."

도운의 움직임에 파도가 치듯 세원의 몸이 떨려왔다. 끝까지 도운의 말에 대답할 수 없었지만 도운은 미처 눈치 채지 못한 채 깊은 밤이 지나가고 있었다.

***

수목장에는 짙은 새벽안개가 끼어 있었다.

안개를 젖히고 천천히 걸어가 세원은 커다란 나무 밑에 섰다. 나무에 손을 대니 표피에 이슬이 맺혀 있어 차가웠다.

"…아빠."

세원의 목소리는 잠겨 있었다.

"나 그냥 도망칠까?"

세원은 넋두리처럼 말했다. 뿌리에 아빠의 유골이 묻혀 있는 나무였다.

"엄마는 홍지원한테 맡기고 말이야. 설마 모른 척하진 않겠지."

나무를 바라보던 세원은 그 자리에 천천히 쪼그려 앉았다.

"전과자가 되건 말건, 그냥 그 사람이랑 같이 어디로든 가고 싶어."

밤새 한숨도 자지 못했다. 반면 도운은 세상 편안한 얼굴로 곁에서 잠들어 있었다. 세원의 손을 꼭 붙든 채.

"그 사람, 상처가 많아. 그래서 내가 필요한가 봐. 모든 걸 다 버릴 만큼. 물론…."

심장이 옥죄어 오는 기분에 세원은 잠시 말을 멈추었다. 기다렸다는 듯 눈물이 뚝, 흘러내렸다.

"…그럼 안 되겠지?"

도운이 돌아온 것을 보고 기뻤던 것은 사실이었다. 도운이 가진 그 어떤 것보다도 세원이 소중하다는 뜻이었으니까. 정말로 솔직해지자면, 어차피 모든 걸 다 버렸으니 괜찮지 않을까, 하는 생각도 순간 들었다.

"그래도 그 사람을 사랑하면 내가 그럼 안 되는 거잖아."

세원은 쓸쓸한 얼굴로 흙바닥에 고개를 내민 들풀을 바라보았다.

어떻게든 싹을 틔워보겠다고 용쓰는 것이 꼭 제 모습 같았다. 그리고 그것은 곧 최소희의 구두 굽 아래 밟힐 예정이었다.

"아빠… 나 어떻게 해야 돼?"

나무는 당연히 말이 없었다.

힘없이 넓은 수목장을 내려올 때까지도 세원은 결정을 내리지 못했다. 사실 세원의 결심은 큰 의미가 없었다. 답은 이미 정해져 있었다.

'완전한 이별.'

나름 굳게 각오했다고 생각했는데 도운의 얼굴을 본 순간 그 각오는 허무하게 녹아버렸다. 최소희가 고소장을 통해 무언의 협박을 하고 있는데도 그랬다. 결국 이것은 세원의 의지만으로 될 일이 아니었다.

수목장을 완전히 빠져나올 즈음에야 어느 정도 생각이 정리되었다. 이렇게 된 이상 끝까지 최소희의 힘을 빌릴 수밖에 없었다. 최대한 도운이 찾아오기 힘들 만큼 먼 곳으로 떠나 몸을 숨겨야만 그와 헤어질 수 있을 것 같았다.

생각만으로도 마음이 아파와 세원은 입술을 깨물어야 했지만, 새롭게 다진 각오가 무너지기 전에 최소희에게 연락해야 했다. 핸드폰을 꺼내들었다.

"…?"

도연에게서 여러 통의 부재중 전화가 와 있었다. 무슨 일이 있나 싶어 다시 전화를 거는데 주차장으로 매끄럽게 들어오는 검은 세단이 보였다. 도운의 차와 닮았지만 번호판이 달랐다.

"홍세원!"

전화를 받은 도연은 흥분 상태였다.

"무슨 일이야?"

검은 차가 신경 쓰여 눈을 떼지 않은 채로 물었다.

"그게, 그러니까, 누가 찾아왔었어."

"…집에?"

검은 차는 널찍한 주차 공간에 멈춰 섰다. 시동이 꺼지지 않은 채 운전석 문이 열리더니 검은 정장을 갖춰 입은 여자가 내렸다.

"내가 거기 알려줬는데, 괜찮지?"

여자는 세원과 눈이 마주치자 공손히 허리를 굽혀 인사를 했다.

세원도 얼떨결에 마주 인사했다. 올 것이 왔다고 세원은 생각했다. 최소희가 먼저 컨택을 해온 것이 분명했다.

"이따 얘기해."

세원은 뚝 전화를 끊어버렸다. 여자는 차 옆에 서서 세원이 다가오기를 기다렸다.

꼴깍, 침을 삼키고 세원은 의연하려 노력하면서 차로 다가갔다.

"회장님께서 혹시라도 놀라실까 봐 일부러 남자기사 대신 저를 보내셨습니다."

여자는 친절한 목소리로 말했다.

"회장… 님이요?"

순간 누구를 뜻하는 것인지 알 수 없어 세원이 반문했다.

"네, 공 회장님께서 뵙기를 원하십니다."

쿵, 세원의 심장 떨어지는 소리가 여자에게까지 들릴 것 같았다.

"저를 왜…."

여자는 빙긋 웃으며 답했다.

"저는 수행비서일 뿐이라서 거기까지는…."

당연한 대답이었다. 세원은 자신도 모르게 깊은 한숨을 내쉬었다.

"…상무님은 지금 저희 집에 계십니다. 그런데 몸이 조금 안 좋아서…."

어쩐지 이실직고해야 할 것 같은 기분이 들어 세원은 말했다. 그러나 비서는 전혀 새로운 소식이 아니라는 얼굴로 대답했다.

"네, 그건 회장님께서도 알고 계십니다. 몸이 안 좋으신 건 스트레스 누적으로 인한 몸살이라고 들었습니다."

이제는 더 놀랄 수도 없었다. 도운을 찾는 게 아니라 자신을 만나는 게 목적이라니. 그 이유를 생각하자 두려움이 엄습했다. 수행비서도 그런 세원의 표정을 읽었다. 비서는 침착하게 손목을 들어 시간을 확인하더니 말했다.

"지금 출발하셔야 합니다."

여전히 세원은 망설였다.

"정 내키지 않으시면…."

세원을 배려하는 말이었지만 오히려 그 말이 세원을 자극했다.

"…갈게요."

비서는 정말 괜찮겠냐는 얼굴로 세원을 바라보았지만 세원은 분명하게 한 번 더 말했다.

"가겠습니다."

두려움이 사라진 것은 아니었다. 그러나 도망칠 이유도 없다는 생각이 들었다.

무엇보다도 공 회장을 만나고 나면 정말로 이별할 수 있을지도 몰랐다. 드라마에서 봤던 끔찍한 굴욕의 장면들이 머릿속을 스치고 지나갔다. 세원은 공 회장이 보고 있을 자신의 이력서를 상상해 보았다.

고졸, 무직, 병든 노모, 재산 없음.

상상만으로도 씁쓸한 웃음이 세원의 얼굴에 떠올랐다.

"그럼 타십시오."

수행비서가 문을 열어주는 대로 세원은 순순히 차에 올라탔다.

곧 차는 서울을 향해 출발했다.

세원의 전화가 끊기자마자 도연은 재빨리 최 팀장에게 연락을 넣었다. 도운은 아직 작은 방에서 자고 있었다. 지금이야말로 절호의 기회라는 생각이 들었다. 도운도 세원이 겪고 있는 고충을 알아야 했다.

하지만 갑작스런 서울행에 걱정이 많았는지 세원은 계속해서 메시지를 보내왔다. 띵동, 띵동, 쉬지 않고 소리를 내는 도연의 핸드폰이었다.

-죽은 냉장고에 있으니 데우기만 하면 돼.

-찌개 얼려놓은 것도 있고 볶음밥 해둔 것도 있으니 먹고 싶은 걸로 먹어.

-맞다, 쌀밥은 새로 해야 돼.

"알았다, 알았어."

혼잣말을 중얼거리며 도연은 분주하게 움직였다.

부엌일에 손이 빠른 세원과 달리 도연은 두 배로 열심히 움직여야 했다. 집중해서 쌀을 꺼내 씻은 다음 물을 맞추고 있는데 또다시 메시지 알림 소리가 울렸다.

-혹시나 해서 말인데, 고소당한 거 절대 절대 말하면 안 돼. 너만 믿는다.

"하…"

문자를 읽은 도연의 입에서 절로 한숨이 나왔다. 어제부터 신신당부를 했던 세원이었다. 어제는 도운의 상태가 좋지 않아 도연도 일단 별다른 말은 하지 않았다. 하지만 언제까지고 숨길 수는 없는 일이었다.

손의 물기를 대충 털어내고 도연은 답장을 보냈다.

-어떻게 해결할 건데?

도연의 문자에 불안을 느꼈는지 세원에게서 급한 대답이 돌아왔다.

-절대 안 돼!

안 된다는 말부터 던진 세원은 다음 말을 고심하는 것 같았다. 말줄임표가 생겼다가 사라졌다가를 반복했다.

잠시 후에야 새로운 메시지 알림이 울렸다.

-서울 가는 김에 최소희도 만나고 올게.

동시에, 작은 방에서는 도운이 문을 열고 나왔다. 괜히 뜨끔한 도연은 핸드폰을 주머니에 집어넣고 거실로 나갔다.

도운은 잠이 덜 깬 얼굴로 잠시 도연을 보고 서 있다가 물었다.

"홍세원은?"

"그… 잠깐…."

일단 말을 끌면서 머리를 굴렸다. 공 회장을 만나러 갔다고 말하면 도운은 또 난리칠 것이 분명했다.

"…아버지 만나러 갔어요, 수목장에."

모든 그럴싸한 거짓말엔 어느 정도 사실이 섞여 있다고 누군가 말했던 것을 떠올려 둘러댔다.

"…."

의외의 말에 도운은 잠시 서 있다 도연을 제치고 성큼성큼 다이닝룸으로 걸어 들어갔다. 종종걸음으로 뒤따라가며 도연이 덧붙였다.

"혼자 생각을 좀 하고 싶은가 봐요."

도운은 말없이 식탁 의자에 앉아 작은 마당을 내다보았다. 자신 때문에 세원의 마음이 심란한 게 분명했다.

"거기가 어딘데?"

도연은 차를 끓이려 찬장을 열다가 멈칫했다.

"멀진 않은데…."

도연이 말을 얼버무리자 도운은 이상하게 생각하며 돌아보았다.

"…그래도 아직 아프시니까, 오늘은 쉬시는 게…."

눈을 가늘게 뜨고 도연을 응시했다. 여러모로 부자연스러운 상황이었다. 아픈 자신을 두고 세원이 집에 없다는 것부터가 그랬다.

하지만 오래 고민하지 않고 도운은 말했다.

"좋아. 곧 적응하겠지."

아무래도 세원에겐 시간이 필요한 것 같았다. 도운은 충분히 기다릴 수 있었다. 지금 도운의 머릿속은 온통 분홍빛으로 가득 차 있었다.

여유 만만한 도운의 모습에 도연이 참지 못하고 입을 열었다.

"저기요, 상무님."

도운은 아무렇지도 않게 대답했다.

"상무라고 부르지 마, 잘릴 수도 있으니까."

눈 하나 깜짝하지 않고 말하는 도운을 보니 도연은 울화통이 터질 것 같았다.

"그럼 우리 세원이는 어떡해요. 대학도 가야 되고 하고 싶은 게 많은 앤데, 그런 거 다 하게 해줄 수 있어요? 현실적으로 생각해보시라고요."

원래 도운에겐 너무나 당연하게 가능했던 일들이지만 도연의 말대로 지금은 선뜻 확언할 수가 없었다. 하지만 공 회장 앞에서 그토록 호언장담을 해놓고 하루 만에 무너질 수는 없었다.

"미국에서 좋은 학교 다녔고, 영어 유창해. 신체 건강하고 커리어도 괜찮아. 어디 가서 뭘 하든 홍세원 하고 싶은 것 정도는 하게 해줄 수 있어."

뻔뻔하다고 해야 할지 긍정적이라고 해야 할지, 망설임 없는 도운의 대답에 도연은 할 말을 잃었다. 그저 풍족하게 자라 현실을 몰라도 한참 모른다 싶으면서도 자신감 넘치는 태도만큼은 도연의 마음에도 들었다. 정말 도운은 세원을 사로잡을 만한 매력이 있는 인물이었다.

그때 마당에 나타난 사람이 둘의 눈길을 빼앗았다. 최 팀장이었다. 놀랄 겨를도 없이 장 탐정이 뒤이어 모습을 드러냈다.

"출근 시간 아직 멀었는데…."

도운은 시계를 보며 불만 섞인 말을 농담처럼 내뱉었다.

도연은 놀란 기색도 없이 자연스럽게 현관에 나가 문을 열었다. 그런 도연을 도운이 유심히 지켜보았다. 최 팀장과 장 탐정 또한 처음이 아닌 듯 자연스럽게 집에 들어섰다.

의심이 짙은 눈빛으로 바라보자 최 팀장이 말했다.

"수도관을… 아직 못 고쳤습니다."

"…."

도운은 차를 한 잔 마시려던 것을 멈추고 그들을 마주보았다.

아무래도 보통 일이 아닌 것 같았다.

"드디어 왔네."

소희는 고개도 들지 않고 말했다. 새로 차린 집무실은 깔끔하고 평범했지만 곳곳에 놓인 독특한 소품들이 단조롭지 않은 풍경을 만들었다.

"뭐하자는 거야?"

불쾌감을 숨기지 않은 목소리에 소희는 보던 서류를 탁 소리가 나게 덮었다.

"…재수 없어."

"뭐?"

마침 비서가 직접 내린 커피를 두 잔 가져다주었다. 소희는 자리에서 일어나 소파로 가서 앉았다. 소희는 향긋한 커피를 한 모금 마시고는 앉을 생각이 없어 보이는 도운을 올려다보았다.

"오빠 말이야, 재수 없다고."

도발의 의도가 담긴 말이었지만 도운은 동요하지 않았다. 소희는 평온한 표정으로 커피를 한 모금 더 마시고 말했다.

"앉아, 얘기가 길어질 테니까."

굳은 얼굴로 도운은 소희 앞에 와서 앉았다. 막상 도운이 와서 앉자 소희는 입을 꾹 다물고 커피 잔만 내려다보았다.

"…안 되겠다."

한참 후에야 소희는 자리에서 벌떡 일어나 다시 책상으로 향했다. 책상 아래에서 보드카를 꺼내오는 소희를 도운은 잠자코 바라보았다.

소희는 커피 잔에 막무가내로 보드카를 따르곤 대충 섞은 다음 쭉 들이켰다.

"하…."

잔은 거의 다 비어버렸다.

도운이 보드카 병을 들어 소희의 잔 안에 반을 채웠다. 나머지 반은 자신의 커피로 채워 주었다. 배려인지 도발인지 모를 행동에 소희는 코웃음을 치더니 잔을 내려놓았다.

"왜 그랬어?"

도운은 무슨 말인지 알아들을 수 없다는 표정을 지었다. 늘상 소희에게 보여줬던 표정이었다. 도망갈 여지를 한 움큼 남겨놓은 표정.

"왜 홍세원을 선택했냐고."

이번엔 제대로 대답을 듣겠다는 듯 소희는 진지한 목소리로 물었다.

"···."

뻔하게 흘러가는 대화였기에 도운은 아무 대답도 하고 싶지 않았다.

그러자 소희는 한마디를 덧붙였다.

"그날, 흔들린 건 사실이잖아."

그 말에 도운은 눈을 가늘게 떴다.

"뭐?"

"나랑 결혼하면, 전부 다 가질 수 있다고 했을 때."

공 회장이 자신과 소희를 불러 모았던 첫 날을 말하는 것 같았다.

"오빠 그때 분명 흔들렸어. 근데 왜 이렇게 된 거야…?"

도운은 잠시 소희를 바라보았다. 절박하고 간절한 눈동자가 보였다. 그러나 소희가 바라는 답이 무엇인지 정확히는 알 수 없었다.

그래서 도운은 그저 최대한 솔직하게 대답하기로 했다. 헷갈릴 때는 그것이 가장 나은 방법이었다.

"···그래, 솔직히 잠깐 흔들렸었어. 내가 너무 가지고 싶었던 거니까."

소희의 눈빛에 기대감이 돌았다.

"근데 말이야, 그건 내가 예전에 가지고 싶었던 거고. 내가 지금 제일 가지고 싶은 건 홍세원이더라고."

단번에 굳어지는 소희의 얼굴이었다. 소희는 떨리는 손으로 잔을 다시 입가로 가져갔다.

아랑곳하지 않고 도운은 말을 이어 나갔다.

"이제 네 차례야. 말해봐, 뭐하자는 건지."

술을 또다시 반이나 털어 넣은 소희는 그 말에 잔을 내려놓았다. 진지한 표정이었지만 얼굴은 발갛게 달아올라 있었다.

"나도 갖고 싶어, 공도운. 그게 내가 지금 제일 가지고 싶은 거야."

선언과도 같은 말에 도운은 잠시 할 말을 잃었다.

"…그래서 죄 없는 사람의 인생을 볼모로 삼은 거야?"

"할 수 있는 건 다 해야지. 봐봐, 그래서 오빠가 나를 제 발로 찾아왔잖아. 너무 보람차, 지금."

소희의 얼굴엔 다시 의기양양한 미소가 떠올라 있었다.

"게다가, 죄가 없다니. 내 걸 뺏은 게 홍세원의 죄야."

도운은 깊은 한숨을 내쉬었다.

"확실히 하자. 우린 아무 사이도 아니었고, 유럽으로 먼저 떠나 버린 건 너야."

도운의 표정은 무섭도록 굳어졌지만 취기가 오른 소희의 눈에 그런 건 보이지 않았다.

"어머, 오빠. 그래서 삐쳤구나? 미안해, 그건 내가 사과할게."

도운의 말에 기분이 좋아진 소희는 특유의 애교 섞인 콧소리를 흘렸다.

"대신 이렇게 돌아왔잖아. 용서해줘, 응?"

더 이상 말이 통하지 않을 것 같아 도운은 자리에서 일어났다.

"고소 취하해. 더 할 말 없어."

냉담한 태도에 소희의 얼굴에도 웃음기가 싹 가셨다.

"…내가 왜 그래야 되는데?"

도운은 차갑게 소희를 내려다보며 말했다.

"나도 로펌 붙일 거야. 변호사 백 명이든 천 명이든…."

소희는 도운의 말허리를 뚝 잘랐다.

"오빠가 어떻게?"

"…."

순간 도운은 말문이 막혔다.

"지금 오빠, 일개 회사원이야. 로펌을 어떻게 붙일 건데?"

"그건…."

"좋아, 어떻게든 괜찮은 로펌을 붙였다고 치자. 그 호텔 말이야, 우리 막내 오빠 와이프네 계열사더라고. 뭐 저런 실속 없는 여자 랑 결혼하나 했는데, 이번에 유용하게 써먹었어."

다시 승리의 미소를 되찾은 소희는 거침이 없었다.

"CCTV? 막내 오빠 덕에 당연히 없지. 목격자? 얼마 찔러주지도 않았는데 다들 입 다물더라. 증거 없어. 오빠도 알잖아. 그러니까 그 탐정이건 오빠건 다 나한테 달려와서 봐달라고 하는 거잖아. 근데 로펌을 붙여서 어떻게 이길 거냐고."

"너…."

집요함에 가까운 소희의 논리에 도운은 기가 막혔다.

소희는 내친 김에 끝까지 말할 심산으로 다시 입을 열었다.

"아, 매수 안 한 목격자 하나 있어."

이번엔 도운의 눈빛에 기대감이 돌았다. 그걸 본 소희는 씁쓸한 기분이 들었다. 이렇게까지 홍세원을 걱정할 일인가 싶었다.

하지만 티는 내지 않고 아무렇지도 않게 말을 이어 나갔다.

"홍지원 검사."

"…!"

그러고 보니, 그날 홍 검사는 스카이라운지에 남아 있었다. 그렇다면 세원과 소희가 맞닥뜨리는 장면도 보지 못했을 리 없었다.

"…현직 법조인이니 매수 못했겠지. 게다가 관할 지검이 그쪽이니까."

그렇게 말하면서도 도운은 찜찜했다. 소희가 굳이 이 사실을 알려주는 이유를 짐작할 수 없었다. 역시나 소희는 기다렸다는 듯 대답했다.

"글쎄, 딱히 매수할 필요가 없었달까."

도운은 여전히 알 수 없다는 얼굴로 소희를 내려다보고 있었다.

소희는 남은 술을 입 안에 전부 다 털어 넣으며 말했다.

"…직계가족이잖아. 진술에 신빙성이 없어. 절대 혼자서는 못 뒤집어."

맞는 말이었다. 결국 소희는 최후의 방법까지도 전부 차단해놓았다.

"그러니까 우리, 원래대로 하자. 이거 전부 오빠가 시작한 거야."

이제야 정말로 하고 싶었던 말을 꺼내들었다.

빌딩은 생각보다 더 으리으리했다.

위용을 자랑하는 건물 앞에서 세원은 작게 쪼그라드는 것 같았다. 최소희는 아무래도 자신의 위상을 보여주기 위해 일부러 여기로 부른 것 같았다.

위축되는 것이야말로 소희의 뜻대로 되는 일이었기에 세원은 억지로 어깨를 폈다. 하지만 한 걸음 내딛을 때마다 다시 저절로 수그러들었다.

아직 시간이 조금 남아 있었다. 세원은 1층 로비에서 시간을 보내기로 결심하고 로비 한편의 작은 카페로 다가갔다. 사원증을 태그하여 계산하는 사람들 틈에서 세원은 현금 삼천 원을 내밀었다. 직원은 대수롭지 않게 돈을 받아들었지만 세원은 심장이 벌렁거렸다.

'공 회장님이 한 말 때문이야.'

세원은 애써 그렇게 생각하며 커피를 받아들고 한적한 로비 구석에 가서 앉았다.

공 회장의 첫인상은 상상과는 많이 달랐다. 혼외자식을 둔 재벌가의 총수는 포악할 것 같았지만 공 회장은 젠틀하고 건강한 인상이었다. 도운의 얼굴에 있는 고운 선이 아버지를 닮은 모양이었다.

세원을 보고 놀란 건 공 회장도 마찬가지였다. 실물로 본 세원은 화면보다 훨씬 마르고 어린 느낌이었다. 잘못 건드렸다간 바스스 부서져버릴 프리저브드 플라워를 연상시키는 인상이라고 공 회장은 생각했다.

"먼 길 오느라 수고했네."

공 회장은 짤막하게 인사를 건넸다. 세원은 불안한 눈빛을 하고는 고개를 꾸벅 숙였다.

"앉아서 얘기할까?"

같이 차를 타고 왔던 수행비서가 차를 내왔다. 이번에도 세원은 고개를 꾸벅 숙여 감사를 전했다. 공 회장은 그런 세원의 일거수일투족을 면밀히 지켜보았다.

"어머니는 좀 어떠신가?"

수행비서가 나간 후 차를 한 모금 마신 공 회장은 드디어 질문을 던졌다. 예상과는 전혀 다른 첫 질문이었지만 세원은 침착하게 대답했다.

"잘 지내십니다. 다행히 더 악화되지는 않고 있어요."

공 회장은 세원의 목소리를 경청했다. 차분한 목소리가 반듯한 인상을 만들어냈다. 그게 함께 있는 사람을 편안하게 해주는 것 같았다. 도운이 세원에게 끌리는 것도 그 이유인 것 같았다.

어렴풋하게나마 아들의 마음을 짐작해본 공 회장은 이만하면 됐다는 생각으로 말했다.

"도운이…."

세원은 올 것이 왔다는 기분으로 공 회장을 바라보았다.

"…모든 걸 버리겠다고 했지만. 내 아들이기에 그렇게 둘 수는 없어."

달래는 듯한 말투에 세원은 고개를 떨구고 대답했다.

"네, 알고 있습니다."

그리곤 떨어지지 않으려는 입술을 억지로 떼어내 한마디를 덧붙였다.

"…헤어지겠습니다."

세원을 물끄러미 바라보던 공 회장은 착잡한 목소리로 말했다.

"가끔 만나는 것까지는 뭐라고 하지 않을 거다. 나도 그 마음이 뭔지 잘 아니까."

세원은 그저 고개를 숙이고 입술을 앙다물 뿐이었다.

"하지만 홍세원 씨와 결혼을 할 수는 없어. 무슨 말인지 더 말하지 않아도 알겠지?"

공 회장의 말투는 더없이 친절했지만 그 내용은 세원의 마음을 후벼 팠다.

세원은 고개를 끄덕이고 애써 아무렇지 않은 얼굴로 고개를 들었다. 이만하면 각오했던 것에 비해 훨씬 정중한 대접이었다. 도운이 왜 공 회장을 신뢰하는지 세원도 충분히 알 것 같았다.

'좋은 아버지를 가졌네요.'

이 말을 전할 일은 없겠지만, 세원은 마음속으로 괜히 그 말을 읊조리고는 자리에서 일어났다.

공 회장과의 만남은 그게 전부였다. 다만 공 회장이 했던 말이 사라지지 않고 세원의 귓가를 맴돌았다.

'가끔 만나는 것까지는 뭐라고 하지 않을게.'

그것이야말로 도연이 우려했던 대로 도운의 '첩'으로 살아가는 것이었다. 하지만 세원은 자꾸 그렇게라도 도운을 가끔 만나며 지내면 좋겠다는 생각을 떨칠 수가 없었다. 이대로 영원히 도운을 볼 수 없다고 생각하면 마음이 저리듯 아파오는 탓이었다.

그러나 세원은 곧 그것이 비현실적이라는 결론을 내렸다. 무엇보다도 도운이 그렇게 둘 리 없었다. 저토록 인품 좋은 아버지 앞에서 당신처럼 살지 않겠다고 단언했던 그였으니까.

생각이 거기에 다다르자 세원은 체념한 표정으로 앞에 놓인 일

회용 컵을 감싸 쥐었다.

그때, 한산했던 로비가 부산스러워졌다. 자연스레 세원의 시선
도 소리가 나는 쪽으로 움직였다. 엘리베이터 쪽에서 우르르 내린
사람들이 로비를 빠져나가고 있었다. 사장단 급의 인원이 일사불
란하게 움직이는 게 보였다.

그리고 세원은 거기서 도운을 보았다. 분명 집에 누워 있어야 할
도운이었다. 몸이 괜찮아졌다면 사무실로 출근을 했을 도운이었다.
갑작스레 서울에 와야 했다면 자신에게 연락을 했을 도운이었다.

세원은 커피를 든 손이 떨려 컵을 놓아야만 했다. 도운의 옆에
는 최소희가 있었다. 앞만 보고 걷는 도운과 달리 소희는 여유 있
게 주변을 둘러보았다. 로비 구석에 앉은 세원을 발견할 때까지.

멀리서 세원과 눈이 마주치자 소희는 의기양양한 얼굴로 도운
의 팔에 자신의 팔을 둘렀다. 도운은 짧은 한숨을 내쉬었으나 그
것을 내치지는 않았다.

그대로 두 사람은 한 무리의 사람들을 이끌고 건물을 빠져나가
버렸다.

"…"

세원은 믿을 수가 없다는 듯 멍하니 그 뒷모습을 바라볼 수밖에
없었다.

한참을 그대로 앉아 있었는데도 생각이 잘 정리되지 않았다. 자
신이 본 것을 곱씹어봐도 현실감이 없었다. 세원의 앞으로 어두운

그늘이 드리워졌지만 그조차 눈치 채지 못했다.

잠시 세원을 내려다보고 서 있던 인물은 끼익, 소리를 내며 의자를 끌어와 좁은 테이블에 마주앉았다. 그제야 세원의 눈에 천천히 초점이 돌아왔다.

앞에 마주앉은 건 최소희였다. 승리감에 도취된 표정이었다. 세 걸음 정도 뒤에는 최소희의 비서진들이 병풍처럼 서 있었다.

"…."

해야 할 말을 정리해왔는데 지금은 아무것도 기억나지 않았다. 아니, 입을 열고 싶지도 않았다. 마음속에 환멸감만이 가득했다. 무엇에 대한 환멸인지는 확실치 않았지만.

"뭘 그렇게 놀란 얼굴을 하고 있어?"

최소희가 먼저 입을 열었다. 세원은 아무 대답도 하지 않고 최소희를 마주보았다. 최소희는 양쪽 눈썹을 올리며 씽긋 웃었다.

"원래부터 내거였어, 공도운. 나랑 결혼하는 거 너무 당연한 일이고. 이제 꿈이 좀 깨니?"

정말로 전부 다 꿈이었을까. 최소희의 표정이 저토록 즐거운 것을 보니 결혼한다는 게 거짓말은 아닌 것 같았다.

세원의 얼굴에 허탈함이 떠올랐다. 어떻게 헤어져야 할지, 어떻게 헤어질 수 있을지 밤새도록 고민한 게 허무했다. 그냥 놔두었다면 순리대로 흘러갈 일이었는데 자신만 모르고 있었던 것 같았다.

가끔 만나는 것까지는 뭐라고 하지 않겠다는 공 회장의 말도 이제야 이해가 갈 것 같았다.

'어차피 결혼은 최소희랑 할 거니까. 그러니까….'

어두운 얼굴로 입술을 깨물었다. 소희는 내내 얼굴에 웃음을 띠고 그런 세원을 지켜보았다.

"그건 그렇다 치고, 이제 우리 얘기를 해야지."

소희의 말에 세원이 고개를 들었다. 최소희는 긴 다리를 꼬아 편안하게 앉으며 말을 이어 나갔다.

"봐서 알겠지만 내가 좀 바쁘거든. 빨리 얘기하고 끝내자. 왜 만나자고 한 거야?"

뻔히 알면서도 어디 한 번 말해보라는 듯 질문을 던졌다.

"그건…."

준비해왔던 말이 생각났지만 세원은 차마 그 말을 꺼낼 수 없었다. 지금 시점에서 도운과 헤어지겠다고 해봤자 아무런 의미가 없었다. 협상의 카드가 완전히 날아가 버린 것이다.

그렇다면 무슨 말을 해야 할지, 세원의 머릿속은 어지러워졌다. 무릎이라도 꿇어야 하나. 결혼도 하게 되었는데 아량이라도 베풀라고 빌어야 하나. 아니면, 이렇게 차인 꼴이 되었으니 동정이라도 해달라고 해야 하나. 그 중 무엇도 하고 싶지 않았다. 그러나 아무 말도 하지 않고 돌아갈 수는 없었다.

세원은 테이블 아래로 숨긴 손을 꽉 쥐었다.

"…원하는 게 뭐야."

끝까지 자존심을 세우는 세원을 보며 소희는 코웃음을 쳤다.

"원하는 거라. 그래, 물어봤으니까 대답해줄게."

소희는 꼬았던 다리를 풀고 똑바로 앉아 세원 쪽으로 허리를 굽히더니 말했다.

"돈 없으면 사람 함부로 때리지 마. 그걸 알려주고 싶었어."

치욕스러운 답변에 세원의 얼굴이 굳어졌다. 소희는 의기양양한 표정으로 자리에서 일어나 뒤쪽으로 손가락을 까딱거렸다. 비서진 중 한 명이 가방을 들고 다가왔다.

"조금은 깨달은 바가 있는 것 같으니, 결혼할 때까지 얌전히 살면 고소는 취하해줄게."

소희는 비서진이 건넨 가방에서 지갑을 꺼내들더니 손에 잡히는 대로 수표를 집어 테이블 위에 던지듯 놓았다.

"이건 차비. 돈 자랑 맞으니까 받아."

소희는 로비를 떠나버렸다.

오백만 원 짜리 수표가 테이블 위에서 팔랑거렸다. 수표를 바라보는 세원의 머릿속에 오만가지 생각이 떠올랐다.

'찢어버릴까.'

'쫓아가서 면전에 던지고 따귀를 한 대 더 올려붙일까.'

그러나 현실적인 감각들이 세원의 생각을 가로막았다.

'이게 얼만데 찢어.'

'한 대 더 쳤다간 정말 철창행이야.'

세원은 수표를 구기지도 못한 채 애꿎은 손가락에만 힘을 주었다. 분하고 억울했다. 지금껏 부유하진 않았지만 정직하게 살아왔다. 불현듯 눈앞에 운명처럼 나타난 사람을 사랑한 것뿐인데 왜 이런 치욕을 치러야 하는지 알 수 없었다.

'운명…'

생각이 거기까지 다다르자 세원은 씁쓸하게 웃었다. 자신의 잘못이 뭔지 알 것 같았다.

운명이 아닌데 운명이라고 착각한 것, 그것이 잘못이었다.

도연은 소파에 앉아 손톱을 물어뜯으며 기사를 읽고 있었다.

최 팀장이 링크해준 기사는 경영 일선에 뛰어든 유학파 인재 최
소희에 대한 것이었다. 그룹 홍보팀에서 공들여 작성한 것이 분명
한 기사 말미에는 짤막하게 한마디가 붙어 있었다. 공남그룹과의
혼담이 구체화되고 있다는 것이다. 기사의 작성 시간은 불과 삼십
분 전이었다. 일이 어떻게 풀린 것인지 궁금했지만 알 길은 없었다.

오늘 아침, 소희와 세원 사이에 있었던 이야기를 들은 도운은
흥미로운 얼굴이었다. 세원이 참지 않고 소희의 뺨을 마주 올려붙
였다는 이야기에는 속이 시원하다는 얼굴로 몇 번이나 그게 사실
이냐고 되묻기도 했다.

물론 도운의 즐거움은 거기까지였다. 고소장 얘기로 넘어가자 도
운의 얼굴도 심각해졌다. 소희의 성격을 누구보다도 잘 알고 있을
테니까. 게다가 장 탐정이 손을 쓸 수 없을 만큼 상황은 악화되어
있었다. 소희는 도운이 다시 세원에게 돌아온 것까지 알고 있었다.

"…직접 가보셔야 할 것 같습니다."

장 탐정의 말이었다. 모든 사람이 거기에 동의했다.

도운도 마찬가지였다. 그러나 선뜻 그러겠다는 말은 나오지 않
았다. 최소희가 원하는 것은 너무나 명확했다.

"…"

도운은 시름이 깊은 얼굴로 생각에 잠겼다. 세원을 건드리는 것은 치사한 방법이었지만, 그것이야말로 소희가 도운을 잘 알고 있다는 방증이었다. 세원을 건드리지 않고서는 움직일 리가 없는 도운이었다.

"세원이는 절대 말하지 말라고 했어요."

잠시 지켜보던 도연이 입을 열었다.

"자책하고 있어요, 때린 것에 대해서. 먼저 맞긴 했지만 어쨌든…."

"그건 홍세원이 잘못한 게 아니야."

도운이 항의하듯 말했다. 도연도 굽히지 않았다.

"그래도 그 일이 없었다면…."

"어떻게든 빌미가 되는 사건을 만들었겠지. 절대 홍세원 잘못은 아니야."

단호한 어조로 도운은 말했다. 세원이 이런 일로 자책하는 것은 원치 않았다. 오히려 맞고만 있었다면 도운은 훨씬 더 화가 났을 것이다. 그렇지 않아서, 당당하게 맞설 줄도 알아서 세원이 좋았다. 하지만 아이러니하게도 그 때문에 세원을 잃을 위기가 오고 만 것이다.

"좋아. 내가…."

결국 도운은 깊은 한숨과 함께 어쩔 수 없다는 듯 말했다.

"올라가봐야겠군."

최소희의 얼굴은커녕 발끝도 보고 싶지 않았지만 방법이 없었다.

"해법을 찾아올 테니 홍세원한텐 아무 말도 하지 마."

도연이 바라던 바였다. 기다렸다는 듯 고개를 끄덕이며 도연은 말했다.

"이번엔 확실하게 해주셨으면 좋겠어요."

공격적인 말투였다. 당황한 최 팀장이 말리려 했지만 도연은 멈추지 않았다.

"힘들게 마음잡은 애를 상무님이 또 흔들어놨어요. 둘 중 하나만 하세요. 확실하게 잡든지, 아니면 놔주든지."

냉담한 말이었지만 반박할 수 없는 사실이었다. 도운은 씁쓸한 얼굴로 자리에서 일어났다. 어쨌든 지체할 시간이 없었다.

도운이 준비를 위해 방으로 들어가자마자 최 팀장은 걱정스러운 얼굴로 말했다.

"그래도 세원 씨가 알아야 하지 않을까요?"

"뭘요?"

도연의 반응은 여전히 냉정했다.

"그게… 상무님이 최소희한테…."

"알면요. 그럼 또 자책할 거고 더 애틋해질 거고, 근데 두 사람 헤어져야 되잖아. 우리가 나설 필요 없어요."

똑 부러지는 도연의 말에 최 팀장은 더 할 말이 없었다.

"그러니까 두 분 다, 절대 말하지 마요. 어떻게 해결되든 상무님한테 맡겨두자고요."

장 탐정은 군말 없이 고개를 끄덕였다. 도연의 말에 완전히 동의하기 때문이었다.

두 사람이 각자 사무실로 떠나고 도연은 혼자 집에 남았다.

말이야 대차게 했지만 마음이 어수선한 것은 도연도 마찬가지였다. 힘들어하는 세원을 옆에서 지켜보면서 해피엔딩을 살짝 바란 적도 있었다. 하지만 역시 이건 동화가 아니었다. 도운에게 주어진 선택지는 최소희와의 약혼뿐이었다.

삐릭. 현관문이 열리는 소리가 들렸다.

반사적으로 벌떡 소파에서 일어난 도연은 현관으로 달려갔다. 세원이 지칠 대로 지친 몰골로 들어오고 있었다.

"…이게 뭐야?"

세원이 건네는 작은 상자를 보며 도연이 물었다. 세원은 힘없이 웃으며 대답했다.

"치즈 케이크."

도연은 눈을 동그랗게 떴다.

"…서울 생각하면 제일 먹고 싶은 거."

세원은 아무렇지도 않게 한마디를 덧붙이더니 안으로 들어섰다. 도연이 세원을 불러 세웠다.

"너, 괜찮아?"

세원은 잠시 멈칫하는 것 같았다. 그러나 이내 숨을 고르더니 웃는 얼굴로 돌아보았다.

"배고파. 밥 있어?"

그런 세원이 더 안타깝게 느껴졌다. 애써 감정을 누르고 있을 친구를 위해 도연 또한 평범한 얼굴로 대답했다.

"그럼, 있지. 볶음밥 같이 먹자."

자연스레 두 사람은 다이닝 룸으로 향했다. 도운에 대해 물을까 봐 걱정했지만 세원은 아무 말도 하지 않았다.

결국 눈치를 보던 도연이 먼저 말을 꺼냈다.

"최소희, 만났어?"

"…응."

잠시 식탁을 내려다보던 세원이 대답했다.

도연은 다음 말을 기다렸지만 세원은 다시 말이 없었다. 도연이 찬장을 뒤져 올리브유를 찾아낼 때까지도 입을 다물고 있던 세원은 냄비에서 밥이 볶아지는 소리가 나자 그제야 다시 말을 이었다.

"얌전히 있으면 고소 취하해준대."

"정말?"

믿기 어렵다는 듯 도연이 반문했다. 세원은 천천히 고개를 끄덕였다.

"…근데 상무님 말이야."

드디어 나온 도운 얘기에 도연은 심장이 뜨끔해서는 괜히 밥을 볶으며 말했다.

"아침 일찍 나갔어. 볼일 있다고."

"그래, 그랬구나."

세원의 목소리는 착 가라앉아 있었다. 거짓말이 티가 났나 싶어 도연은 슬쩍 세원을 돌아보았다. 그러나 세원은 체념한 듯한 얼굴을 했다.

"네 말이 맞았어."

"…뭐가?"

조심스럽게 도연이 묻자 세원은 덤덤하게 말했다.

"그 사람, 아버지랑 똑같은 사람이었어."

예상치 못한 말에 도연은 뭐라고 답해야 할지 몰라 멍하니 서 있었다. 자작자작 소리를 내며 볶음밥이 바닥에 눌러 붙었다.

"이제 눈물도 안 나. 대신 화가 나."

도연은 아예 가스 불을 끄고 세원을 향해 돌아섰다.

세원도 고개를 들었다.

"최소희 말이야. 나보고 뭐랬는 줄 알아?"

최소희가 보통 성질이 아니라는 것은 도연도 충분히 알 수 있었다. 아마도 제 발로 찾아간 세원에게 굴욕적인 말을 던진 게 분명했다.

"돈이 없으면 사람을 함부로 때리면 안 된대."

"그런 싹퉁 바가지 없는…."

도연은 더 험한 말이 튀어 나갈 뻔한 것을 겨우 참았다.

"근데 그거 반대로 말하면, 돈이 있으면 사람을 멋대로 때려도 된다는 거잖아."

지금 딱 최소희가 하고 있는 행위였다. 돈으로 가해자와 피해자를 바꾸고 교묘하게 빠져나가며, 그 어떤 죄책감조차 느끼지 못하는.

"…그게 너무 화가 나."

세원의 눈빛엔 진심 어린 분노가 섞여 있었다. 오랜 친구였지만 그날의 세원은 처음 보는 사람 같았다. 도연은 착잡한 마음에 뭐라고 말을 이을 수가 없었다.

13
싸움의 시작

이른 아침 울리는 알람 소리에 도연은 눈을 떴다. 평소 같았으면 십여 분은 더 자리에서 뭉갰을 테지만 옆에 강 여사가 자고 있어 겨우 몸을 일으킨 것이다.

어제 세원이 자기 방에서 자라고 할 때 그러겠다고 할 걸 그랬나, 하는 후회가 잠깐 스쳐 지나갔다. 하지만 큰 침대가 좋다고 한 건 바로 자신이었다.

게다가 오후 수업은 절대로 빠질 수 없는 수업이었다. 더 잘 생각을 하지 말고 늦지 않게 서울로 출발해야 했다. 기지개를 쭉 켜고 나니 잠이 약간 깨는 것 같았다. 따뜻한 차 한 잔이 생각나 도연은 문을 열고 다이닝 룸으로 향했다.

"…!"

너무나 놀라 비명을 지를 뻔한 것을 겨우 참았다. 낯선 뒷모습이 식탁 앞에 앉아 있었다. 큰 창으로 들어오는 어스름한 빛이 그 실루엣을 비추고 있었다.

인기척을 느낀 실루엣은 천천히 고개를 돌리더니 말했다.

"일찍 일어났네. 차 마실래?"

도연은 더 놀라 차마 대답할 수가 없었다. 차라리 모르는 사람이 여기 앉아 있는 게 나을 뻔했다. 낯선 뒷모습은 세원이었다.

"너…."

길고 풍성했던 머리가 어깨에 겨우 닿을 정도로 짧게 잘려 있었다.

오래 알고 지냈지만 처음 보는 모습이었다. 세원은 늘 긴 머리를 사랑했다. 한여름에도 절대 머리를 자른 적이 없었다. 그런 세원이 지금은 중단발을 하고 앉아 있었다.

더는 아무 말도 하지 못한 채 도연은 거실에 붙박이처럼 서 있었다. 막상 세원은 무미건조한 표정으로 찻잔을 하나 더 꺼내와 차를 따랐다.

"앉아."

도연은 천천히 식탁 쪽으로 움직였다. 마주앉아서 살펴보니 세원은 더 낯설었다. 도연은 걱정스러운 마음이 가득이었다. 혼자 두고 서울에 가도 되나 싶은 생각까지 들었다.

"어떡해…."

도연이 입을 열자마자 무의식중에 튀어나온 말이었다. 괜찮냐는 말도, 잘 어울린다는 말도 아닌 어떡하느냐는 말에 세원은 참 도연답다고 생각하며 피식 웃어버렸다.

"어떡하긴, 시원해. 머리카락은 기부하려고 챙겨놨어."

156

그 와중에도 기부할 생각을 하고 머리카락을 가지런히 모았을 세원을 생각하니 도연은 속이 답답해지는 것 같았다. 이 미련할 정도로 착한 친구에게는 좋은 일만 생겨도 부족할 것 같은데.

"…나한테 줘, 서울 가는 길에 우체국 들를 테니까."

답답한 속을 누르며 도연은 말했다.

배려 깊은 제안에 세원의 표정이 한결 편안해졌다.

"고마워."

도연은 대답하지 않고 차를 마셨다. 놀란 것을 좀 더 가라앉히기 위해서였다.

두어 모금 차를 마신 후에야 조금 진정되는 것 같아 도연은 다시 입을 열었다.

"그래서."

"?"

말없이 마주앉아 있던 세원이 도연을 바라보았다.

"좀 괜찮아?"

이제야 묻고 싶었던 것을 물었다. 세원은 묘한 표정을 짓더니 마당으로 시선을 돌렸다.

"괜찮으면 그게 더 이상한 거 아니야?"

맞는 말이었기에 도연은 할 말이 없었다. 최근 세원이 휘말린 일들은 괜찮기가 힘든 일들이었다. 도운이라도 곁에 있을 땐 버틸 수 있었겠지만 지금은 그마저도 사라져버리고 없었다.

괜한 걸 물었다는 생각에 도연은 입을 다물었다.

친구를 미안하게 만들려는 의도는 아니었기에 세원은 침착하게 해명의 말을 건넸다.

"그러니까 걱정하지 마. 당연한 거고, 이 또한 지나가겠지."

득도라도 한 것처럼 차분한 말투였다. 그 말을 들은 도연은 더 걱정이 될 수밖에 없었다.

그러나 세원은 오히려 도연에게 물었다.

"너는?"

무슨 말인가 싶어 눈을 동그랗게 뜬 도연이었다.

"걔가 또 찾아오면 어떻게 할 거야?"

이복동생을 말하는 것이었다. 사실 도연도 그 때문에 서울에 가는 게 영 내키지가 않았다.

"…경찰에 신고할 거야."

도연은 굳은 얼굴로 말했다. 진짜 그렇게 할 수 있을지는 모르겠지만 지금의 마음만은 진심이었다.

"그래."

의외로 세원은 덤덤하게 답했다. 말리지 않는 세원을 보고 오히려 당황한 도연이었지만 세원은 한 술 더 떴다.

"우리, 강하게 대응하자."

세원의 눈동자엔 굳은 의지가 담겨 있었다.

"끌려 다니고 상처받는 거, 이제 하지 말자고."

"그… 래."

도연은 얼떨결에 대답했다.

공 회장은 기분이 좋아 보였다. 그런 아버지를 보는 도운의 심기는 영 불편했다. 굳이 숨길 생각도 없었기에 도운의 표정은 내내 굳어 있었다.

"최 회장 앞에서도 그러고 있을 거냐?"

물론 그럴 생각이었지만 도운은 아무 말도 하지 않았다.

차는 곧 호텔 앞에 도착했다. 두 사람은 바로 맨 위층의 레스토랑으로 직행했다. 서울을 한 눈에 내려다볼 수 있는 뷰를 자랑하는 곳이었다.

"그래도 이왕 하기로 한 거, 말 나오지 않게 해라."

엘리베이터에서 공 회장은 한 번 더 당부했다. 도운은 여전히 아무 말도 하고 싶지 않았지만 참지 못하고 입을 열었다.

"그렇게 좋으십니까?"

가시 돋친 아들의 말에 공 회장의 표정은 쓸쓸해졌다.

"좋지 그럼. 아들을 좋은 곳으로 장가보내는데."

"좋은 곳이요?"

인정할 수 없다는 듯 도운은 말했지만 곧 엘리베이터가 도착해 두 사람은 말을 이어갈 수 없었다. 공 회장은 엘리베이터 앞에서 기다리고 있던 최 회장의 비서를 향해 너털웃음을 지으며 앞서 내렸다.

도운은 한 걸음 뒤에서 깊은 한숨을 내뱉고 나서야 발을 내딛을 수 있었다.

"여기는 올 때마다 기분이 쾌청해집니다."

넓게 펼쳐진 도시의 풍경을 내려다보며 공 회장이 기분 좋게 말했다.

평소답지 않게 단아한 화장을 한 소희가 고개를 끄덕였다.

"자주 오세요, 아버님."

소희의 말을 듣자마자 비웃음이 나올 뻔했기에 도운은 입을 꽉 다물어야 했다. 그런 도운을 향해 소희는 오히려 보란 듯이 더욱 생글생글 웃었다.

"저도 볼 때마다 느끼는 건데, 아드님 인물이 참 훤합니다."

최 회장도 기분 좋은 얼굴로 칭찬을 건넸다.

"어이구, 따님에 비하면 부족합니다."

주거니 받거니 죽이 잘 맞는 두 사람이었다. 도운은 비즈니스로 맺어지는 결혼에도 이런 대화가 오간다는 게 우스웠다.

"그런데…."

와인으로 목을 축이더니 최 회장이 말을 꺼냈다.

도운은 본격적으로 비즈니스가 어떻게 진행될지 지켜보고 싶었다. 그러나 최 회장은 의외의 말을 건넸다.

"약혼식에 사모님도 참석하시는 거겠죠? 해외에서 바쁘게 활동하신다고 듣긴 했지만…."

예상치 못한 말이었다. 도운은 스테이크를 자르던 손을 멈추고 공 회장을 바라보았다. 공 회장도 살짝 당황했는지 두어 번 헛기침을 했다.

"아무래도 시간 맞추기가 영 어려울 것 같습니다. 결혼식에서 뵙는 걸로 하시죠."

친절한 말투였지만 단호함이 느껴졌다.

공 회장의 아내는 도운이 약혼한다고 해서 한국에 들어올 인물이 아니었다. 해외 구호 사업에 취미를 붙인 아내는 아예 재단을 하나 차려 이사장 직함을 달고 전 세계 자선 파티를 다니고 있었다.

"약혼식이 상견례도 겸하는 자리 아니었습니까?"

공 회장이 그렇게 나올 줄은 몰랐기에 최 회장은 웃음기 가신 얼굴로 덧붙였다.

"저희 딸이 환영받지 못하는 자리에 들어가는 건 원치 않습니다만…."

"아빠!"

최 회장의 단어 선택이 다소 격해지자 소희가 당황해서 그의 팔을 잡았다.

"그 얘긴 나중에 해."

"…환영받지 못하는 자리라뇨. 그 사람이 바빠서 그렇지 예전부터 소희를 좋게 생각하고 있습니다. 게다가 저희가 따로 상견례가 필요한 사이였던가요?"

이미 알고 지낸 지가 오래된 두 부부였다. 공 회장은 슬슬 최 회장에게 서운한 마음까지 들고 있었다. 이제 와서 이렇게 나오는 이유를 알 수 없었다. 말 바꾸기라는 생각밖에 들지 않았다.

"그래도 보는 눈이 많습니다."

슬슬 본론으로 들어가기 전에 잠시 말을 멈추고 최 회장은 도운을 바라보았다. 하고 싶은 말이 뭔지 충분히 짐작 가기에 도운의 표정도 덩달아 굳어졌다.

"아무리 아드님을 호적에 올린다고 해도… 사모님이 모습을 드러내지 않고서는 재계에 자리를 잡을 수 없을 것 같더군요."

직설적인 그의 말에 공 회장은 어이가 없어 웃음이 나왔다.

"두 분의 일에 끼어들 생각은 없습니다. 그래도 구색은 맞춰주십시오. 다른 것은 모두 공 회장 뜻대로 하겠습니다."

"결혼식은 분명히 참석할 겁니다. 그게 제 뜻입니다."

공 회장도 결코 굽히지 않았다. 방 안에는 싸늘한 침묵이 흘렀다.

"…이거 원, 다들 체하겠네요."

결국 도운이 입을 열었다. 불쾌감을 숨기지 않은 목소리였다.

그제야 최 회장은 조금 미안한 표정을 지었다.

"사실 오늘 아내와 같이 나오고 싶었는데 그러질 못해서 마음이 옹졸해진 것 같구만, 미안하네."

순순하게 인정하는 최 회장이었지만 이어지는 말은 역시나 단호했다.

"약혼식엔 꼭 아내와 함께 참석하고 싶으니 공 회장님이 그림을 맞춰주십시오."

"…"

공 회장은 아무런 답을 할 수가 없었다. 확언할 수도 없지만 자존심이 상해 그러고 싶지도 않았다.

아무렇지도 않게 최 회장이 다시 식사를 시작하자 공 회장도 그저 예의를 갖추고자 기계적으로 음식을 입에 넣었다.

그런 공 회장을 보다 못한 도운이 먼저 커틀러리를 내려놓았다.

"죄송하지만 먼저 일어나보겠습니다. 사업장을 너무 오래 비워서 영 불안하네요. 배불리 잘 먹었으니 신경 쓰지 마십시오."

최 회장은 당황했지만 차마 도운을 잡을 수는 없었다. 공 회장도 손목을 들어 시간을 확인하며 도운을 거들었다.

"…벌써 시간이 이렇게 됐군요."

공 회장의 말이 떨어지자마자 바로 자리에서 일어난 도운은 문을 열고 나섰다.

"오빠…!"

소희의 외침에 복도가 울렸다.

"내가 망친 거 아니다."

도운은 아랑곳하지 않고 걸음을 재촉했다.

"망치다니…."

소희는 도망치듯 복도를 걸어가는 도운을 쫓아와 붙들고 섰다.

"…어머님, 오시면 되잖아."

아무렇지도 않게 말하는 소희를 내려다보는 도운의 눈빛이 차가웠다.

"망신을 주려고 정말 작정을 했구나."

듣다 보니 소희도 화가 나서 받아쳤다.

"그럴 생각을 하지 않았다는 게 더 충격인데? 나를, 아니 우리를 뭘로 보는 거야?"

"…고소부터 취하해. 난 할 만큼 했어."

소희의 팔을 뿌리치며 도운은 말했다. 어이가 없어 헛웃음이 나오는 소희였지만 도운은 더 말할 것도 없다는 듯 뒤돌아 엘리베이터로 향했다.

"결혼할 때까지 못해!"

뒤통수에 꽂히는 목소리에 도운은 다시 돌아보았다.

"뭐?"

"조건은 그거였어. 그러니까 어떻게든 어머님 모셔와."

소희의 말에 도운은 부글부글 속이 끓어올랐지만 공 회장과 최 회장이 걸어오는 게 보여 말을 멈추었다.

소희는 냉담한 얼굴로 서서 기다렸다가 최 회장의 팔짱을 끼고는 마침 도착한 엘리베이터에 올라탔다.

"안 탈 건가?"

최 회장이 물었지만 도운은 아무 말도 하지 않았다.

소희가 대신 닫힘 버튼을 눌렀다. 기다렸다는 듯 엘리베이터는 곧 닫히고 말았다.

"…일단 조금 미뤄야겠구나."

아들의 눈치를 보며 공 회장은 말했다. 최 회장이 저렇게 나오는데 무리해서 약혼을 밀어붙이고 싶지는 않았다. 현실적으로 아내를 만나 설득하기 위해서는 시간이 필요한 것도 사실이었다.

그러나 그 말을 들은 도운은 그것이야말로 소희가 바라는 것이라는 생각이 들었다. 결혼이 미뤄지면 고소를 취하할 타이밍은 지나가고, 결국 이도 저도 아닌 채 끌려가다가 세원은 세원대로 당하고 자신은 자신대로 꼼짝없이 식장에 들어서게 될 수도 있었다.

"미루는 건 안 됩니다."

공 회장은 자신의 귀를 의심했다. 하지만 아들의 표정은 단호했다.

"설득해주세요, …이사장님."

잠시 호칭을 고민하다가 어머니라는 말 대신 이사장이라는 말을 선택했다.

공 회장은 그런 도운을 물끄러미 바라보다 물었다.

"혹시 무슨 약점이라도 잡힌 거냐?"

안 그래도 하루 만에 마음을 뒤집은 게 의심스럽긴 했다. 도운은 시선을 피하며 대답했다.

"…그런 거 아닙니다. 그냥 어제 말씀드린 대로, 이왕 할 거라면 빨리 해치워버리고 싶은 것뿐입니다."

그 말을 전부 믿을 수는 없었지만 공 회장은 캐물을 생각은 없었기에 적당히 입을 다물었다.

"그러니까 최대한 빨리…."

상당히 마음이 급한 모양인지 도운이 다시 입을 열었다.

"노력해보마."

공 회장은 딱딱하게 대답했다.

"일단 어디 있는지부터 알아봐야 돼. 그 다음에 다시 얘기하자."

조급해한다고 달라지는 것은 없었다. 도운은 어쩔 수 없다는 듯 고개를 끄덕였다.

도운을 보는 공 회장의 마음도 착잡했다. 자신이 밀어붙인 결혼이었다. 이런 식으로 삐거덕거리는 것은 아들 보기에도 면이 서지 않았다.

눈치껏 한 발짝 뒤에 서 있던 비서실장이 대답을 전해왔다.

"최대한 빨리 알아보겠습니다."

싹둑 잘린 세원의 머리를 보고 놀란 건 장 탐정도 마찬가지였
다. 장 탐정은 예상치 못한 초청의 목적을 묻는 것조차 잊은 채 세
원을 낯설게 바라보았다.

"탐정님들은 변장에 익숙한 줄 알았는데요."

장 탐정의 반응을 의식해 세원이 말했다. 장 탐정은 세원이 건
네주는 찻잔을 받아들며 대답했다.

"변장이라기엔 가발도 아닌 것 같고…. 제가 조사했던 모든 사
진에서 홍세원 씨는 긴 머리였습니다. 나름의 일관된 스타일을 가
지고 있는 사람이라는 뜻이죠. 바꿔 말하면 어지간해서는 머리를
자를 일이 없다는 뜻이고요."

"…그렇네요."

장 탐정의 말은 사실이었다. 세원은 자신의 긴 머리를 사랑했고
자르고 싶다는 생각은 딱히 해본 적이 없었다. 도운을 만나고 나
서는 더더욱 그랬다. 도운은 세원의 머리칼을 쓰다듬고 쓸어 넘겨
주는 것을 좋아했다.

그래서였을까, 완전한 이별을 위해 머리를 잘라야 한다는 생각
이 들었던 것은. 세원은 쓸쓸하게 웃으며 차를 한 모금 마셨다.

"지난 번 일은 어쨌든 제 선에서 해결하지 못해 죄송합니다."

소희를 만나러 갔던 일을 떠올리며 장 탐정이 말했다.

세원은 침착하게 찻잔을 내려놓으며 물었다.

"조금은 부채감이 있으신가요?"

질문의 의도를 알 수 없어 장 탐정은 세원의 표정을 관찰했다. 세원은 딱히 따지고자 하는 얼굴은 아니었다.

  "그렇다면… 한 번만 더 도와주세요."

  세원은 부스럭거리며 주머니에서 무언가를 꺼냈다.

  잠시 후 넓은 식탁 위에 놓인 것은 오백만 원짜리 수표였다.

  "제가 드릴 수 있는 수임료는 이게 전부예요."

  세원이 돈을 건넬 줄은 몰랐기에 장 탐정은 약간 놀란 표정을 지었다.

  "사실 이거, 최소희한테 받은 돈이에요."

  의외의 말이었다. 장 탐정은 계속 말해보라는 듯 세원을 보았다.

  "차비로 쓰라고 줬어요, 오백만 원을."

  그때가 떠올랐는지 세원의 얼굴은 딱딱하게 굳어졌다.

  "…이걸 돌려주고 싶어요."

  "제가 가서 전해주라는 건가요?"

  장 탐정이 고개를 갸우뚱하며 물었다. 그러나 세원은 분명히 '수임료'라고 말했다.

  역시나, 세원은 고개를 가로저었다.

  "아뇨, 말 그대로 갚아주고 싶어요. 제가 받은 치욕을 똑같이."

  세원은 분명하게 힘을 주어 말했다. 굳은 의지가 느껴지는 목소리였다.

  "…"

  장 탐정은 잠시 생경하게 세원을 바라보다가 입을 열었다.

  "그러니까, 이 돈으로 저를 고용해서 최소희에게 복수 같은 걸

하겠다는 거군요."

"복수라…. 그렇게 말하니까 너무 거창하네요."

세원의 얼굴 위에 묘한 표정이 떠올랐다.

"저는 그저 최소희에게 해주고 싶은 말이 있어요. 그런데 그 말을 하려면 제가 무조건 이겨야 돼요."

절대 가볍게 하는 말은 아닌 것 같았다. 장 탐정은 자세를 고쳐 앉고는 진지한 표정으로 물었다.

"설마… 합의하지 않고 법정까지 가겠다는 말입니까?"

"물론입니다."

세원은 머리만 자른 것이 아니었다. 세원의 얼굴에서는 순한 기운도 사라지고 없었다.

지독하게 낯선 그 얼굴을 장 탐정은 잠시 멍하니 바라보았다.

"홍세원 씨."

세원은 침착하게 장 탐정을 마주 보았다. 무슨 말을 하든 물러설 생각이 없어 보이는 눈빛이었다. 그래도 장 탐정은 냉정한 조언을 던졌다.

"마음은 알겠지만 다른 방법을 생각해보는 게 좋을 것 같습니다."

의지만 가지고 해낼 수 있는 일이 아니었다. 이성적으로 최악의 경우를 짚어보아야만 했다.

장 탐정의 말에 세원은 의미심장한 표정으로 물었다.

"제 마음을 아신다고요?"

뒤늦게 주제넘은 표현이었다는 생각이 들었지만 한 번 뱉은 말을 주워 담을 수는 없었다. 장 탐정은 조심스럽게 말을 보탰다.

"사랑과 실리, 둘 중 하나는 취해야 한다는 말입니다. 이러다 전부 다 잃을 수도 있습니다."

"그거랑은 상관없어요."

세원은 냉담하게 말했다. 그 반응에 장 탐정은 눈을 가늘게 떴다.

"그 사람은 어차피 떠날 사람이었고, 두 사람이 결혼하든 말든 더 이상 관심 없습니다."

도연이 철저하게 입단속을 시킨 터라 세원은 도운의 노력에 대해서는 알지 못하는 게 분명했다. 장 탐정은 잠시 자신이라도 말을 해야 하나 고민이 들었다. 세원을 이대로 두면 그런 도운의 노력조차 허사로 만들 것 같았기 때문이었다.

장 탐정이 그답지 않게 잔에 담긴 차를 내려다보며 생각에 빠지자 세원이 다시 입을 열었다.

"일단 같이 만나러 갔으면 하는 사람이 있어요."

"…그게 누구죠?"

짐작 가는 바가 없다는 표정을 하는 장 탐정에게 세원이 말했다.

"목격자."

"…?"

"탐정님께도 익숙한 사람일 거예요. 홍지원 검사요."

장 탐정은 예상치 못한 이름에 잠시 말문이 막혔다.

"이런 질문 죄송하지만… 두 분 사이가 상당히 안 좋지 않았던 가요."

한때는 세원을 의심했던 장 탐정이었다. 남매 사이가 돈독할 거라는 전제 하의 의심이었다. 하지만 둘 사이에는 복잡한 금전적 문제가 끼어 있었다. 그것을 파악한 후에야 장 탐정은 세원에 대한 의심을 거둘 수 있었다.

그런데 홍지원이 그날 그 자리에 있었고, 지금은 또 그를 만나러 가겠다니 장 탐정은 선뜻 이해가 가지 않았다.

"그러니까 도와주세요, 이 돈 받으시고요."

세원은 쓸쓸한 얼굴로 수표를 장 탐정 쪽으로 밀었다. 복잡한 표정의 장 탐정이 무슨 생각을 하는지 대충 알 것 같았다.

"저 혼자 가면 거절당할 수도 있어요. 가서 얘기라도 해보고, 말이라도 들어보고. 혹시라도 가능성 있는 부분이 없는지 논의해보고 싶어요. 그래도 오빠는 현직 검사니까요."

맞는 말이었지만 장 탐정은 선뜻 대답하지 못한 채 난감한 얼굴로 수표를 내려다보았다.

여러모로 내키지 않는 게 사실이었다. 시간이야 낼 수 있지만 세원이 원하는 것을 해낼 자신도 없었고, 남매의 일에 얽히는 것도 원치 않았다.

"차비라…."

가만히 수표를 보던 장 탐정이 혼잣말처럼 중얼거렸다.

비행기를 탄다고 해도 차고 남을 돈이었다. 여기 놓인 오백만 원은 세원에게 모멸감을 주기 위한 목적, 그 이상도 이하도 아닌 돈이었을 것이다.

"…원하는 대로 되지 않을 수도 있습니다."

고심한 끝에 장 탐정의 입에서 나온 말이었다. 그 말을 들은 세원의 얼굴에 반가운 기색이 돌았다.

"책임은 제가 질게요. 감사합니다."

조금은 원래의 순한 얼굴이 돌아온 것 같아 장 탐정이 더 반가운 기분이 들었다. 장 탐정은 수표를 흔들어 보이며 말했다.

"최선을 다해서 돌려줍시다. 그럼 홍 검사는 언제 만나러 가면 되죠?"

드디어 품에서 수첩을 꺼내는 장 탐정이었다.

"조금 이따가 요양보호사가 오실 거예요. 그때 시간을 낼 수 있는데…"

"일단 홍 검사 스케줄부터 확인해야겠군요. 제가 알아보겠습니다."

천군만마를 얻은 기분으로 세원은 장 탐정을 바라보았다. 싸움은 이제부터 시작이었다.

"회장님…"

노크와 동시에 집무실 문을 열고 들어온 비서실장의 얼굴엔 당황한 빛이 서려 있었다.

점심을 먹은 게 얹힌 것 같아 소화제를 털어 넣던 공 회장이 무슨 일이냐는 듯 비서실장을 보았다.

"그게, 사모님께서…"

"어디에 있는지 알아냈나?"

눈치만큼이나 행동력도 빠른 비서실장이었다. 다만 어지간해서는 당황하지 않았기에 공 회장은 의아한 생각이 들었다. 위험국가에라도 가 있는 것인지 불길한 생각이 머리를 스칠 때 쯤 비서실장이 말했다.

"…한국행 비행기를 타셨습니다."

"뭐?"

"나이로비에서 출발해 지금쯤 경유지 아부다비에 도착하셨을 거라고…."

웬만한 일이 없고서는 한국에 들어오지 않는 아내라 공 회장은 기억을 뒤지기 시작했다. 큰아들 생일, 작은아들 생일. 둘 다 날짜가 한참 멀었고 딱히 예정된 행사나 일정도 없었다. 게다가 평소 같았으면 귀국 일정을 미리 알리고 비서진들이 의전을 하게 하는 아내였다.

"무슨 일이지?"

짚이는 것이 없어 공 회장은 결국 비서실장에게 질문을 던졌다.

당연히 아는 게 없다는 듯 고개를 가로저을 거라 생각했지만 비서실장은 어두운 얼굴로 종이 한 장을 내밀었다.

"아무래도 이것 때문인 것 같습니다."

짤막하게 프린트 된 증권가 찌라시 한 토막이었다.

"…현재 법무팀이 팩트 체크 중에 있습니다."

다 읽는 데는 그리 오랜 시간이 걸리지 않았다. 산 넘어 산이라더니, 이게 사실이라면 도운의 결혼은 당연히 미뤄야 할 것 같았다.

공 회장은 종이를 쥔 채 의자에 앉아 눈을 감았다.

"확인되는 대로 보고해. 공 전무 나한테 최대한 빨리 올려 보내고"

공 회장의 말에 비서실장은 고개를 꾸벅 숙이고 사무실을 빠져나갔다.

"후…."

정말이지 심장병이 도질 것 같아 공 회장은 여러 번 심호흡을 해야 했다. 지금으로선 그저 이 종이에 출력된 내용이 사실이 아니기만을 바랄 수밖에 없었다.

그러나 그럴 가능성은 희박했다. 아내가 곧장 한국에, 그것도 조용하게 날아 들어오고 있다는 게 바로 그 증거였다.

공 전무의 소식은 이제 막 사무실에 도착한 도운에게까지 날아 들었다.

—공남그룹 차남, 사기혐의로 피소

짤막한 찌라시 한 토막을 전하는 최 팀장의 얼굴은 웃어야 할지 울어야 할지 모르겠다는 표정이었다. 도운을 눈엣가시로 여기는 공 전무가 위기에 몰린 것은 호재라고 할 수 있었지만 그룹으로선 분명 마이너스였다.

"주가는 이미 폭락하고 있습니다."

최 팀장은 조심스러운 목소리로 말했다.

"…기사가 풀리면 더 떨어지겠군."

도운은 의자에 앉으며 대답했다. 생각보다 덤덤한 목소리였다.

"알고 계셨습니까?"

놀라지도 않는 도운을 보고 최 팀장은 자신도 모르게 물었다. 그제야 도운은 자신이 지나치게 무던한 반응을 보였다는 걸 깨달았다.

"딱히 그런 건 아니지만…."

실제로 도운은 고소 건은 까맣게 잊어버리고 있었다. 최근 이런 저런 일들이 너무 많았던 탓이었다.

"혹시 저희 쪽과 관련이 있는 건…."

공 전무가 홍 검사 와이프와도 얽혀 있다는 사실을 기억하고 있는 최 팀장이었다.

"…우리 쪽에도 내일 아침부터 투자자들 전화 쏟아질 테니 대응 전략부터 세워줘."

도운은 대답 대신 살짝 말을 돌렸다. 더 묻지 않는 것이 좋을 것 같았다.

알겠다는 듯 고개를 끄덕이고 최 팀장은 사무실을 나갔다.

'도와주십시오.'

바로 이 사무실에서 홍 검사는 그렇게 부탁했다.

솔직히 도운은 반신반의했지만 홍 검사는 꾸준히 고소를 준비하고 있었던 모양이다.

제아무리 현직 검사라 해도 그룹 후계자를 상대로 한 싸움이 쉬울 리 없었다. 게다가 홍지원 검사는 공남그룹에서 떡값을 줘가며 관리 중인 검사이기도 했다.

도운은 다시 한 번 홍 검사의 제안을 떠올려보았다. 홍 검사가 원하는 것은 결국 돈이었다. 와이프의 사기 행각을 덮고 넘어갈 수 있을 만큼의 큰 돈. 그리고 그것을 통해 도운이 얻게 되는 것은 공 전무의 약점이었다.

'형의 약점이라….'

바람의 언덕 사업 조감도를 바라보며 도운은 생각에 잠겼다. 그의 약점을 쥐고 있으면 언젠가 도움이 될 것은 분명했다. 바람의 언덕 사업을 넘보는 것도 막을 수 있을지 몰랐다. 그러나 지금 도운에게 그것은 딱히 와 닿지 않았다. 좀 더 분명하고 확실한 것이 필요했다. 소희와의 일까지 한 번에 풀어버릴 수 있는.

"못 봤는데."

딱히 악의는 없었지만 세원에겐 그 말이 한없이 냉정하게 느껴졌다. 비장한 각오로 자존심도 버리고 찾아왔다. 비협조적인 대답 몇 마디 들을 생각으로 온 것은 아니었다.

"생각 좀 해보고 말해."

결국 날카로운 반응이 세원의 입에서 튀어나갔다.

순간 장 탐정은 끼어들어야 하나 고민이 들었다. 하지만 아직 홍 검사가 어떤 성격인지 완벽히 파악하지 못했기에 잠자코 지켜보는 쪽을 선택했다.

홍 검사는 짧은 한숨을 내쉬더니 손바닥으로 얼굴을 쓸어내리며 말했다.

"어제 잠을 못 자서 그래. 생각은 하고 있어."

홍지원답지 않은 친절한 답이 돌아왔다. 세원은 약간 당황한 얼굴로 장 탐정을 바라보았다.

세원이 당황한 포인트를 장 탐정도 짐작할 수 있었다. 지금 홍 검사는 피곤한 상태일 뿐 적대적인 포지션은 아닌 게 분명했다.

이제 장 탐정이 나설 차례였다.

"상당히 큰 소동이었을 텐데, 왜 못 보신 거죠?"

그 질문에 홍 검사는 식어버린 커피를 마시며 천천히 기억을 떠올렸다.

"타임라인을 정리해보죠. 그 일이 있기 직전에 공 상무 부자간의 언쟁이 있었습니다."

장 탐정은 간략하게 그린 현장 평면도를 펼치며 말했다.

"프라이빗 룸 앞 복도에서요."

"네, 그때 저는 여기에 앉아 있었고."

홍 검사는 창가를 따라 펼쳐진 스카이라운지의 여러 좌석 중 바 형식으로 되어 있는 곳을 손으로 짚었다.

"창밖을 내다보고 있었습니다."

홍 검사가 짚어준 위치에 장 탐정은 붉은 점을 찍었다.

"뒤돌아보지 않은 이유는… 좋은 얘기를 하는 게 아닌 것 같아섭니다. 궁금하긴 했지만 공 상무보기 민망할 것 같기도 하고, 공 회장과도 마주치지 않는 게 좋을 것 같았습니다."

"그래서 일부러 창밖으로 시선을 고정하고 있었다는 건가요?"

홍 검사는 고개를 끄덕였다.

"…좋습니다. 그 다음은요?"

일단 홍 검사가 진실을 말하고 있다는 가정 하에 장 탐정은 그의 말을 수첩에 적어 넣었다.

"마침 사무실에서 전화가 와서 받았습니다. 잠시 통화하다 보니 비명 소리가 나더군요."

아마도 머리채가 잡힌 세원의 비명 소리였을 것이다.

"반사적으로 돌아보았습니다. 그리고 그때 제가 볼 수 있었던 건 우르르 달려가는 직원들의 뒷모습이었죠."

직감적으로 심상치 않은 일이 일어났다는 생각에 홍 검사는 바로 전화를 끊었다. 홍 검사 외에도 많은 사람들이 소리가 난 쪽을 주시하고 있었다. 직원들은 우왕좌왕했고 당황한 것 같았다.

"그러니까… 애초에 누가 먼저 때렸는지는 보지 못하신 거네요"

좀 더 확실히 하기 위해 장 탐정은 질문을 던졌다.

"그렇습니다."

맥없이 흘러나온 홍 검사의 대답에 잠시 대화가 끊겼다. 이렇게 아무 성과도 없이 돌아갈까 봐 조급해진 세원은 입술을 깨물었다.

"그런데 그때…."

짧은 침묵을 깨고 다시 입을 연 것은 홍 검사였다. 뭔가 떠오른 눈치였다.

"…하마터면 그 여자를 일으킬 뻔했었어."

혼잣말처럼 중얼거리는 홍 검사에게 장 탐정이 물었다.

"…왜죠?"

"옷이 바뀌어 있었으니까."

딱히 새로운 정보는 아니었기에 장 탐정은 조금 김이 새는 기분이었다.

그래도 홍 검사는 계속해서 말을 이어 나갔다.

"두 사람이 옷을 바꿔 입었다는 걸 그때야 알았습니다. 그전까지는 당연히 세원이가 그 방에 있다고 생각했죠. 화장실에서 나와 거기로 들어가는 뒷모습까지 봤으니까요."

"하지만 그건 최소희 씨였고…."

"중간에 공 상무가 와서 세원이 어디 갔냐고 묻더군요. 도대체 무슨 말인가 싶었는데 그걸 나중에야 깨달은 거죠."

"잠깐만요."

그 말을 들은 장 탐정이 다급하게 홍 검사의 말을 저지했다.

"그 다음에 공 상무가 엘리베이터를 타고 로비로 내려갔군요."

홍 검사는 고개를 끄덕였다. 장 탐정은 묘한 표정을 지으며 중얼거렸다.

"…이거 잘하면 될 것도 같은데."

장 탐정의 말에 세원도, 홍 검사도 그를 주목했다.

잠시 생각을 이어가던 장 탐정은 탁, 소리가 나게 수첩을 덮더니 홍 검사에게 물었다.

"시간이 얼마나 있죠?"

홍 검사는 의아한 눈빛으로 그와 세원을 번갈아보더니 입을 열었다.

"시간이라 하면… 일단 이 사건은 홀딩 상태니까 어느 정도는 있습니다."

"홀딩?"

금시초문이라는 듯 세원이 반문했다.

"몰랐어? 그쪽에서 요청이 들어온 모양이야, 일단 멈춰달라고."

세원의 얼굴이 굳어졌다.

'조금은 깨달은 바가 있는 것 같으니, 결혼할 때까지 얌전히 살

178

면 고소는 취하해 줄게.'

최소희가 했던 말이 머릿속을 울렸다.

'…진심인가 보네.'

그러나 세원과는 생각이 다른 장 탐정이었다. 취하는 하기 싫지만 너무 빠르게 진행되면 혹시라도 결혼이 무산될까 봐 최소희가 머리를 쓴 게 분명했다.

장 탐정은 자리에서 일어서며 이렇게 말했다.

"시간이 충분하다면, 두 분이 도와주시기만 하면 됩니다."

그 말에 세원이 반가운 표정을 지었다.

"정말인가요? 뭐든 하겠습니다."

의기가 충만한 얼굴이었다.

장 탐정은 세원을 향해 천천히 고개를 가로저었다.

"홍세원 씨 말고, 공 상무 도움이 필요합니다."

그 말에 세원의 얼굴에서 기대감이 싹 사라졌다.

"…그건 안 된다고 말씀드렸을 텐데요."

세원의 완강한 목소리에 장 탐정이 다시 입을 열려는 순간이었다.

"잠깐만요."

홍 검사가 핸드폰을 들어 보이며 말했다.

"필요한 게 있으면 내가 직접 물어보죠, 다른 송사 때문에 만날일이 있어서."

핸드폰에는 전화가 걸려오고 있었다. 발신자는 도운이었다.

거기까진 좋았다.

생각보다 홍지원도 협조적이었고, 대화도 순조로운 편이었다.

정확한 필살기를 찾아낸 건 아니었지만 그래도 실낱같은 가능성을 보았기에 세원은 이만하면 나쁘지 않다고 생각하며 자리에서 일어섰다.

문제는 그 다음이었다.

도운이 홍 검사에게 전화를 걸어온 것은 검찰청 정문을 막 통과했을 때였다. 한시라도 빨리 상황을 정리하는 게 좋을 것 같다는 판단에 바로 차를 출발시킨 것이다. 마침 홍 검사는 사무실에 있었고, 도운은 더 기다릴 것도 없이 주차를 한 다음 검찰청으로 들어섰다.

그래서 세원은 도운과 검찰청 입구에서 딱 마주쳐버리고 말았다. 예상치 못한 만남에 세원은 얼음처럼 굳어졌다.

여기에 세원이 있을 거라고 꿈에도 상상하지 못한 것은 도운도 마찬가지였다. 게다가 세원의 머리카락은 싹둑 잘려나가 있었다.

"…."

도운은 꽤나 충격을 받은 모양이었다. 아무 말도 하지 않았지만 그의 눈빛이 그 충격을 그대로 전하고 있었다.

그것이 세원의 자존심을 더 상하게 했다. 세원의 눈에 비친 도운은 너무나 그대로인 탓이었다. 마지막 밤의 모습, 그리고 최소희에게 팔을 내주던 모습 그대로, 도운은 하나도 달라진 것 없이 여전히 눈이 부셨고 여전히 멋있었다.

"머리가…."

도운은 충격이 가시지 않은 얼굴로 팔을 뻗었다. 습관처럼 자연스러운 움직임이었다. 늘 그러했듯 세원의 머리칼을 쓸어주려는 것이었다.

그러나 도운의 손끝이 세원의 머리칼에 닿으려는 순간, 세원은 휙 고개를 돌려버렸다. 차르르 떨어지는 머리칼이 세원의 얼굴을 가렸다.

그제야 정신을 차린 도운은 쓸쓸한 얼굴로 손을 내렸다. 그러고 보니 세원의 목에서 목걸이 또한 사라져 있었다.

"여긴 무슨 일이야."

애써 아무렇지 않은 목소리로 도운이 물었다. 최소희 사건이 본격적으로 굴러가기 시작한 것은 아닌지 걱정이 되었다.

그러나 세원은 대답 대신 이렇게 말했다.

"두 사람, 잘 어울리던데요."

그 말에 도운은 아무 대답도 하지 않았다. 도운이 말이 없자 어쩐지 더 화가 나서 세원은 쏘아붙이듯 말했다.

"어제 봤어요. 최소희랑 같이 있는 거."

그냥 가버리면 될 걸 왜 이러고 있는지 세원 자신도 모를 일이었다. 이럴수록 더 초라해지는 것 같았지만 이미 뱉은 말을 주워 담을 수는 없었다.

"그건…."

도운은 억울했다. 급하게 기억을 떠올려보았지만 최소희와 함께 있었던 시간은 길지 않았다. 사무실 그리고 회사 로비.

하필 그 때 세원이 그 곳에 있었다니 믿을 수가 없었다.

"어제, 수목장에 간 거 아니었어?"

도운의 대답에 세원은 피식 웃은 것 같았다.

"…그래서 내가 당연히 서울에 없을 거라고 생각해서 최소희를 만나러 갔어요?"

세원은 집요하게 물었다.

그 순간, 도운의 머릿속을 스치는 기억이 있었다. 굳이 자신에게 다가와 팔짱을 끼던 최소희. 어쩐지 의기양양해 보이던 그 표정이 생각나자 도운은 소름이 끼칠 것 같았다.

"최소희가 불렀군."

세원에게 보여주기 위한 행동이라면 이해가 갔다. 다정하게 연출된 모습을 본 세원은 소희의 생각대로 충격을 받을 것이 분명했다.

"갈게요."

대답 대신 세원은 냉정하게 돌아서며 말했다.

도망치듯 로비를 빠져나가는 세원을 도운은 한 번 더 불러 세웠다.

"홍세원."

손바닥은 이미 회전문 손잡이에 닿아 있었지만 자신도 모르게 세원은 발걸음을 멈추고 말았다.

"…가지 마."

그 말에 세원의 심장이 가쁘게 뛰기 시작했다.

세원은 눈을 꼭 감았다. 자신도 가고 싶지 않았지만 그래도… 가야 했다. 세원은 깊은 호흡을 내쉬며 회전문을 밀었다. 조금씩 회전문이 밀리며 돌아갔다.

그런데 잠시 후, 회전문이 멈추더니 꼼짝도 하지 않았다.

"…?"

눈을 떠보니 좁은 공간 안에 금목서 향이 가득했다. 익숙한, 도운의 향수 냄새였다.

"가지 말라고."

어느 틈에 세원의 뒤로 들어온 도운이 회전문이 움직일 수 없도록 붙들고 있었다.

"그래서 핸드폰을 계속 꺼둔 거야?"

아주 가까운 곳에서 도운의 목소리가 울렸다. 세원은 대답도 하지 못한 채 굳어 있었다.

"…머리도 자른 거고."

도운은 계속 말을 걸었지만 세원은 돌아볼 수 없었다. 돌아보면 도운의 탄탄한 가슴이 바로 눈앞에 있을 만큼 좁은 공간인 탓이었다.

"드라마 찍는 건 좋은데, 멋대로 오해하는 건 곤란해."

비아냥으로 들렸는지 세원은 발끈해서 결국 돌아보았다.

"오해라니, 내가 직접 봤는데…."

도운의 예상대로였다. 기다렸다는 듯 도운은 말했다.

"최소희랑 협상하러 간 거야."

예상치 못한 말에 세원이 눈을 동그랗게 떴다.

"협상…?"

설마 하는 마음으로 반문하는 세원의 얼굴이 창백했다.

도운은 눈을 가늘게 뜨고 고개를 끄덕였다.

"고소 취하하는 조건으로 결혼하기로 했어."

"뭐라고요?"

순간 놀라움과 동시에 화가 올라왔다.

결혼을 조건으로 협상을 하다니.

그것도 모르고 오해해 미안한 마음과 도운에 대한 복합적인 감정을 지나, 곧 세원의 얼굴은 부끄러움으로 달아올랐다. 자신이 머리끄덩이를 붙잡고 싸웠다는 사실을 도운이 알게 된 것이다. 당장 어디라도 숨고 싶은 심정이었다.

"…어떻게 알았어요."

무슨 말부터 해야 할지 고민하던 세원의 입에서 겨우 나온 말이었다.

"내가 진짜 모를 거라고 생각했단 말이야? 공도운 정보력을 너무 물로 본 것 같은데."

도운은 농담 반, 진담 반으로 받아쳤다.

할 말이 없어 세원은 민망한 표정으로 고개를 숙였다.

순간적으로 여러 생각이 머리를 스쳐 지나갔다. 이대로 최소희와 결혼을 하게 하는 것이 도운을 위해서는 더 나을지도 몰랐다. 물론 세원의 진심은 그렇지 않았기에 선뜻 그 말이 나오지는 않았다.

도운은 안심하라는 듯 말했다.

"걱정 마. 그 결혼 안 할 거니까."

반가우면서도 걱정스러운 눈빛으로 세원이 그를 올려다보았다.

"당연히 홍세원이 전과자가 될 일도 없을 거야."

"…어떻게요?"

"그건 내가 알아서 해. 그러니까…."

세원은 확신에 찬 그의 말을 끊었다.

"아니."

"…?"

"내 일은 내가 해결할래요. 이건 나랑 최소희의 싸움이에요."

세원은 진심인 것 같았다. 도운이 듣기엔 너무나 터무니없는 말이었지만.

"홍세원, 이성적으로 생각해. 너 혼자서는 절대 못 이겨. 그리고 이건 내 일이기도 해. 최소희가 이렇게까지 하는 건 다 나 때문이니까."

"어쨌든 내가 시작한 싸움이고, 내가 잡을 거야. 그러니까 상무님은 빠져요. 결혼은…."

잠시 말을 멈추고 숨을 고르는 세원이었다.

"…마음대로 해요. 그리고 나, 혼자 아니에요."

그제야 회전문 너머에서 상황을 살피던 장 탐정이 눈에 들어왔다.

"…장 탐정이 붙었군."

도운이 상황을 인식하고 중얼거리자 세원이 한마디를 더 보탰다.

"한 명 더 있어요."

세원의 시선은 도운의 등 뒤를 향했다. 그 시선을 따라 돌아보자 거기엔 홍 검사가 서 있었다. 곧 도착한다던 도운이 한참이나 들어오지 않자 혹시나 싶어 나와 본 참이었다.

"홍세원이… 홍 검사한테 손을 내밀었어?"

너무나 의외였기에 도운은 놀랄 수밖에 없었다. 세원은 정말로 소희와 붙어볼 생각인 것 같았다.

"그러니까 나한테 신경 안 써도 돼요."

말을 마친 세원은 장 탐정에게 가려고 다시 뒤를 돌았다. 그러나 문은 여전히 꿈쩍도 하지 않았다.

"…열어줘요. 기다리잖아요."

"그냥 가는데?"

고개를 들어보자 장 탐정은 눈치껏 홍 검사와 함께 지검을 빠져나가고 있었다.

할 말이 없어진 세원이었다.

"…사람들이 불편하잖아요."

"옆에도 문 있으니까 괜찮아."

"도대체 왜…."

답답해 돌아선 세원을 향해 도운은 한 발 더 다가섰다.

이제는 정말 가까워진 두 사람이었다. 숨이 막힐 듯한 금목서향에 세원은 , 하고 자신도 모르게 숨을 참았다.

"내가 묻고 싶은 건데. 도대체 왜 이래? 아직도 내 해명이 부족해?"

"…오해한 건 미안해요. 그치만…."

도운은 다그치듯 말했다.

"그치만?"

세원은 대답을 망설였다.

도운은 시선을 회피하는 세원의 눈을 끈질기게 들여다보았다.

"…약속했단 말이에요, 헤어지겠다고."

결국 세원의 입에서 진심이 흘러나왔다. 그 말이 무슨 뜻인지 섣불리 짐작할 수 없어 도운은 침착하게 물었다.

"누구랑 약속을 했다는 거야."

잠시 망설이던 세원은 고개를 들고 도운의 눈을 똑바로 바라보며 말했다.

"당신 아버지랑요."

놀란 도운이 문을 잡고 있던 손을 떼자 쿵, 소리와 함께 좁은 공간이 울렸다.

삐걱, 문이 살짝 돌아갔다. 지금이라면 세원은 빠져나갈 수 있었다. 하지만 세원은 그대로 서서 도운을 바라보았다.

"좋은 분인 것 같더라고요. 절대 나쁘게 말하지 않으셨어요."

도운은 아무 말도 없이 세원을 마주 보았다.

"그러니까 나 그냥 보내줘요. 당신이 나쁜 사람인 걸로 하고…."

대사는 완벽했지만, 참고 참았던 눈물 한 방울이 세원의 눈에서 흘러내리고 말았다.

도운은 세원의 말을 끝까지 듣지 않은 채 어깨를 잡아 품으로 당겨 안았다. 도운의 품에 묻히는 바람에 자연스럽게 세원의 말끝은 흐려지고 말았다.

"미안해, 그런 말 듣게 해서."

도운은 결국 세원에게 사과를 했다.

애초에 오해한 건 자신이었는데도, 멋대로 약속한 것도 자신이었는데도, 사과는 도운이 하고 있었다. 세원은 벅차오르는 감정에 그를 밀어낼 수 없었다. 머리로는 분명 그래야 한다는 걸 아는데 세원의 팔은 오히려 그의 허리를 마주 안고 말았다.

지나가는 사람들이 이상하게 한 번씩 쳐다보았지만 오래도록 도운의 품을 벗어나고 싶지 않았다. 그래서 세원은 한동안 그렇게

서 있었다.

장 탐정과 홍 검사는 근처 카페 스터디 룸에 자리를 잡고 앉았다.

잠시 후 도운과 세원이 합류하자 네 사람은 본격적으로 작전 회의를 시작했다. 이제는 세원도 도운에게 숨길 게 없었다.

장 탐정의 설명은 간단했다.

"우선 상무님은 결혼 준비를 계속 해주셔야 합니다."

최소희 측에서 이쪽에 꿍꿍이가 있다는 걸 알면 바로 묶어둔 사건을 움직일 것이다.

내키지는 않았지만 일리 있는 말이라 도운도 동의할 수밖에 없었다.

"홍 검사님은 최대한 빨리 CCTV를 확보해주시고요."

보안실 CCTV를 말하는 것이었다. 도운이 직원과 함께 CCTV를 확인하는 장면은 그날 레스토랑이 있는 층도 CCTV가 멀쩡히 작동했다는 증거가 될 수 있었다.

"그렇게 첫 재판을 넘기는 동안, 최종적으로 사건 장면이 담긴 CCTV를 확보할 겁니다."

장 탐정의 말에 세 사람 모두 고개를 끄덕였다.

몇 가지 디테일한 사안들을 더 논의한 다음 회의는 끝이 났다.

자연스럽게 세원과 장 탐정은 자리에서 일어났다.

도운은 그대로 앉아 차 키를 꺼내 세원에게 던졌다. 차에 가서 기다리라는 뜻이었다.

"우린 아직 할 얘기가 남아 있어서. 장 탐정님도 곧 뵙죠."

카페를 나온 세원과 장 탐정은 잠시 어색하게 걸었다.

"두 사람이 논의하는 송사, 홍 검사 와이프와 공 상무의 형이 얽혀 있습니다."

세원의 걱정스러운 표정이 걸려 장 탐정이 먼저 일러주었다.

예상치 못한 말에 세원은 조금 놀라서 멈칫 서버렸다. 새언니와 도운의 형이라니.

"크게 걱정할 건 아닙니다. 두 사람이 손을 잡았으니 잘 해결되겠죠."

"…."

세원은 약간의 안도감과 고마움이 섞인 얼굴로 장 탐정을 바라보았다. 장 탐정은 그런 세원에게 아무렇지도 않게 말했다.

"이걸로 퉁칩시다, 공 상무한테 사건 얘기한 거. 다 세원 씨 걱정해서 그런 거였어요."

세원도 그 마음을 모를 리 없었다. 장 탐정은 걸음을 재촉해 차를 세워둔 쪽으로 가버렸다.

세원은 잠시 그대로 서서 그의 뒷모습을 보다 도운의 차 키 버튼을 눌렀다.

삐빅, 멀지 않은 곳에서 미세한 기계음이 들려왔다. 도운의 깨끗한 검은 차가 세원을 기다리고 있었다. 조금은 가벼워진 마음으로 차로 향했다.

그때, 세원의 시야에 걸리는 게 있었다.

'뭐지?'

묘한 기시감에 세원은 멈춰 섰다.

무언가 직감적으로 세원의 발걸음을 멈춰 세웠다.

잠시 둘러본 후에야 세원은 그게 무엇인지 알 수 있었다. 도운의 차에서 그리 멀지 않은 곳에 세워져 있는 빨간색 고급 SUV. 분명히 최소희의 차라고 생각하는 순간, 거짓말처럼 차에서 최소희가 내렸다.

도운의 차에 불이 들어오는 걸 봤는데 주인이 나타나지 않아서 직접 내린 것이다. 소희는 차 근처까지 다가와 주변을 둘러보았다.

세원은 다른 차 뒤에 쪼그리고 앉아 겨우 몸을 숨긴 상태였다. 혹시라도 최소희가 자신을 봤을까 봐 심장이 미친 듯이 뛰었다. 떨리는 손으로 겨우 핸드폰을 꺼내는데 마침 장 탐정에게 전화가 걸려왔다.

"타요."

앞을 보니 장 탐정이 차에서 자신을 내려다보고 있었다. 세원은 침을 꼴깍 삼키고 쪼그린 채 걸음을 옮겨 겨우 그의 차에 올라탔다. 여전히 손이 바르르 떨렸다.

도운은 홍 검사와 짤막한 대화를 마친 참이었다. 어떻게든 공 전무를 설득할 테니 홍 검사는 최선을 다해 세원을 커버해 달라, 그 외엔 더 전할 것이 없었다. 홍 검사도 이의가 없었기에 두 사람은 곧 자리에서 일어섰다.

세원에게 다급한 전화가 걸려온 것은 그때였다.

"최소희가 있어요."

"뭐?"

맥락 없는 말이라 한 번에 알아듣기 어려웠다.

"주차장에. 그래서 차에 못 탔어요."

"…!"

예상치 못한 말이었다. 도운도 당황할 수밖에 없었다.

"지금은 어디야."

급하게 스터디 룸을 나서며 도운이 물었다.

"카페 근처예요, 차 키 주려고."

세원은 말을 이어나갔다.

"우리, 사건 끝날 때까지 만나지 않는 게 좋겠어요."

반갑지 않은 말이었다. 도운은 혹시나 세원이 또 다시 오해했을까 봐 말을 꺼냈다.

"최소희, 내가 부른 거 아니야."

"알아요, 차 번호를 몇 번이나 확인하는 게 그쪽도 놀란 것 같았어요."

차창 너머로 길 건너편 카페에서 나온 도운이 보였다. 고급진 감색 수트를 입은 도운은 멀리서 봐도 반짝거렸다.

"…오해 안 하고, 도망도 안 가고, 기다릴게요."

도운은 세원을 찾아 두리번거렸다.

"지금은 그게 맞는 것 같아요."

드디어 도운도 차 안의 세원을 발견했다. 멀리서 두 사람의 눈빛이 마주쳤다.

잠시 세원을 바라보다 길을 건너며 도운이 입을 열었다.

"…내가 말 했던가?"

무슨 말인가 싶어 세원은 그를 바라보고 있었다.

차창 가까이 다가온 도운은 차 키를 받아들며 세원에게 속삭였다.

"머리 자른 것도 예뻐."

두 사람의 손끝이 애틋하게 스쳤다.

곧 장 탐정은 차를 출발시켰다. 근처에 최소희가 있다는 게 영 불안한 탓이었다.

세원은 룸미러로 멀어지는 도운을 하염없이 바라보았다. 아직 코끝에, 미세한 금목서의 향기가 남아 있었다.

14
해바라기 꽃말

"여기 어쩐 일이야?"

소희가 작정한 듯 다가와 물었다. 대답은 도운 대신 홍 검사가 했다.

"제 일을 도와주러 오셨습니다."

소희는 싸늘한 눈빛으로 홍 검사를 보았다. 어쨌든 그는 홍세원의 친오빠였다.

어쩔 수 없다는 듯 도운이 입을 열었다.

"…약혼식에 어떻게든 어머니 모셔오라며."

"그게 무슨 상관인데?"

"그 사람, 둘째 아들한테는 껌뻑 죽으니까."

그제야 소희는 공남그룹 차남의 피소 소식을 떠올렸다.

"그럼 그 사건 때문에…"

이번엔 도운이 질문을 던질 차례였다.

"…너는 어쩐 일이야. 고소라도 취하하러 왔어?"

혹시나 싶어 물었지만 소희는 날을 세워 대답했다.

"그럴 리가. 담당 검사 좀 보러 왔어."

"…간다."

더 할 말이 없어 도운은 차에 올라탔다.

소희는 커피라도 한 잔하고 싶은 눈치였지만 도운은 받아주고 싶지 않았다.

"바로 올라가봐야 돼. 시간 맞추려고 그러는 거니까 미리 약혼식 드레스나 골라봐."

그래도 마음 상하지 않게 도운은 부드럽게 말을 건넸다. 약혼식이라는 말에 소희는 기분이 풀렸는지 도운을 배웅까지 했다.

바쁘게 달려 공항에서 공 전무를 만나고 레지던스에 돌아온 건 아주 늦은 밤이 되어서였다. 온종일 운전을 했더니 완전히 녹초가 된 상태였다.

차가운 촉감의 가죽 소파에 누운 도운은 세원 집의 마룻바닥이 그립다는 생각을 했다. 기다려주는 사람이 있는 집은 따뜻했다.

도운은 핸드폰을 집어 들어 세원의 이름을 찾았다.

'우리, 사건 끝날 때까지 만나지 않는 게 좋겠어요.'

세원이 했던 말이 떠올랐지만 애써 무시했다. 만나자는 게 아니라 통화하자는 것이니까.

그러나 도운은 결국 통화 버튼을 누를 수 없었다. 앞으로 도운의 스케줄은 소희와의 결혼 준비로 꽉 채워질 예정이었다. 아무리 시늉이라 해도, 결국 세원에게 돌아갈 것이라고 해도. 그래도 세원이 지켜보기엔 힘들 일이 많을 것이다.

어쩔 수 없이 도운은 핸드폰을 놓아두고 돌아누워 버렸다.

혼자인 게 익숙하다고 생각했는데, 세원을 만나 달콤한 시간을 맛본 덕분에 이제 외로움을 알아버린 것 같았다.

세원도 거실 소파에 길게 누워 도운을 생각하고 있었다.

이제는 세원도 욕심을 내고 싶었다. 그렇게까지 모든 걸 버리고 오겠다는데, 그게 도운의 행복이라는데.

"…."

그러나 세원의 머릿속은 복잡했다. 혹시라도 일이 틀어져 도운이 어쩔 수 없이 턱시도를 입고 최소희와 함께 식장으로 들어서게 될까 봐 불안한 마음을 떨칠 수가 없었다. 믿어보는 수밖에, 행운을 빌어보는 수밖에 없었지만 당장 오늘 밤부터 악몽에 시달릴 것 같았다.

삐리릭.

현관문이 열리더니 한껏 기분 좋은 목소리가 들려왔다.

"짠!"

서울에서 돌아온 도연이었다. 최 팀장을 만나 기분 좋게 술 한 잔 걸친 모양이었다.

"…왔어?"

일어날 기운이 없어 세원은 소파에 누운 채로 말했다.

"홍세원! 왜 이렇게 힘이 없어."

세원을 들여다보는 도연의 얼굴에 발그레한 홍조가 떠올라 있었다.

"이거 봐."

뒤로 숨겨둔 손을 꺼내자 도연의 양 손에 꽃이 가득했다.

"뭐야…?"

그제야 조금 몸을 일으키는 세원이었다.

"이건 내 거."

클래식한 다홍빛 장미 다발을 품에 안으며 도연이 말했다.

"그리고 이건 홍세원 거."

도연은 작은 해바라기 다발을 세원에게 건넸다.

"이쁘지."

"사온 거야?"

막상 화사한 꽃다발을 받으니 기분이 좋아져 세원은 물었다. 도연은 고개를 가로저으며 곁에 앉았다.

"아니, 공도운 상무님이 하사하는 선물이래."

"이걸…."

예상치 못한 일이라 세원의 표정이 애틋해졌다.

"근데 해바라기 꽃말이 뭐야? 해바라기로 특별히 구하느라 힘 들었다던데."

도연은 무심코 물었다. 딱히 답변을 기대한 질문은 아니었지만 세원은 소중하게 해바라기 다발을 끌어안으며 답했다.

"…기다림."

세원의 얼굴이 너무 진지해서 도연은 놀리려다 말고 자리에서 일어났다.

세원은 눈을 감고 해바라기의 진한 향을 맡았다. 만날 수는 없지만 도운은 분명히 자신의 마음을 전하고 있었다.

'기다려.'

도운의 목소리가 선명하게 귓가에 울리는 것 같았다. 덕분에 오늘 밤, 악몽이 없는 깊은 잠을 잘 수 있을 것만 같았다.

다음 날 아침.

출근하자마자 도운은 자신의 약혼 날짜를 확인했다. 뉴스 기사를 통해서였다.

공남그룹은 차남의 피소 사건은 오해에서 불거진 일이며, 바로 해결되었다는 소식과 함께 도운의 약혼 기사를 빠르게 배포했다. 이에 부응이라도 하듯 공남그룹의 주가는 개장하자마자 반등하고 있었다.

똑똑- 노크 소리에 고개를 드니 최 팀장이었다.

"커피 드시겠습니까?"

최 팀장은 근처 커피숍에서 사온 아메리카노 두 잔을 들고 있었다.

"먹지. 고마워."

도운은 소파로 자리로 옮겨 앉았다.

"어제는 잘 전달했습니다."

고개를 끄덕이며 도운은 말했다.

"그것도 고맙고."

아메리카노는 아주 진하게 내려진 상태였다. 도운이 딱 좋아하는 스타일이었다.

"…무슨 일이지? 할 말이 있는 것 같은데."

"…."

역시나 최 팀장의 얼굴엔 난감한 표정이 떠올랐다. 도운은 커피를 마시며 최 팀장이 입을 열기를 침착하게 기다렸다. 잠시 고민하던 최 팀장은 더 망설이지 않고 입을 열었다.

"…어젯밤 늦게, 회장님께서 저에게 전화를 하셨습니다."

"뭐?"

자신에겐 아무 연락도 없었던 아버지였다.

"그냥 솔직히 말씀드리자면… 상무님의 어제 일정을 물으시더니, 무슨 일이 있었는지 자세히 알아오라고 하셨습니다."

도운에게 원하는 대답을 얻을 수 없다는 걸 공 회장이 잘 아는 탓이었다. 최 팀장을 구슬려 도운의 속내를 알아내고 싶었던 것 같지만 최 팀장은 그리 쉽게 스파이 노릇을 할 인물이 아니었다.

"갑자기 일이 너무 잘 풀려 걱정하시는 것 같습니다."

"걱정할 만도 하시지. 내가 형한테 뭘 넘겼는지 궁금하실 거야."

넘겼다는 표현에 최 팀장의 얼굴에도 우려가 떠올랐다.

"정말로 거래를 하셨습니까?"

대답 대신 도운은 진한 커피를 마시며 공 전무와의 대화를 떠올렸다.

합의하라는 도운의 제안에 공 전무는 생각보다 격렬하게 저항
했다.

"난 사기 친 적 없어."

공 전무의 목소리엔 분노와 억울함이 함께 묻어 나왔다.

"나도 알아. 그쪽도 알고."

도운은 당연하다는 듯 말했다.

"그게 중요한 게 아니라 돈이 중요한 거라서 형까지 묶인 거야.
그 여자랑 어울린 건 사실이니까."

"…."

민감한 내용이 나오자 공 전무의 얼굴이 굳어졌다. 도운이 말하
는 '그 여자'는 물론 홍 검사의 와이프였다.

둘이 아무 관계도 아니었다는 건 장 탐정의 조사를 통해 익히
알았다. 하지만 그럴 수 있었던 이유는 홍 검사의 와이프가 받아
주지 않은 탓이었다. 공 전무는 그 여자에게 푹 빠져 선물 공세를
아끼지 않았다.

굳이 말은 하지 않았지만 도운은 그 정보를 공 전무의 처가 쪽
에 흘릴 수도 있었다. 꼬장꼬장하기로 유명한 국회의원인 그의 장
인어른이 어떤 반응을 보일지는 안 봐도 뻔했다.

"…그래도 50억이야."

한참을 망설인 끝에 공 전무가 내뱉은 말이었다.

정확하게 도운이 예상했던 반응이었다. 도운은 침착하게 준비
했던 카드를 꺼내들었다.

"바람의 언덕 사업 넘길게. 그걸 50억에 산다고 생각하면 나쁘지 않을 거라고 보는데."

예상치 못한 말에 공 전무는 귀를 의심했다.

"말도 안 돼."

말은 그렇게 하면서도 순간 공 전무의 눈빛이 번쩍이는 것을 캐치했다.

"나는 시공까지만 하고 빠진다. 분양이랑 나머지는 형이 알아서 해."

그제야 공 전무는 도운을 향해 진지하게 물었다.

"원하는 게 뭐야? 왜 이렇게까지 하는 거지?"

도운이 기다렸던 질문이었다.

"약혼식에 어머니 참석하게 해줘."

"…."

뜻밖의 조건에 공 전무의 표정이 구겨졌다.

"바람의 언덕을 내주고, 후계자 자리를 먹겠다? 수지타산이 안 맞는데?"

그런 쪽으로는 참 머리가 빨리 돌아가는 둘째형이었다. 도운은 여유 있는 웃음을 띠고 그에게 말했다.

"바람의 언덕 내주고 나면 내가 회사에서 버틸 수 있겠어? 결혼만 하면 난 그쪽으로 넘어갈 거야."

"최소희 쪽으로…."

일리 있는 말이었기에 공 전무는 설득되지 않을 수 없었다.

"…누구랑 얘기하면 되는 거지?"

결국 공 전무는 합의하기로 결심을 굳혔다.

"한 사장 변호사가 연락할 거야."

물론 홍 검사를 말하는 거였다. 이후의 일은 그에게 맡기면 그만이었다.

그렇게 일사천리로 약혼식 준비를 마쳤다. 공 회장이 놀라는 것도 무리는 아니었다. 어머니를 어떻게 설득할지 수만 가지 생각을 했을 테니까.

"최 팀장, 내가 어떻게 되든… 바람의 언덕 사업을 맡아줘."

도운은 진지한 목소리로 말했다.

"그게 무슨…."

도운의 말에 놀란 최 팀장은 미간을 찌푸렸다. 순간 머릿속에 불길한 생각이 스쳤다.

"설마 이 사업으로 거래를 하신 겁니까?"

도운은 커피를 집어 들고 자리에서 일어났다.

"처음부터 같이 해온 최 팀장한테는 미안한 말이지만, 나한텐 이 사업보다 더 중요한 게 있어."

맥락 상 분명 세원을 말하는 것이다.

"하지만 최소희 씨랑 결혼을 하고 나면…."

"결혼 안 할 거야. 그래서 형이 필요한 거야."

최 팀장은 도운의 말을 도통 이해할 수 없었다.

말을 시작한 김에 전부 털어놓기로 결심한 도운이 다시 입을 열었다.

"바람의 언덕을 손에서 놓고 나면, 회사에서 나를 내쫓는 것도 쉬워질 테니까."

도운은 여전히 모든 걸 버리고 세원에게 갈 생각을 하고 있는 것 같았다.

"상무님, 그래도 그건…."

안타까운 마음에 최 팀장이 입을 열었지만 도운은 그의 말을 끊었다.

"아버지한테 이렇게 전해줘. 무슨 일이 있었는지는 잘 모르겠지만, 회장님이 홍세원 씨를 만나신 것에 화가 많이 난 것 같습니다."

"…."

선뜻 대답하지 못하는 최 팀장을 향해 도운은 한마디를 더 보탰다.

"미리 고마워."

***

큰 거울에 비친 턱시도를 입은 자신이 너무나 어색했다.

"멋있다, 내 남편."

거울 안으로 쑥 얼굴을 들이밀고 소희가 말했다.

"…."

소희를 돌아본 순간 도운은 할 말을 잊고 말았다. 고급스런 드레스가 소희의 몸을 휘감고 있었다.

도운이 아름다운 드레스에 감탄했다고 생각했는지 소희는 만족스런 미소를 띠었다. 약혼식용으로 전부터 점찍어놨던 마르케사 드레스였다. 당연히 세상에 한 벌 뿐인 특별 주문이었다.

잠시 후 입을 연 도운은 소희의 기대와 달리 이렇게 말했다.

"약혼식에 이렇게까지 힘줄 거 있어?"

아직도 도운은 현실을 받아들이지 못하는 것 같았다. 부정한다고 달라지지 않는다는 걸 소희는 확실히 알려주고 싶었다.

"약혼식이니까 이 정도지, 본식 드레스는 디올에서 맞춤제작할 거야."

알아서 하라는 듯 무심히 자리를 떠나는 도운에게 소희는 다시 한 번 말했다.

"내일 선금 넣을 거야. 제작이 워낙 오래 걸려서."

도운은 걸음을 멈추고 소희를 돌아보았다.

"그런 얘길 나한테 하는 이유가 뭐야?"

"딴생각하지 말라고. 결혼 엎어지면 3억이 날아가는 거야."

웨딩드레스에 3억이라는 돈을 쓴다는 사실에 놀랄 겨를은 없었다. 딴생각하지 말라는 말에 뜨끔해서 도운은 괜히 말을 돌렸다.

"…잠깐 아버지 만나고 올게."

자신의 경고가 먹힌 거라고 생각한 소희가 씩 웃으며 대답했다.

"늦지 않게 와. 기자들 정말 많이 불렀으니까."

호텔의 짧은 복도를 걸으며 도운은 지긋지긋하다는 생각뿐이었다. 도대체 평범한 CCTV 확보에 왜 이렇게 시간이 오래 걸리는지 모를 일이었다. 홍 검사에 의하면 로비 CCTV는 손쉽게 확보했지만 보안실 쪽이 쉽지 않은 것 같았다. 약혼식은 벼락같이 빠르게 준비되고, CCTV 확보는 세월아 네월아 제자리걸음이어서 결국 도운이 턱시도를 입게 된 것이다.

"…보기 좋구나."

따로 잡아둔 대기실에서 공 회장이 도운을 기다렸다. 공 회장의 연락을 이리저리 피해왔지만 약혼식 당일에는 아버지 얼굴을 보지 않을 수가 없었다.

"하실 말씀이 뭡니까."

도운은 싸늘한 목소리로 말했다. 공 회장은 그런 아들에게 미안함과 서운함이 교차했다.

"…그냥 한 번 보고 싶었다."

뜬금없는 말에 도운의 미간이 살짝 찌푸려졌다.

"보셨으니 가겠습니다."

바로 돌아서는 도운에게 공 회장이 말했다.

"그 애 말이다."

"…"

분명 세원을 말하는 거였다.

"궁금했다. 내 아들이 좋아하는 여자가 어떤 사람인지."

도운은 천천히 몸을 돌려 공 회장을 마주보았다.

"헤어지라고 한 건 아비로서 당연히 해야 할 말이었는데, 혹시라도 그 애가 상처받았다면 미안하구나."

"상처요…?"

공 회장을 향해 도운은 입을 열었다. 말끝에 날이 서 있었다.

"세원이는 저한테 그러더군요. 아버지가 좋은 사람인 것 같다고."

예상치 못했는지 공 회장은 할 말을 잃었다. 대답이 없자 도운은 말을 이어나갔다.

"그래서 생각해봤습니다. 만약 아버지가 정말 좋은 분이라면… 아들이 행복하길 바라시겠죠."

당연한 사실이었지만 공 회장은 선뜻 고개를 끄덕일 수 없었다.

"…이게 네 행복이다. 소희와 결혼해서 내가 일구어놓은 공남그룹을 물려받아다오."

공 회장의 목소리는 간곡했지만 도운은 대답 대신 질문을 던졌다.

"궁금한 게 있습니다. 솔직히 말씀해주십시오."

공 회장만큼이나 진지한 목소리였다. 긴장된 마음으로 공 회장은 아들의 말을 기다렸다.

"세원이… 마음에 드셨죠?"

순간 공 회장은 표정을 숨기지 못했다. 그 질문에 놀라기도 했지만 도운의 말이 정확한 탓이기도 했다.

세원이 총명하다는 것은 공 회장도 익히 알 수 있었다. 게다가 세원은 도운의 친엄마와도 닮은 구석이 있었다. 다른 점이 있다면, 세원은 마냥 여리기만 한 건 아니었다.

'헤어지겠습니다.'

덤덤한 목소리로 먼저 그렇게 말하던 세원의 표정을 공 회장은 생생하게 기억했다. 그렇다 해도 도운의 대답에는 긍정할 수 없었다.

공 회장이 답변을 망설이는 사이, 노크 소리가 들려왔다. 비서실장이 대기실 문을 열고 말했다.

"회장님, 상무님. 지금 나가셔야 합니다."

공식적으로 약혼식이 시작되어야 할 시간이었다. 공 회장은 천천히 의자에서 일어섰다.

"일단 나가자."

"대답, 아직 안 하셨어요."

대답을 들을 때까지 도운은 움직일 생각이 없어 보였다. 그 완고한 표정 앞에서 공 회장은 순간 고민이 들었다. 솔직하게 말하자니 두려웠지만 거짓말을 하는 것도 내키지 않았다.

"…그래, 마음에 들었다."

결국 공 회장은 있는 그대로 말했다.

"그렇지만…."

좀 더 부연 설명을 하고자 했지만 도운은 말을 끊었다.

"됐습니다."

그 외의 말은 듣고 싶지 않았다. 어쨌든 공 회장이 솔직하게 대답했다는 게 도운에겐 중요했다.

"솔직하게 대답해주셨으니 아버지를 존경하는 마음으로 약혼식까지는 참아보겠습니다."

적어도 오늘 행사에는 성실히 임하겠다는 말로 들렸다.

"출발하시죠."

침착하게 기다리던 비서실장이 한 번 더 재촉을 해왔다. 이제는 도운과 설전을 벌일 시간이 없었다. 공 회장은 무거운 마음을 떨치려 심호흡을 한 번 하고 방을 나섰다.

아버지의 뒤를 따라 도운도 연회장으로 발걸음을 옮겼다.

"주식 좀 사 놓을걸 그랬어. 오늘 상한가 칠 것 같던데…."

화병에 새로운 해바라기를 꽂으며 도연이 말했다. 드디어 성사된 약혼으로 공남그룹 주가가 치솟고 있었다.

도연이 그렇게 말하거나 말거나, 세원은 침대 위에 이불을 싸매고 드러누워 있었다.

"으이그, 홍세원!"

결국 도연이 그런 세원의 엉덩이를 내리쳤다.

"그러니까 내가 진작 헤어지라고 했지. 이런 거 버틸 멘탈도 안 되면서 무슨 재벌가 남자를 만나."

"…."

도연의 자극에도 세원은 말이 없었다.

"그래도 꼬박꼬박 해바라기 보내주는 거 봐. 아주 애절해 죽겠어. 무슨 로미오와 줄리엣도 아니고."

그제야 세원은 이불을 걷고 팔딱 자리에서 일어났다.

"줘봐. 일단 봐야겠어."

"뭘?"

시치미를 딱 잡아떼는 도연이었다.

"핸드폰."

세원은 도연을 향해 손을 내밀며 목소리를 높였다. 혹시나 싶어 도연이 세원의 스마트폰을 숨겨두었던 것이다.

"안 보는 게 정신 건강에 좋아, 내 말 믿어."

"그럼 난 안 볼 테니까 네가 봐봐."

세원은 막무가내였다. 도운이 지금 어떤 모습, 어떤 표정일지 궁금해서 미쳐버릴 것만 같았다.

잠시 고민하던 도연은 제 핸드폰을 꺼내들었다. 솔직히 도연도 조금 궁금하던 차였다.

"절대 보여 달라고는 하지 마."

세원을 경계하며 도연은 조심스레 검색 키워드를 넣었다. 어렵지 않게 약혼식 사진이 화면 위에 떠올랐다. 도연은 눈을 가느다랗게 뜨고 사진을 살펴보았다. 도연을 지켜보는 세원의 입안이 바짝바짝 말랐다.

"어머, 얘 마르케사 드레스 입었어."

공주처럼 한껏 차려입은 최소희를 보고 도연이 눈살을 찌푸렸다.

"…그게 뭔데?"

"진짜 오바다, 무슨 약혼식에 이런 드레스를…."

한참 소희의 드레스를 살펴본 후에야 도연은 옆에 도운에게 시선을 옮겼다. 적당히 영업용 미소를 띠고 있는 얼굴이었지만 도연은 말했다.

"상무님은 표정 완전 썩었네."

"진짜?"

세원은 반가운 기색으로 얼굴을 내밀었다. 황급히 도연은 핸드폰을 뒤로 숨겼다.

"진짜야! 표정 관리 좀 하시지 좀 그렇다."

뻔히 사실이 아닌 걸 알면서도 세원은 조금 기분이 풀리는 것 같았다.

"나도 보여줘."

간곡한 목소리로 세원은 말했다.

"보고 싶단 말이야. 못 본 지 너무 오래됐어."

그 마음도 이해가 가서 도연은 가장 굳은 얼굴 한 장을 골라 캡처를 했다. 다른 장면은 볼 수 없도록 인터넷 창을 끄고 세원에게 건네자 세원은 조심스레 핸드폰을 받아들었다.

"…멋있다."

턱시도를 입은 도운은 상상했던 것보다 훨씬 멋있었다. 넓고 각진 어깨에 턱시도의 선이 곱게 떨어졌고 공들여 빗어 넘긴 머리는 고풍스러움을 더하고 있었다.

그 옆에 서 있는 사람이 자신이 아니라는 것만 빼면, 도운은 완벽했다.

영원할 것만 같았던 포토타임이 끝나고 도운은 드디어 자리에 앉을 수 있었다.

기자들이 물러가고 테이블에는 정찬이 차려졌다. 억지로 웃었더니 입가가 마비된 것 같아 도운은 물부터 한 모금 마셨다.

그때 지잉, 하고 안주머니 핸드폰에서 진동이 울렸다. 핸드폰을 꺼내 살짝 테이블 아래서 메시지를 확인했다.

"고생했어."

와인 한 잔으로 목을 축인 소희가 도운을 돌아보며 말했다.

소희는 순간 놀랄 수밖에 없었다. 도운이 빙그레 미소를 띠고 있었다.

"…뭐해?"

도운은 침착하게 핸드폰을 다시 안주머니에 넣었다.

"마지막 호의라고 생각해."

비꼬는 듯한 말이었다. 소희는 도운을 차갑게 바라보며 물었다.

"뭐가?"

"드레스 예약하지 마."

"…."

불길한 예감에 소희의 얼굴이 굳어졌다.

"이 결혼, 안 할 거니까."

"…공도운."

"내 덕에 아낀 줄 알아, 3억."

말을 마친 도운은 자리에서 일어섰다.

"앉아."

소희는 어금니를 깨물고 말했지만 도운은 아랑곳하지 않았다.

"오늘 다들 감사드립니다."

갑작스런 도운의 행동에 양가 부모의 시선이 모두 집중되었다.

"그런데 제가 알아보니, 최소희 씨가 얽혀 있는 송사가 하나 있더군요."

다들 금시초문이었지만 소희의 얼굴이 창백한 것을 보니 거짓은 아닌 것 같았다.

"…결혼을 논하기 앞서 그게 먼저 해결이 되어야 할 것 같습니다. 부부 사이에 신뢰란 굉장히 중요한 것이니까요."

"내가 피해자인 사건이에요!"

상황이 더 악화되기 전에 소희가 치고 들어왔다.

하지만 이번엔 공 회장 와이프가 나섰다. 영 탐탁지 않았던 도운의 결혼을 깨뜨릴 기회를 그냥 넘겨버릴 여자가 아니었다.

"…어쨌든 우린 전혀 몰랐네. 기분이 썩 좋진 않네요."

고맙게도 그녀는 냅킨을 내려놓고 먼저 자리에서 일어섰다.

"해결되면 다시 얘기하는 걸로 하죠."

말릴 틈도 없이 연회장을 빠져나가 버린 덕분에 도운이 애쓸 것도 없이 약혼식은 더 이어질 필요가 없었다.

이어서 자리를 뜨려는 도운을 소희가 잡아 세웠다.

"미쳤어? 이렇게 되면 내가 홍세원 그냥 둘 것 같아?"

"해봐, 해볼 수 있는 데까지."

"뭐?"

"로펌은 못 붙여줘도 내가 직접 붙을 거야, 홍세원한테."

도운의 눈빛은 진지하다 못해 무서웠다. 경고가 섞인 그의 눈빛에 소희는 자신도 모르게 잡고 있던 팔목을 놓아버렸다.

호텔을 빠져나오자마자 도운은 바로 홍 검사에게 전화를 걸었다. 향후 계획을 논의하기 위해서였다. 하지만 홍 검사는 전화를 받지 않았다.

그도 그럴 것이 홍 검사는 재판에 들어가기 직전, 도운에게 겨우 문자를 보냈다. 'CCTV 확보 완료'라는 짤막한 메시지만 남기고 급하게 법정으로 들어간 것이다. 나름대로 보안을 유지하며

CCTV를 확보하기 위해 고군분투했지만 도운의 약혼식 전에는 시간을 맞출 수 없었다. 너무 늦지 않았길 바랄 뿐이었다.

도운은 통화를 뒤로 미루고 대신 세원에게 전화를 걸려다가 그만두었다. 약혼식 때문에 상심해 있을 세원을 위해 서프라이즈로 등장하는 것이 나을 것 같았다.

'빈손으로 갈 수야 없지.'

일단 백화점을 향해 차를 돌렸다.

이윽고 도운이 도착했을 때 세원의 집은 텅 비어 있었다.

집 안에 흐르는 적막감에 도운은 이 장면이 데자뷰라고 생각했다.

'설마 또…'

황급히 안으로 들어선 도운의 눈에 식탁 위에 늘어진 빈 잔이 보였다. 차를 마시려던 참이었는지 차갑게 식은 주전자와 함께 나란히 놓여 있었다. 지난번처럼 작정하고 집을 나간 거라면 이런 것들을 치우지 않았을 리 없었다. 도운은 걱정스러운 마음으로 전화를 걸었다.

길게 전화벨이 이어질 뿐 세원이 받지 않는 가운데, 어디선가 미세한 벨소리가 들려왔다. 벨소리를 따라가 보니 다락방이었다. 달칵, 나무문을 열자 벽장 안에서 세원의 핸드폰이 깜빡거리고 있었다.

도운은 잠시 생각할 시간을 가져야 했다. 이 핸드폰이 왜 다락방 벽장 안에 있는 것인지 선뜻 이해가 되지 않았다.

그때, 세원의 벨소리가 다시 울리기 시작했다. 화면 위에 뜬 이름을 보고 도운은 더욱 의아한 마음이 들었다.

"…"

아무 말도 하지 않은 채 도운은 일단 전화를 받아보았다.

"세원 씨, 접니다. 지금 응급실 도착했는데 도연 씨가 전화를 안 받아서…."

"응급실?"

놀란 도운이 더 기다리지 못하고 말을 뱉었다. 도운의 목소리에 상대방은 몹시 당황한 것 같았다.

"어…."

아마도 전화를 잘못 걸었는지 확인하고 있을 것이다.

"최 팀장, 나 맞아."

침착한 도운의 목소리에도 최 팀장은 황당한 기색을 걷어낼 수 없었다.

다시 확인해봐도 세원의 연락처를 제대로 눌렀다. 하지만 세원의 핸드폰에서 흘러나오는 목소리는 분명 도운이었다. 약혼식이 아무리 빨리 끝났다 해도 도운은 아직 서울에서 내려오는 고속도로 위여야 했기에 최 팀장은 귀신과 통화하는 기분이었다.

"상무님, 어떻게…."

"무슨 일인지 말해봐."

"그게… 저도 아직 잘 모르겠는데 강 여사님이…."

제대로 아는 바가 없어 최 팀장은 말을 얼버무렸다.

"일단 갈게."

시간을 지체할 수 없다고 판단한 도운은 전화를 끊었다. 이 동네 응급실이라면 뻔했다. 더 물어볼 것도 없이 도운은 집을 뛰쳐나가 시동을 걸었다. 무슨 일이든 간에 최대한 빨리 세원의 곁에 있어야 했다.

삐- 부산한 응급실 이곳저곳에서 불길한 소리들이 들려왔다.

병상을 뒤지던 도운은 한참 후에야 커튼 너머에 앉아 있는 세원을 발견했다. 세원은 불안한 표정으로 침대 위에 누운 강 여사를 내려다보고 있었다.

"…무슨 일이야?"

최 팀장이 어떤 언질도 주지 않았는지 세원은 도운을 보고 놀라 자리에서 벌떡 일어났다. 세원은 무작정 도운의 손부터 찾아 잡았다. 가느다란 손이 미세하게 떨리고 있었다.

도운은 손을 꽉 마주 잡아주며 강 여사를 내려다보았다. 수액을 맞는 강 여사의 얼굴은 평화로워 보였다.

"쓰러져계셨어요…."

세원이 불안한 목소리로 말했다. 도운은 침착하게 세원을 의자에 앉히고 자신도 마주 앉았다.

"자세히 말해봐."

세원은 잠시 숨을 고르고 입을 열었다.

"문을 열었는데 방에서… 그러니까 침대 앞에서…."

말을 할수록 자책감에 휩싸이는지 세원의 얼굴이 창백해졌다.

"…그런데, 여기는 어떻게 온 거예요?"

뒤늦게 도운이 사진에서 본 그대로 턱시도 차림이라는 것을 발견했다. 도운은 말없이 주머니에서 세원의 핸드폰을 꺼내 건넸다.

214

"나한테 전화 안 한 거 아니고 못한 거지?"

"…"

세원은 솔직히 도연이 핸드폰을 숨겨주길 다행이라고 생각했다. 구급차에 엄마를 실으며 도운에게 몇 번이고 전화를 하고 싶었다. 핸드폰만 손에 쥐고 있었다면 다른 여자와 약혼식을 하는 남자에게 수십 번 전화를 걸 뻔했다.

그런 마음을 숨기고 세원은 조용히 고개를 끄덕였다.

도운은 미안함에 마음이 아파와 세원의 손을 힘을 주어 잡았다.

"…아드님이 오셨네요."

그때였다. 뒤에서 들려온 목소리에 도운은 고개를 돌렸다.

도운을 기억하고 있던 의사였다. 그녀는 두 사람을 남매로 알고 있었다.

세원은 머쓱하게 잡고 있던 손을 놓았다. 자연스럽게 자리에서 일어나 도운은 의사에게 인사를 건넸다.

의사의 시선이 강 여사를 향하자 도운은 기다렸다는 듯 말을 건넸다.

"어머니는 괜찮으신 겁니까?"

의사는 침착한 목소리로 대답했다.

"일단 안정을 취하시면 괜찮아질 겁니다."

"대체 왜…."

세원의 불안한 목소리가 대화를 끊고 들어왔다.

"두 가지 가능성이 있습니다. 치매약 부작용이거나, 단순한 낙상사고거나."

하지만 침대는 그리 높지 않았다. 떨어지는 소리도 듣지 못했다.

그래도 엄마를 계속 지켜본 건 아니어서 장담할 수는 없었다. 죄책감에 세원의 낯빛이 어두워졌다.

그런 세원을 가만히 지켜보던 의사가 말했다.

"치매 환자를 가족이 돌보는 건 한계가 있습니다. 전문적인 기관에 어머니를 맡긴다고 절대 불효하는 게 아닙니다, 오히려 그게 더 어머니를 위한…."

의사의 말이 갑자기 끊겼다.

그 시선을 따라가자 의식이 깨어난 강 여사가 보였다.

"엄마!"

세원이 황급히 다가들었다.

도운은 의사에게 조용히 말했다.

"…그 문제는 상의해본 후 결정하겠습니다."

의사도 눈치껏 고개를 끄덕이고 별 말 없이 자리를 떠났다.

강 여사는 잠시 세원을 바라보다가 입을 열었다.

"물 좀…."

옆에 준비해둔 물을 따라 건네자 강 여사는 고개를 가로저었다.

"새로 사다줘."

이런 까탈을 부린 적이 없는 엄마였다. 세원은 약간 당황한 것 같았다.

"내가 다녀올게."

도운이 대신 일어났지만 강 여사는 고개를 가로저으며 도운에게 손을 뻗었다.

세원과 도운의 시선이 교차했다.

"내가… 다녀올게요."

결국 세원이 황급히 일어나 자리를 떴다. 말릴 틈도 없이 빠른 움직임이었다.

커튼 뒤로 세원이 사라지는 것을 잠시 보고 있다가 도운은 의자를 당겨 강 여사 곁에 다가앉았다. 우선 강 여사가 자신을 누구로 기억하고 있는지 파악해야 했다. 둘은 꽤 오랜만에 보는 참이었다.

"우리 아들…."

강 여사의 흐릿한 기억 속에 자신은 홍지원인 것 같았다. 도운은 조용히 손을 내밀어 엄마의 손을 마주 잡아주었다.

그러자 강 여사는 이렇게 말했다.

"…우리 아들 도운이."

"…."

묘한 표정이 도운의 얼굴 위에 떠올랐다. 정말로 엄마가 자신의 손을 잡아주는 것만 같았다.

"내가 많이 안 좋지?"

도운은 목이 메어 아무 말도 할 수 없었다. 긍정도, 부정도 하지 못하는 도운을 보며 강 여사는 다시 입을 떼었다.

"…정말 우리 아들이었음 했어."

강 여사의 눈빛은 그 어느 때보다도 또렷했다. 그 말을 들은 도운의 손에 힘이 들어갔다.

도운의 손길을 느끼며 강 여사는 인자한 미소를 띠었다.

"그래서 내가 공 실장을 모르는 척했어."

도운은 가만히 강 여사를 바라보다 말했다.

"나도 그랬어, 엄마."

정말로 나이든 엄마와 재회한 것이길 바랐던 도운이었다. 서로 거짓말을 했던 그 시간은, 강 여사만큼이나 도운에게도 꿈같은 시간이었다.

"마지막 소원이 있다면… 우리 도운이가 세원이와 이어지는 거였는데."

강 여사는 다음 말을 잇지 못한 채 잠시 숨을 골랐다.

"그래도 봤으니까 됐어."

혹시라도 부담이 될까 싶어 결국 말을 참아내는 강 여사에게 도운이 말했다.

"…세원이랑 결혼할 거야."

뜻밖의 말에 강 여사는 놀라움이 섞인 눈빛으로 도운을 바라보았다.

도운은 그대로 일어서더니 촤락, 하고 발치의 커튼을 걷었다. 어느새 돌아와 뒤에서 몰래 대화를 듣던 세원이 동그랗게 눈을 뜨고 있었다.

빙긋 웃으며 도운은 품에서 반지 함을 꺼냈다. 아직 아무 말도 하지 않았는데 세원의 눈에서 눈물이 방울방울 흘러내렸다.

"벌써 울면 어떡해."

놀리듯 말하는 도운에게 세원은 떨리는 목소리로 물었다.

"이제 정말로… 끝난 거예요?"

첫 재판을 위한 CCTV가 확보되었다는 것을 직감했다. 길었던 이별의 시간이 드디어 끝난 것이다.

도운은 확고한 표정으로 고개를 끄덕였다.

"이제 정말로 싸울 수 있어. 그러니까…."

그 말에 반지를 끼워줄 틈도 없이 세원은 와락 달려와 도운의 품에 안겼다. 하염없이 해바라기만 바라보며 기다린 시간들을 전부 다 보상받는 기분이었다.

세원을 마주 안으며 도운은 속삭였다.

"…그러니까 나랑 결혼해, 홍세원."

둘의 모습을 바라보는 강 여사의 눈가도 촉촉해졌다.

"…턱시도를 입고 쇼메 반지를 들고 와 프러포즈하는 남자라니, 너무 멋있다. 그죠, 어머니?"

테이크아웃 커피를 들고 돌아온 도연이 강 여사 곁에 앉으며 말했다.

"도연이도 애 많이 썼다. 고마워."

덤덤한 강 여사의 말에 도연은 까르르 웃어버렸다.

"그러게요, 홍세원 나한테 평생 고마워해야 된다니까."

도연의 웃음소리를 들은 세원이 머쓱한 표정으로 도운에게서 떨어졌다.

그 틈을 타 도운은 드디어 반지 케이스를 열었다. 세밀하게 세팅된 링 가운데 작은 다이아몬드가 박혀 있었다.

"두 분, 증인입니다."

강 여사와 도연을 향해 의미심장한 말을 던지고 도운은 반지를 꺼내 들었다. 세원의 손을 들어 넷째 손가락에 반지를 조심스레 밀어 넣자 마치 사이즈를 맞춘 것처럼 딱 맞게 미끄러져 들어갔다. 고급진 컷팅에 세원은 그저 감탄스러운 눈빛으로 반지를 바라보았다.

잠시 후에야 반지가 상당히 비쌀 것 같다는 생각에 고개를 든 세원이었다.

"결혼, 할게요. 그치만 이건 너무…."

도연은 설마설마하며 세원을 바라보았다. 프러포즈 반지조차 비싸다고 거절하는 답답이는 아니었으면 하는 마음에서였다.

물론 세원은 도연의 기대와 달리 바로 그 말을 하기 위해 입을 연 것이지만, 도운이 그럴 틈을 주지 않았다.

"줄 수 있을 때 받아줘. 패물은 경제적으로 곤궁할 때 유용하게 쓸 수도 있으니까."

너무나도 현실적인 말 앞에 세원은 반지를 거절할 명분을 잃고 말았다.

강 여사와 도연은 조용히 웃으며 서로 마주보았다. 도운은 세원을 완전히 뼛속까지 파악한 것이 분명했다.

결국 세원은 조용히 손을 내리고 반지를 바라보며 말했다.

"…소중히 간직할게요, 그 마음."

이제 두 사람은 손을 잡고 강 여사를 바라보았다.

허락과 동의를 구하는 눈빛에 강 여사는 흐뭇하게 웃으며 고개를 끄덕였다. 두 사람이 앞으로 걸어가게 될 길을 기꺼이 축복하는 얼굴이었다.

15
집에 가자

앞에 도운이 앉아 있다는 게 믿기지 않아 세원은 뚫어져라 그 얼굴을 바라보고 있었다.

레몬즙으로 맛을 낸 샐러드와 케일주스, 간단한 프렌치토스트가 오늘 아침의 메뉴였다. 오랜만에 도운을 위해 공들여 준비한 상차림이었다.

여전한 솜씨에 정성이 더해진 아침상에 도운도 편안함을 느꼈다. 애정 어린 눈빛으로 세원을 바라보는 도운이었다.

"홍세원도 빨리 먹어. 곧 콜택시 도착할 거야."

일단 강 여사와 함께 근처 요양병원을 방문해보기로 했다. 당연히 도운이 태워다줄 거라 생각했기에 세원은 조금 당황한 얼굴이었다.

"바로 출근해야 돼요?"

"밀린 일이 많아서."

남은 주스를 마시며 도운이 미안한 표정을 지었다. 일이 많이 밀린 건 사실이었다, 시간을 빼지 못할 정도는 아니었지만.

도운이 바로 사무실로 들어가려는 건 공 전무 때문이었다.

"아, 그리고 홍 검사한테는 내가 말해놓을게."

홍지원이 요양병원에 모시는 걸 반대할까 봐 세원이 우려했던 것이다.

"…."

도운이 일사천리로 세원의 일을 대신 해결했다.

세원은 말없이 그를 바라보다가 포크를 내려놓았다.

"홍지원이랑 그때 무슨 얘기한 거예요?"

"…그때?"

지검에서 마주친 날을 말하는 것 같았다. 잠시 생각을 곱씹어본 후에야 도운은 그날을 떠올릴 수 있었다.

"나도 조언을 구할 일이 좀 있어서."

대수롭지 않게 대답하는 도운이었다.

"잘 해결됐어요?"

세원이 물었지만 도운의 전화벨이 울리는 바람에 대화는 끊겨버렸다. 콜택시가 도착한 모양이었다.

"일단 갑시다."

애정이 섞인 그의 말에 세원은 더 묻지 못하고 자리에서 일어날 수밖에 없었다. 접시를 정리하는 세원의 볼에 아쉬운 키스를 하고 도운은 안방으로 달려갔다.

"여사님, 준비 다 되셨습니까."

세원은 도운이 들어간 방 쪽을 보며 한 가닥 연민의 감정이 꿈틀거리는 걸 느꼈다. 혼자서 모든 일을 해결하려는 성격을 도운이 버렸으면 했다. 이제는 자신도 그의 곁에서 의지가 되어주고 싶은 탓이었다.

그래도 바라보고 있으면 애정과 사랑이 생겨날 수밖에 없었다. 결국 세원은 빙긋 웃어버리고 말았다.

사무실에 도착해보니 이미 공 전무가 접객용 소파에 앉아 있었다.

서두르길 잘했다고 생각하며 도운은 사무의자에 앉았다. 인사도 생략한 채 공 전무는 말을 꺼냈다.

"결혼 깬 건 나랑 상관없어."

"……."

예상한 말이었지만 상대하기엔 힘이 빠지는 느낌이었다. 이렇게 득달같이 달려올 일인가 생각하며 도운은 고개를 끄덕였다.

"그거 확인하러 온 거야?"

이번엔 공 전무가 꽁한 얼굴로 입을 닫았다. 마냥 시간이 있는 것은 아니어서 도운은 책상 위에 밀려 있는 업무를 펼쳐 들었다.

"…내려온 김에 샘플하우스 현장 보고 가든지. 분양할 때 중요할 테니."

"이제 어쩔 건데."

공 전무로부터 날이 선 질문이 돌아왔다. 서류를 훑어보던 도운이 고개를 들었다.

"결혼해서 그쪽으로 넘어간다며. 근데 이제 어쩔 거냐고."

공 전무는 재촉이라도 하듯 쏘아댔다. 딱히 도운을 걱정해서 하는 말 같지는 않았다.

"…둘 중 하나지, 형한테 내쫓기거나 아니면 이대로 월급쟁이로 살거나."

서늘할 정도로 쿨한 답변이었지만 공 전무는 쉽게 믿을 수가 없었다.

"그 여자가 그렇게 중요해?"

공 전무는 결국 정말 묻고 싶었던 질문을 던졌다. 도운은 귀를 의심하며 그를 바라보았다.

"그게 궁금할 리는 없고… 지금 내 의도를 의심하는 건가?"

재벌가 후계자 자리를 내던지는 사랑이 정말 있을 거라고는 상상할 수 없는 공 전무였다. 그런 그가 부럽다고 해야 할지 딱하다고 해야 할지, 약간의 혼란을 느끼며 도운은 말했다.

"정 불안하면 약정서라도 쓰지 그래."

"됐어."

막상 그 제안은 단칼에 잘라 거절하더니 공 전무는 자리에서 일어섰다.

"샘플하우스 보러 간다."

맥락을 알 수 없는 형의 행동이었지만 곧 도운은 내선전화를 집어 들었다.

"최 팀장이 같이 갈 거야. 유능한 직원이니까 나중에 내가 없어도…."

끝까지 듣지도 않고 공 전무는 집무실을 나가버렸다.

"네, 상무님."

수화기 너머에서 최 팀장의 목소리가 들려왔다.

"…공 전무랑 같이 샘플하우스 시공 현장 넘어갔다 와."

"알겠습니다."

사무실을 나서는 공 전무를 눈으로 좇으며 최 팀장이 급하게 대답했다.

강 여사는 우려와 달리 요양병원을 마음에 들어 하는 눈치였다. 벚꽃 길로 둘러싸인 조용한 요양병원은 입지도 좋았고 시설도 나쁘지 않았다.

"오후에 문화프로그램 하나 있는데, 그것까지 듣고 가시는 게 어떠세요?"

직원의 제안에 강 여사는 허락을 구하듯 세원을 돌아보았다. 오랜만에 나이대가 비슷한 사람들과 어울리는 경험이 엄마에게도 나쁘지 않을 것 같았다.

결국 세원은 혼자 요양병원을 나섰다. 일단 버스를 타고 집에 갔다가 다시 올 요량이었다. 어차피 시골 버스는 자주 오지 않으니 주변 길을 산책하다 가는 것도 나쁘지 않을 것 같았다.

"엄마가 아프신가 보네."

뜬금없는 목소리에 세원은 옆을 돌아보았다.

처음엔 또 다른 치매 환자가 말을 거는 줄 알았다. 그러나 세원에게 말을 건 사람은 너무나도 말끔하게 차려입은 중년 여성이었다.

시골 풍경과는 이질적인 차림새의 여자에겐 좋은 향기가 풍겨왔다.

"네…."

얼떨결에 세원이 대답을 건네자 여자는 다시 말했다.

"결혼을 서둘러야겠어."

이상한 느낌에 세원은 자리를 떠야겠다고 생각했다. 애매하게 웃으며 다시 걸음을 놓는 세원의 뒤통수에 대고 여자가 말했다.

"나, 도운이 엄마야."

"…!"

전혀 생각지 못한 말에 세원은 우뚝 멈춰 섰다. 천천히 돌아보니 여자는 재미있다는 듯 웃고 있었다.

"친엄마 말고."

"아… 안녕하세요."

억지로라도 웃고 싶었지만 웃음이 나오지 않았다. 얼굴이 이상하게 굳어져있을 것 같았다.

세원의 표정이 그러거나 말거나, 도운의 엄마라는 사람은 아랑곳하지 않고 말했다.

"커피 한 잔?"

"…."

이번에도 세원은 얼떨결에 고개를 끄덕였다.

마땅한 카페가 없어 두 사람은 벤치에 자리 잡았다. 급한 대로 자판기에서 커피를 뽑아왔지만 도운의 엄마는 입에도 대지 않았다. 세원만 어색함을 지우려 홀짝홀짝 커피를 마셨다.

"생각해놓은 거 있어?"

"네?"

맥락 없는 질문에 세원은 당황할 수밖에 없었다.

"결혼식."

"아…."

아직 먼 얘기라 여겼기에 딱히 생각해둔 게 없었다.

"시간이 없으니까 조촐하게 해야 될 것 같은데."

도운의 엄마는 미리 정해놓은 답이 있는 것처럼 대화를 이끌어 나갔다. 세원의 역할은 그저 고분고분 대답만 하는 것이었다.

커피를 쥔 손에 힘이 들어갔다. 그 대답이 뭔지 세원도 충분히 알 것 같았지만 선뜻 그렇게 대답해서는 안 될 것 같은 예감이 들었다.

속으로 크게 심호흡을 하고 세원은 입을 열었다.

"결혼식… 바로 할 수는 없습니다. 먼저 해결해야 할 일이 있어서요."

"아, 소희 일?"

이번에도 여자의 말은 간단명료했다.

"그거랑 두 사람 의지는 상관없는 거 아니야?"

"그건 그렇지만…."

세원은 뭐라고 해야 할지 몰라 식어가는 커피로 시선을 돌렸다. 지금의 상황 자체에 대한 압박감이 느껴졌다.

"사람 한 명 붙여줄 테니 논의해보고 바로 진행해. 시간 끌어서 좋을 거 없어."

원래 결혼 준비가 이런 건가. 세원은 머릿속이 빙빙 도는 것 같았다. 드라마와 인터넷에서 접했던 결혼 준비는 분명 축복과 설렘 속에 진행되는 것이었다. 이렇게 일방적이고 다급하게 진행되는 게 아니라 도란도란 상의해가며 하나씩 맞춰나가는 거였다.

"서로 상황 아니까 상견례 같은 건 생략하고."

도운의 엄마는 마지막으로 이렇게 말하고는 손을 들어 까딱, 누군가를 불렀다. 멀리 서 있던 검은 세단이 천천히 다가왔다.

여자는 인사도 없이 차에 올라탔다. 이런 상황들이 자신에 대한 무시인지 배려인지 선뜻 판단이 되지 않았다. 그러나 한편으로는 반대하지 않는 게 어디냐는 생각도 들었다.

결국 차가 떠날 때까지 세원은 아무 말도 하지 못했다.

"…."

완전히 시야에서 차가 사라진 후에야 명치끝에서 속상함이 올라오는 것 같았다. 어쩐지 눈물이 날 것 같아 입술을 깨물고 있을 때, 읍내로 가는 버스가 나타났다. 반사적으로 세원은 자리에서 벌떡 일어났다. 정류장은 아니었지만, 시골 버스인지라 자연스럽게 세원의 앞에서 문이 열렸다.

버스는 한참이 지나서야 읍내에 도착했다. 덕분에 세원은 어느 정도 생각을 정리할 수 있었다.

-점심 아직이면 같이 먹어요.

간단한 문자를 넣어놓고 세원은 도운의 사무실이 있는 건물 앞에 앉았다.

어느새 여름이 완연했다. 햇볕을 받으며 잠시 혼자 앉아 있으려니 예전의 기억이 떠올랐다. 처음으로 도운이 공남그룹의 아들이라는 것을 알게 되었던 날도 이렇게 혼자 앉아 도운을 기다렸다. 어찌할 줄 모르는 얼굴로.

"흠…."

어느 새 나타난 도운은 앉아 있는 세원을 요리조리 살펴보았다.

"…뭐해요?"

"오늘은 샌드위치 안 들고 왔지?"

도운도 세원처럼 그날의 기억이 떠오른 모양이었다. 직접 싸온 샌드위치만을 남기고 황급히 뛰쳐나갔던. 위트 있는 도운의 말에 세원은 힘없이 웃었다. 도운이 손을 뻗어 세원을 자리에서 일으켜주었다.

"어머니는?"

손을 꼭 붙든 채 차로 향하며 도운이 물었다.

"오후까지 요양원에 계시기로 했어요."

도운은 기분 좋은 얼굴로 고개를 끄덕였다.

"그래서 시간이 뜬 거군. 잘 됐네. 맛있는 거 먹자. 홍세원 뭐 먹고 싶어?"

마냥 신이 난 도운의 말에 세원은 결국 발걸음을 멈추었다.

"…얘기해줘요."

뜬금없는 소리에 도운이 걱정스런 얼굴로 세원을 내려다보았다.

"아버님은 분명 헤어지라고 하셨는데, 왜 갑자기 어머님이 결혼을 재촉하는 거예요?"

"뭐?"

도운은 자신의 귀를 의심했다.

역시 도운은 아무것도 모르고 있는 게 분명했다. 세원은 이야기를 꺼내기가 껄끄러워 입을 다물어버렸다.

"그게 무슨 소리야."

그때 주차장으로 최 팀장의 차가 미끄러져 들어왔다. 공 전무와 함께 나갔던 그는 혼자였다.

차에서 내리다가 도운을 본 최 팀장은 머쓱한 얼굴로 말했다.

"이사장님이 같이 내려오셨더라고요. 동행해서 방금 서울로 올라가셨습니다."

그제야 상황이 조금 이해되었다. 소희와의 결혼을 완벽하게 막아서기 위해 모자가 의기투합한 것이다. 예상했던 것보다 훨씬 빠르고 적극적인 행동력에 도운은 감탄할 수밖에 없었다.

"잘됐군."

혼잣말처럼 도운은 말했다.

세원이 눈을 동그랗게 뜨고 도운을 올려보았다. 도운은 여유 있는 표정을 되찾은 상태였다.

"우리 결혼의 방해물은 다 없어졌다는 뜻이야. 축하 파티라도 해야겠는데?"

아무렇지도 않게 차에 올라타려는데 세원은 버티고 서서 말했다.

"이렇게 결혼하고 싶진 않아요."

무슨 말인지 알아들을 수 없다는 듯 도운은 미간을 찌푸렸다.

"반대할 때가 좋았다는 거야?"

"그게 아니라."

세원은 답답하다는 듯 다시 입을 열었다.

"이렇게 서로 신뢰가 없는 상태에서 결혼하고 싶진 않아요."

진지한 세원의 목소리에 도운도 얼굴에서 장난기를 거두었다. 세원은 천천히 팔을 뻗어 도운의 손을 잡았다. 자신의 마음이 정확하게 전달되길 바라는 마음이었다.

"전부 말해줘요, 무슨 일이 있었는지, 무슨 생각을 하고 있는 건지. 못 믿어서가 아니라 같이 하고 싶어서 그래요."

하지만 도운은 완고한 얼굴로 대답했다.

"난 할 말 없어. 다 내가 알아서 할 거고 그게 내 방식이니까."

도운의 말에 세원은 입술을 앙다물고 화난 토끼처럼 바라보았다.

"…그럼 나도 말 안 할래요."

그걸 끝으로 그날 일에 대해 더 들을 수 있는 게 없었다.

두 사람은 서먹하게 식사를 마쳤다.

요양병원으로 가는 길에 도운은 한 번 더 이야기를 꺼내보았다.

"다음번엔 오늘 같은 일 생기면 무조건 나한테 먼저 연락해."

물론 세원은 아무 대답도 하지 않았다. 고집스러운 옆얼굴이 바로 세원의 대답이었다.

도운은 짧은 한숨을 내쉬었다. 그래도 쉽게 물러설 수 없었다. 자신의 선택을 전부 털어놓으면 세원이 걱정하고 자책할 걸 아는 탓이었다.

"…."

결국 도운도 말하기를 포기하고 고집스러운 얼굴로 액셀러레이터를 밟았다. 차는 야트막한 산길 도로를 빠른 속도로 치고 올라갔다.

"…황소고집 공도운."

방 안을 서성이며 세원은 중얼거렸다.

병원에서 엄마를 모시고 집으로 돌아올 때까지 도운은 한마디도 하지 않았다. 보란 듯이 입을 다물어버린 그를 보자니 세원은 속이 답답해 죽을 것 같았다.

물론 먼저 입을 다문 건 세원이었다. 게다가 엄마도 함께 있어 세원은 아무 말도 할 수 없었다. 그렇지만 정말 이렇게까지 할 일인가 싶었다.

털썩, 침대에 쓰러지듯 누워버린 세원은 머리 한쪽이 아파오는 걸 느꼈다. 오랜만에 편두통이 다시 시작되려 했다.

'너무 늦기 전에 약을 챙겨 먹어야 하는데….'

하지만 생각뿐 천근만근인 몸은 침대 위에서 일어날 줄 몰랐다.

그때 집 안에 초인종 소리가 울렸다.

자신도 모르게 벌떡 일어났다. 도운이 사과하고 모든 걸 말하려 돌아온 게 분명했다. 생각만 해도 기분이 좋아져 입가에서 비죽비죽 웃음이 새어나왔지만 제대로 대화하기 위해서는 강경한 태도를 유지할 필요가 있었다.

"흠."

세원은 목을 가다듬고 새침한 표정을 지어보인 다음 방을 나섰다.

그런데 다이닝 룸 창밖으로 보이는 차가 낯설었다. 도운의 차도 아니고, 최 팀장의 차도 아니고, 오늘 본 차도 아니고… 떠오를 듯 말 듯했던 기억은 인터폰 화면을 보는 순간 되살아났다.

대문 앞에 서 있는 건 홍지원의 차였다. 세원은 아무 말도 못한 채 잠시 멀뚱히 서 있었다. 예상치 못한 방문인 데다 지원의 옆에는 새언니까지 있었다.

예전 집의 좋지 않은 기억 때문에 세원의 머리가 송곳으로 찔리는 것처럼 아파왔다. 통증을 참으려 꾹 눈을 감고 세원은 생각했다.

'…이 집도 탐내면 어쩌지.'

그렇게 생각하는 것도 무리는 아니었다. 누추한 시골집도 탐냈던 홍지원 부부였으니까. 게다가 세원은 홍지원에게 이 집을 알려준 적이 없었다. 핏, 세원이 고민하는 사이 인터폰 화면이 꺼지고 말았다.

"누구야?"

세원이 다시 눈을 뜬 건 강 여사의 목소리 때문이었다. 피곤했는지 병원에서 돌아오자마자 잠이 들었던 엄마가 어느 새 거실에 나와 있었다.

"도연이?"

망설이는 세원을 제치고 엄마는 인터폰 화면을 눌렀다. 잠시 화면 밖에 나가 있던 지원이 놀란 얼굴로 프레임 안에 들어와 말했다.

"엄마 보러 왔어."

홍지원이 엄마를 보러 집에 오다니, 하늘이 두 쪽 날 일이었다. 그런 세원의 속도 모르고 강 여사는 신나서 말했다.

"어머, 우리 아들이네!"

아직은 홍지원을 알아봐서 다행이라 생각하며 세원도 어쩔 수 없이 문을 열었다. 부부를 웃는 얼굴로는 맞을 수 없을 것 같아 세원은 일단 부엌으로 들어갔다. 약부터 찾아 먹고 있는데 조심스러운 목소리가 들려왔다.

"사과하러 왔어."

다이닝 룸과 부엌의 경계에 서서 지원이 말을 걸었다.

세원이 반응하지 않자 그는 한 걸음 들어오더니 싱크대에 무언가를 내려놓았다. 힐끔 확인해보니 예쁜 케이크상자 위에 흰 봉투가 놓여 있었다.

"…뭐야?"

지원은 어깨를 으쓱하며 말했다.

"차에 곁들여서 같이 먹으면 좋을 것 같아서."

"이 봉투 뭐냐고."

세원은 재차 물었지만 지원은 머쓱한 표정으로 말을 돌렸다.

"아, 그리고 엄마가 알아보시기 전까지 와이프라고 안 할 테니까 그건 걱정하지 마."

후다닥 거실로 나가 버리는 홍지원의 뒤통수는 영 수상했다. 세원은 의심스런 눈길로 일단 물을 올리고 봉투를 열었다.

"…."

봉투 안에는 빳빳한 수표가 들어 있었다. 최소희가 건넨 것과는 달리 깨끗하고 새하얀 새 수표였다. 매끈한 표면 위에 찍힌 금액은 예전에 새언니가 가져갔던 돈과 얼추 비슷한 것 같았다. 예상치 못한 상황에 세원은 어쩐지 무거운 마음으로 숫자를 내려다보았다.

"잠깐 나 좀 봐."

거실에 차를 내려놓고 세원은 말했다. 홍지원은 순순히 세원을 따라나섰다. 다락을 통과해 옥상으로 나온 두 사람은 나란히 밖을 보고 섰다.

"…집이 정말 좋네."

그런 칭찬조차 의심스럽게 생각되었다.

"왜 이러는 거야?"

정면 돌파하기로 결심한 세원이 쏘아붙였다. 이야기가 길어질 것 같았는지 지원은 캠핑용 의자를 펼쳐 앉았다.

"아까 말했잖아, 사과하러 왔다고."

납득할 수 없는 대답이라 세원은 미간을 찌푸린 채 지원을 내려다보았다.

"…피해자들한테 돈 다 돌려줬어. 그러니까 너한테도 돌려줘야지. 그리고 결혼할 때도 좀 보태줄게. 나도 도움 받았으니까."

"여기는 어떻게 알았어."

"…"

날이 선 질문에 지원은 물끄러미 세원의 얼굴을 올려다보았다. 세원은 자신이 뒷조사라도 했다고 생각하는 것 같았다.

"공 상무가 알려줬어. 아니, 이제 공 서방이라고 해야 되나?"

"뭐?"

뜬금없이 도운의 이름이 나오자 세원의 목소리가 커졌다.

"내가 사과하고 싶다고 먼저 말했거든."

물론 도운이 그냥 알려준 건 아니었다. 도운은 조건을 내걸었다. 저녁에 부부는 강 여사를 모시고 드라이브를 나가야 했다.

그뿐만이 아니었다. 요양병원에 들어갈 돈을 정확히 분담하고, 스케줄을 정해 강 여사를 방문하길 원했다. 이제는 세원과 결혼할 사람이었기에 그의 요구는 분명하고 당당했다. 사실 남매라면 진작부터 당연히 함께 나누었어야 할 일들이었다. 지원은 반성하는 마음으로 도운의 요구를 전부 받아들였다.

잠시 생각에 잠겼던 세원은 갑자기 의자를 들고 와서 앉았다.

"전에 공 상무 일 도와준 거, 뭐였는지 말해줘."

"그건…."

당연히 하면 안 되는 이야기였다. 난감한 얼굴로 지원은 핑계를 댔다.

"…말하자면 너무 길어."

하지만 세원은 쉽게 포기하지 않을 것 같은 얼굴이었다.

"생각을 해봐. 결혼을 앞둔 사람이잖아. 내가 모르는 게 있는 것 보단…."

그 말에 지원의 눈빛이 살짝 흔들렸다. 본의 아니게 새언니를 연상시키는 말을 던진 것이다.

세원도 뒤늦게 눈치 채고 입을 다물었지만 홍지원은 천천히 고개를 끄덕였다.

"…맞는 말이네. 어쨌든 말을 해둬야겠어."

시간은 많았다. 세원은 긴 이야기를 듣기 위해 자세를 편안하게 고쳐 앉았다.

잠시 후.

"그럼 어떻게 되는 거야?"

이야기가 끝나자 세원은 어리둥절한 얼굴로 물었다.

"최소희랑 결혼이 조건이었다면… 지금 그게 깨져버렸잖아."

"그건 나도 모르지."

세원은 쉽게 이해가 가지 않았다. 결혼을 종용하러 내려온 도운의 어머니까지 생각하면 더더욱 그랬다.

"다만…."

잠시 망설이던 홍지원이 다시 입을 열었다.

"…최소희는 아직 공 회장 쪽에 붙어 있어. 대외적으론 깨진 결혼이 아니니까."

"그래…."

씁쓸한 얼굴로 세원은 나직이 말했다. 괜한 말을 한 것 같아 지원은 미안한 마음에 말을 돌렸다.

"슬슬 배고파지는데 아직인가?"

무슨 말이냐는 듯 세원이 그를 바라볼 때였다.

빠앙…. 맑은 클락션 소리가 아래쪽에서 들려왔다. 내려다보니 도운의 차가 집 앞에 서 있었다. 도운은 아무렇지 않은 얼굴로 싱긋 웃으며 세원을 향해 손 인사를 했다.

"맛있는 거 먹고 와. 엄마는 우리가 모시고 식사할 거야."

지원은 멍하니 선 세원의 등을 떠밀며 말했다.

"…나한테도 미리 말해주지."

근사하게 머리를 넘긴 도운은 생화로 만든 부토니에까지 꽂고 있었다. 반면 세원은 병원에 다녀온 차림 그대로였다.

"지금도 이쁩니다."

도운은 씩 웃으며 부토니에를 세원의 옷섶에 옮겨 달아주었다.

"우리 스콘 먹으러 갔었던 곳 기억나? 거기 가서 저녁 먹자."

물론 세원도 기억하고 있었다. 직접 만든 딸기잼을 발라먹었던 곳, 도운이 처음으로 엄마의 이야기를 꺼냈던 곳. 넓은 주차장에서 도운을 보며 나와는 다른 사람이라고만 생각했던 것까지.

이제는 그 사람과 결혼을 이야기하고 있다니, 어쩐지 애틋한 마음에 세원은 운전석에 탄 도운의 손을 찾아 꽉 잡았다.

그런 세원을 보고 완전히 마음이 풀렸다고 생각했을 때, 세원은 진심어린 눈빛으로 말했다.

"우리, 회장님 뵈러 가요."

도운은 당황했지만 티내지 않고 안전벨트를 매주었다. 도운이 아무 대답도 하지 않는 것을 보고 세원이 재차 말했다.

"헤어지겠다고 말씀드렸잖아요. 그 약속 지키지 못한 것에 대해…."

"홍세원."

시동을 걸면서 부드러운 목소리로 세원을 불렀다.

"우리 집에선 어머니 의견이 더 중요해. 어머니가 허락하셨으니까 상관없어."

"그래도."

세원의 목소리는 단호했다.

"아버님께도 허락받고 싶어요."

축복받는 결혼을 하고 싶다는 것도, 최소희에게 절대로 지고 싶지 않다는 것도 모두 진심이었다. 하지만 그보다 중요한 건 도운이 스스로 이야기를 하게 만드는 거였다.

"…."

역시나 도운은 아무 대답도 하지 않았다. 세원은 다시 잡은 손을 움켜쥐며 끈질기게 기다렸다.

잠시 후, 큰 도로로 차가 빠져 나오자 그제야 도운은 입을 열었다.

"…역시 안 돼. 긁어 부스럼이야."

"그럼 우리 결혼식엔 누가 와요."

세원은 물러서지 않았다.

"결혼식 규모나 그런 건 상관없어요. 그치만 이거 너무 야반도주 느낌이잖아."

"그런 거 아니라는 거 알잖아."

"난 모르겠어요."

세원이 고집을 부리자 도운은 얕은 한숨을 내쉬었다.

다시 두 사람의 대화가 끊겨버렸다. 차 안에는 불편한 침묵이 가득했다.

결국 세원이 다시 입을 열었다.

"…형한테 뭘 넘겨줬어요."

예상치 못한 질문에 도운은 괜히 차선을 바꾸려 깜빡이를 켰다.

도운의 반응을 보니 세원은 자신의 예측이 맞았다는 것을 확신했다. 역시 50억이라는 큰돈에 조건이 한 가지만 붙었을 리 없었다. 여전히 대답 없는 도운에게 세원은 다시 질문을 던졌다.

"아버님도 알고 계세요?"

도운은 결국 세원을 돌아보았다.

"정말로 아버지를 만나야겠어?"

의도를 알 수 없는 말에 세원은 물끄러미 도운을 바라보았다. 이내 각오했다는 표정으로 세원이 살짝 고개를 끄덕이자 도운은 말했다.

"내가 뭘 넘겼는지 알게 되시면… 널 증오하실 거야."

＊＊＊

"내가 인정한 며느리는 너뿐이다."

공 회장의 목소리는 다정했다.

"아버님…."

공 회장을 바라보는 소희의 눈에는 눈물이 그렁그렁했다. 진심 어린 눈물이었다.

약혼식 이후 최 회장은 소희를 보려고 하지도 않았다. 미리 알리고 상의하지 않은 것은 잘못이었지만 소희는 나름대로 억울했다. 도운의 돌발 행동만 없었어도 아무 문제없이 지나갈 일이었다.

"그러니까 재판 잘하고 와라. 다 해결되면 아버지도 화를 푸실 거고, 결혼은 그때 다시 진행하면 되니까."

결의에 찬 얼굴로 소희는 고개를 끄덕였다. 공 회장은 소희가 차에 올라타는 걸 지켜보았다. 긴장된다며 찾아온 소희에게 근처 카페에서 따뜻한 차를 한 잔 사주었다.

물론 그것은 공 회장이 소희를 믿기 때문이었다. 소희는 눈물을 쏟으며 억울함을 호소해왔다. 소희의 이야기 속에서 세원은 천하의 악녀가 되어 있었다. 약간의 각색은 있겠지만 공 회장은 그 이야기를 딱히 의심하지 않았다. 무엇보다도 아직 도운은, 소희와 결혼해야 하는 탓이었다.

"…조금 걷지."

공 회장은 사무실로 들어가는 대신 작은 공원을 산책하기로 결심했다. 도심 속에 위치한 어린이 교통공원은 앙증맞은 신호등과 터널로 꾸며져 있었다. 비서실장은 말없이 공 회장의 뒤를 따라 걸었다.

도운에게는 여전히 아무 연락이 없었다. 무슨 생각으로 그랬는지, 지금은 무슨 생각을 하고 있는지 도통 알 수가 없었다.

"법원에 사람을 보내놓을까요?"

공 회장의 마음을 읽은 비서실장이 조용히 뒤에서 물어왔다. 그러나 공 회장은 고개를 가로저었다.

"재판은 금방 끝날 테고… 도운이는 기다리면 돌아올 거다."

이 상황은 오히려 기회가 될 수 있었다. 소희가 재판에서 이기고 나면 도운도 더 이상 세원을 감싸고 돌 수 없을 테니까. 잠깐 세원의 순한 얼굴이 뇌리를 스쳤지만 공 회장은 곧 그것을 떨쳐버렸다. 소희에게 들은 것과 같이, 지금은 세원이 악인이어야만 했다.

세원은 오랜만에 깔끔한 정장을 꺼내 입었다. 의상에 맞춰 도연이 신중하게 세원의 머리를 올려 묶어주었다.

"좀만 더 길면 좋았을 걸…."

낑낑거리며 삐져나온 머리에 실핀을 꽂았다. 아무 대답도 없이 세원은 긴장된 얼굴로 앉아 있었다.

"…다 됐다."

도연이 작은 거울을 가져다주었지만 세원의 눈에는 초점이 나가 있었다.

"홍세원!"

놀란 도연이 세원의 어깨를 흔들었다. 그제야 세원은 후, 하고 참고 있던 숨을 내뱉었다.

"뭐야, 긴장이라도 한 거야?"

"…청심환 먹을 걸 그랬나 봐."

아무렇지 않을 줄 알았지만 아까부터 심장이 두근거렸다.

"심호흡 해, 심호흡."

도연이 침착한 목소리로 세원을 진정시켰다.

그 목소리에 맞춰 세원은 눈을 감고 크게 숨을 쉬었다. 준비한 대로만 하면 재판은 문제될 게 없었다. 문제는 그 다음이었다.

'내가 뭘 넘겼는지 알게 되시면… 널 증오하실 거야.'

몇 날 며칠 동안 머릿속을 떠나지 않았던 말이었다. 좋은 사람이라고 느꼈던 만큼 세원은 공 회장에게 인정받고 싶었다. 그런 사람에게 증오를 얻는다는 것은 생각만 해도 두려운 일이었다.

그래서 세원은 서울에 올라가지 못했다. 도운에게 자세히 묻지도 못했다. 사실과 맞닥뜨리는 것이 아직은 무서운 게 분명했다.

"장 탐정님 왔어."

도연의 말에 마지막으로 세원은 한 번 더 깊게 숨을 들이켰다. 지금은 재판에만 집중해야 할 시간이었다. 오백만 원짜리 수표를 받던 날의 굴욕을 다시 한 번 떠올리며, 세원은 천천히 자리에서 일어섰다.

다행히도 법정에서 의기양양한 얼굴의 최소희와 마주치자 세원은 의지가 불타오르는 것 같았다. 긴장감도, 떨림도 사라진 채 차가운 이성만이 세원의 머릿속을 가득 채웠다.

장 탐정 측에서는 미리 목격자가 증언에 나설 것이라고 정보를 흘려두었다. 최소희의 변호사는 당연히 그게 홍 검사라 생각했고, 그에 맞춰 여러 대응책을 준비해두었다.

세원은 빨리 재판이 진행되기를 기도했다. 거짓말처럼 웃음이 사라져버린 최소희의 얼굴을 보고 싶은 탓이었다.

"…."

세원의 기대가 채워지는 데는 그리 오랜 시간이 걸리지 않았다. 도운이 증인석에 들어설 때까지만 해도 침착함을 유지하던 최소희였지만 한 명이 더 나타나자 얼굴이 굳어지고 말았다.

도운을 레스토랑 화장실 앞까지 안내했던 앳된 얼굴의 직원이었다. 그 상황을 몰랐던 최소희 측에서는 미리 매수할 수도 없었던 인물이었다. 게다가 혹시 모를 상황에 대비해 도운이 직원을 공남 계열의 리조트로 이직까지 시켜둔 상태였다.

"그때 분명히 CCTV를 확인했고, 같이 화장실로 올라갔습니다. 잠시 후 CCTV 속 여자 분이 화장실에서 나오는 것을 보았습니다."

직원의 목소리는 조금 떨렸지만 분명하고 또박또박했다. 기회

를 놓치지 않고 세원 측에서는 직원의 증언에 따라 그날 CCTV 점
검이 있었던 것은 거짓이라고 몰아붙였다.

"뭐하자는 거죠, 지금?"

짜증을 누르며 소희는 옆에 앉은 로펌 변호사에게 물었다.

"…대세엔 지장 없습니다."

변호사는 조용히 대답했다. 하지만 당황한 건 그도 마찬가지였
다. 세원 측의 준비가 생각보다 철저한 탓이었다.

재판이 끝나가자 세원은 다시 심장이 떨려오는 것을 느꼈다. 차
분해지기 위해 방청석을 바라보자 도운이 살짝 고개를 끄덕였다.
잘 되어가고 있다는 분명한 신호였다. 그제야 세원은 안심이 되는
것 같았다.

"수고하셨습니다."

무사히 재판을 마친 후, 도운은 변호사에게 인사를 건넸다. 회
사 일이 아닌데도 선뜻 나서준 데 대한 감사의 표현이었다. 사람
좋은 웃음을 지으며 변호사는 대답했다.

"준비는 탐정님이 다 하셨는데요. 저는 숟가락만 얹었습니다."

그 말에 장 탐정은 별다른 감흥이 없는 얼굴로 말했다.

"이제부터가 시작입니다. 절대 방심하면 안 됩니다."

"CCTV… 확보할 수 있겠죠?"

세원이 조심스럽게 질문을 던졌다. 그날 두 사람의 싸움이 담긴
영상을 뜻하는 것이었다.

"어떻게든 해야죠."

진지한 목소리로 장 탐정이 말했다. 믿음직스러운 대답에 세원

은 고개를 끄덕였다.

"그럼 이제…"

도운은 집으로 가자고 할 요량이었다. 그러나 세원이 의외의 말을 이었다.

"서울로 가요."

무슨 소리인가 싶어 사람들이 세원을 돌아보았다.

"아, 저희 둘이 만나 뵐 분이 있어서요."

"…"

공 회장을 보러 가겠다는 말인 것 같았다. 도운이 대답도 하기 전에 장 탐정과 변호사는 눈인사를 하고 흩어졌다.

두 사람이 멀어지자 도운이 입을 열었다.

"오늘은 쉬자. 피곤해."

"지금이 아니면 못 갈 것 같아요."

세원은 단호하게 말했다. 용기와 의지를 잃기 전에 이 일도 해결해버리고 싶었다.

"회장님도 오늘 결과를 들으셨을 테니까 최소희를 달리 보셨을 거예요. 영원히 연을 끊을 게 아니라면 지금이 좋은 타이밍이에요."

지난 며칠 동안 도운도 많은 생각을 했다. 여전히 마음은 갈팡질팡했지만 세원의 말을 들어보니 일리가 있는 것 같았다.

"…솔직히 내키진 않지만 홍세원 한 번 믿어볼게."

고민 끝에 도운은 대답했다. 세원은 활짝 웃으며 도운의 허리를 꽉 안았다.

"고마워요. 정말 잘 말씀드릴게요."

어쩔 수 없다는 듯 도운도 손을 들어 세원의 목덜미를 감싸 안았다. 어쨌든 한 번은 부딪쳐야 할 일이었다.

공 회장은 외근을 나갔다가 급히 집무실로 돌아왔다.

바로 책상으로 달려가 명함집을 뒤져 가물가물한 이름 하나를 찾아냈다. 몇 번의 신호음이 울린 끝에 지검장이 전화를 받았다. 익히 기다리고 있었다는 목소리였다.

"어떻게 된 건가."

"죄송합니다. 어쩔 수가 없었습니다. 상황이 불리하게 돌아가서…."

선뜻 이해가 가지 않았다. 소희의 설명대로라면 그럴 만한 여지가 결코 없는 일이었다.

"설명을 좀 들어야겠네."

지검장은 간략하게 최소희 측에서 CCTV를 숨긴 정황을 설명했다. 이야기를 다 듣고 나서야 소희에 대한 의심이 싹트기 시작했다.

'…설마.'

눈물로 억울함을 호소했던 소희였다. 그 얼굴에 영악함이 숨어 있다고는 생각하고 싶지 않았다. 어수선한 생각을 정리하고 있을 때, 노크 소리와 함께 문이 열렸다.

"손님이 오셨습니다."

비서 뒤에 서 있는 건 도운이었다. 공 회장의 생각보다는 빠른 방문이었다.

"…차 좀 내주게."

비서가 자리를 비키자 그 뒤에 가려져 있던 세원의 모습도 드러났다.

"…."

예상치 못한 동행이었다. 공 회장은 복잡 미묘한 표정으로 세원을 바라보았다. 꾸벅, 세원은 깊숙하게 허리를 숙여 인사를 건넸다.

"헤어지겠다더니… 왜 마음이 변한 거지?"

집무실 의자에 앉은 채 공 회장은 대뜸 물었다. 세원은 그 자리에 서서 침착하게 대답했다.

"그때는 두려웠습니다. 헤어지지 않으면 맞닥뜨려야 할 상황들이 생각만 해도 용기가 나지 않았습니다. 그런데…."

긴장이 되었는지 세원은 잠시 말을 멈추었다.

"…저를 위해서 이 사람이 원치 않는 결혼까지 감행하려는 것을 보고 마음이 달라졌습니다."

그 말을 들은 공 회장은 속으로 적잖이 놀랄 수밖에 없었다. 갑작스레 소희와 결혼하겠다고 나선 도운이 수상쩍긴 했지만 세원을 위해서일 거라고는 생각하지 못했던 탓이었다.

비서가 차를 가지고 들어와 대화는 잠깐 끊겼다.

"앉아서 얘기하지."

그제야 두 사람에게 앉으라는 제스처를 취했다. 그러나 도운은 그대로 서서 말했다.

"그 전에 드릴 말씀이 있습니다."

도운이 무슨 말을 할지는 세원도 예측하는 바가 없었다.

"인사이동, 결재해주십시오."

그 말에 불길한 기운이 공 회장의 뒷목을 스치고 지나갔다.

"너 설마…."

"어머니가 아무 조건 없이 약혼식에 참석하셨을 거라고 생각한 건 아니시겠죠."

"…!"

공 회장의 얼굴이 딱딱하게 굳어졌다.

"…형이 바람의 언덕 사업을 맡을 겁니다."

"늬들끼리 멋대로 거래를 해?"

공 회장은 단단히 화가 난 것 같았다.

"약속을 어기면, 형이 연루되었던 사기 사건까지 돌아가게 됩니다."

"뭐…?"

뜻밖의 말에 공 회장의 얼굴에 분노 대신 당황스러움이 떠올랐다.

"이제 돌이킬 수 없습니다. 제가 그렇게 만들었습니다."

도운은 덤덤하게 말을 이어갔지만 순간 세원은 뭔가 문제가 있다는 걸 깨달았다. 공 회장의 낯빛이 너무나 창백했다.

"병원에…."

세원의 말이 미처 끝나기 전에 공 회장은 왼쪽 가슴을 부여잡았다.

"…연락해요, 빨리!"

멍하니 선 도운을 대신해 세원이 공 회장 쪽으로 달려가며 소리쳤지만 공 회장은 손사래를 치며 말했다.

"…난 괜찮으니 아무데도 연락하지 마라."

사람들 앞에서는 처음이었지만 공 회장에게는 익숙한 심장 통증이었다. 공 회장을 부축하며 세원은 분명한 목소리로 말했다.

　"아버님 여기서 쓰러지시면 저 사람 평생 자책할 거예요."

　끙 소리를 내며 공 회장은 일단 의자에 등을 기대고 앉았다.

　"쓰러지긴 누가 쓰러져."

　차를 한 모금 마시며 공 회장은 속을 진정시켰다. 도운은 밖에 나가 비서에게 상황을 알리고 통화를 하고 있었다.

　"너…"

　이 대화가 도운에게 들리지 않을 것을 확신한 공 회장은 질문을 던졌다.

　"…도운이가 왜 좋은 거냐."

　뜬금없지만 어쩐지 아버지다운 질문 앞에서 세원은 섣불리 입을 열지 못했다. 신중하게 대답해야 할 것 같아서였다.

　"머리 쓰지 말고 솔직하게 말해봐라."

　망설이는 세원에게 공 회장은 다소 거칠게 말했다. 그 말에 어쩐지 발끈한 마음이 들어 세원은 바로 입을 열었다.

　"멋있어서요."

　"뭐…?"

　직설적인 표현에 공 회장은 귀를 의심했지만 세원은 진심인 것 같았다. 이야기를 이어가는 세원의 볼이 발그레하게 달아올라 있었다.

　"양복을 입고 저희 집 툇마루에 앉아 엄마랑 이야기를 하고 있었어요. 정말 이상한 사람이라고 생각했는데, 그런데 너무 멋있었어요."

도운과의 첫 만남을 회상하며 기억을 더듬는 세원의 눈동자 사이로 설렘이 비쳤다.

잠시 생각에 잠겼던 세원은 공 회장을 향해 말했다.

"아버님, 저 사람 모든 걸 잃어도 저 멋있음은 그대로잖아요. 그러니까 평생 사랑할 수 있어요. 제가 많이 부족하지만, 그래도 아직 젊고 건강하니까 뭐든 열심히 해보겠습니다."

세원은 나긋나긋하면서도 당찬 목소리로 말했다. 순박하고 착실한 구석이 있는 말이었지만 공 회장에겐 그저 답답하게 느껴졌다.

"이제는 젊고 건강한 걸로 먹고 살 수 있는 세상이 아니야."

"맞아요, 맨몸으로 시작하려면 기술이 있어야 합니다."

이번엔 또 무슨 소리인가 싶어 올려다보는 공 회장에게 세원은 말했다.

"자연요리를 배워보려고요. 방송을 보고 저를 좋게 생각하신 분이 계셔서 배움의 기회를 얻을 수 있을 것 같습니다."

진작부터 세원에게 제안이 들어와 있던 프로그램이었다. 여러 가지 복잡한 사정 때문에 고사하고 있었는데 이제야 결심이 섰다.

세원은 나름 진지했지만 공 회장은 한숨만 나왔다.

"일단 병원으로 가시죠. 연락은 넣어놨습니다."

다급하게 들어온 도운의 말에 대화는 끝이 났다. 공 회장은 말없이 일어나 도운을 따라나섰다.

두 사람이 방에서 나간 후에야 세원은 몸에서 힘이 풀려 탁, 책상을 짚었다. 긴장한 탓에 헛소리만 늘어놓은 것 같았다. 그래도 아직 시간은 많았다. 잠시 호흡을 고른 세원은 고개를 들고 두 사람을 빠른 걸음으로 따라잡았다.

그러나 병원에서 공 회장 곁을 지키며 대화를 이어나가려던 세원의 생각은 곧 산산이 무너지고 말았다.

"가봐라, 이제 할 말 없으니."

차에는 세원이 탈 자리가 없었다. 비서실장이 조수석에, 도운이 아버지를 모시고 뒷좌석에 타면 딱 맞았다.

세원은 살짝 당황했지만 덤덤한 목소리로 말했다.

"알겠습니다. 또 뵙겠습니다."

도운에게도 괜찮다는 듯 미소를 지어 보였다.

"일단 근처에 있을 테니 연락 줘요."

곧 차는 떠나고 세원은 덩그러니 혼자 남아버렸다. 그제야 후회가 몰려들었다. 더 좋은 대답이 있었을 텐데.

발끝을 바라보고 서서 세원은 어디로 가야 할지 생각했다. 한때는 발을 붙이고 살았던 서울 땅이 한없이 낯설게만 느껴졌다.

"검사 결과는 아침에 나올 겁니다."

환자복을 들고 온 도운이 말했다. 문진하고 채혈만 했을 뿐인데 벌써 해가 졌다.

"…또 여기서 자라는 거냐! 싫다."

공 회장은 지긋지긋하다는 듯 말했지만 도운은 받아주지 않았다.

"하루 푹 쉬고 가시죠. 저 때문에… 죄송합니다."

"죄송한 걸 아는 놈이 이래?"

잠시 잊고 있던 노기가 다시금 올라오는지 언성이 높았다. 도운은 말없이 죄인의 얼굴을 하고 서 있었다. 더 말해 무엇 할까 싶어 공 회장은 깊은 한숨을 내뱉으며 환자복을 받아들었다.

아버지에게 옷 갈아입을 시간을 주기 위해 도운은 병실을 나와 복도에 섰다. 세원을 그대로 두고 온 게 마음에 걸려 핸드폰을 꺼냈을 때였다.

"여기!"

보호자 대기실 문틈으로 빼꼼 고개를 내민 사람은 세원이었다.

"언제 왔어?"

세원에게 다가서며 도운이 물었다.

"좀 전에요."

예전에 왔던 병원을 기억하고 있었던 모양이었다. 세원은 기억을 더듬어 한 번에 VIP 병동까지 올라올 수 있었다.

"이거…."

세원은 조심스레 도운에게 뭔가를 건넸다. 작은 쇼핑백에 종이 도시락 상자가 두 개 들어 있었다.

"회장님이랑 같이 드세요."

애쓰는 세원을 보니 어쩐지 미안한 마음이 들어 도운은 아무 말도 할 수 없었다.

"재료를 구하는 데 한계가 있어서 간소하게 만들었어요. 병원식도 좋지만 그래도 정성이 들어간 음식이 좋을 것 같아서."

"이걸 어디서…."

놀란 눈으로 도운이 묻자 세원은 싱긋 웃어 보이며 아무렇지도 않게 대답했다.

"도연이네서요."

시간이 빠듯했지만 세원은 뭐라도 하고 싶었다. 공 회장이 자신의 진심을 알아주길 바라며 만든 도시락이었다.

"…잘 먹을게."

그런 세원이 고마워 도운은 다정하게 대답했다.

"가볼게요."

세원은 종종걸음으로 사라졌다. 그 뒷모습을 보는 도운의 마음이 애틋하게 달아올랐지만 지금은 붙잡을 수가 없었다. 자신도 모르게 손에 힘을 주자 도시락이 든 쇼핑백이 바스락거리는 소리를 냈다. 조심스레 그걸 들고 도운은 병실 문을 열었다.

병원 특식이라고 생각했는지 공 회장은 별다른 말없이 도시락을 펼쳐 들었다. 도운도 그 옆에 앉아 종이 뚜껑을 열어보았다. 한눈에 봐도 공들인 게 느껴지는 연잎 밥이 가운데 자리를 차지했고 소금을 살짝 뿌린 생 시금치가 곁들여져 있었다. 고추장 소스를 발라 구운 가지 요리가 메인 반찬으로 플레이팅 되어 있었다.

도운은 어쩐지 긴장된 표정으로 연잎을 펼치는 공 회장을 지켜보았다. 연잎 특유의 향긋한 냄새가 피어올랐다. 밥은 우엉을 썰어 넣고 지은 것 같았다. 한 숟갈 입에 넣고 씹어보니 함께 어우러지는 맛이 독특하고 나쁘지 않았다.

묵묵히 식사하는 공 회장을 보고 도운도 드디어 수저를 들었다. 다행히 아버지는 식단이 마음에 든 것 같았다. 그러나 잠시 후, VIP 병동 간호사가 문을 열었다.

"혹시 식사…."

도시락을 먹던 부자와 눈이 마주친 간호사는 머쓱한 표정이 되었다.

"괜찮습니다."

도운이 친절한 목소리로 말했다. 간호사는 간단히 목례를 하고 병실을 나갔다.

"…."

뜻밖의 상황에 공 회장은 먹던 걸 멈추고 물끄러미 도시락을 내려다보았다.

그제야 자연요리를 배워보겠다던 세원의 말이 생각났다. 실력을 보여주고 싶었던 것인지, 의지를 표현하고 싶었던 것인지. 어쨌든 솜씨는 나쁘지 않은 것 같았지만 공 회장은 더 먹고 싶지 않았다.

"너 연애하라고 거기 내려 보낸 거 아니다."

갑작스런 공 회장의 말에 도운은 조용히 젓가락을 내려놓았다.

"내려 보내신 적 없습니다, 제가 하겠다고 우긴 거죠. 그리고…."

도운은 잠시 망설였지만 결국 입을 열었다.

"…소희, 갈수록 더 바닥을 보일 겁니다."

반갑지 않은 말에 공 회장의 표정이 어두워졌다.

"정말로 소희가 잘못한 일이냐?"

물끄러미 아버지의 얼굴을 바라보며 도운은 대답했다.

"네. 확실합니다."

결국 공 회장은 수저를 내려놓고 심란한 얼굴로 허리를 뒤로 기대고 앉았다. 도시락은 도운이 받아 치웠다. 군말 없이 깨끗하게 쓰레기를 정리하는 아들을 보고 있다가 공 회장이 말했다.

"둘째는 어떻게든 널 내쫓을 거다…."

그 말에 도운은 남의 일을 말하듯 느긋하게 대답했다.

"그래도 준공까지는 시간이 있습니다. 그동안 천천히 준비해놓으면 됩니다."

정말로 모든 마음의 결정을 마친 것처럼 보였다. 거기엔 공 회장이 끼어들 틈이 없어 보였다.

"다 결정해놓고 나한테는 통보만 하는 꼴이구나. 결재도 반려할수가 없고…."

어쩐지 섭섭한 마음이 들어 공 회장은 말했다.

"죄송합니다. 그래도 축복하고 응원해주셨으면 좋겠습니다."

도운은 움츠러들지 않고 당당하게 말했다.

"살면서 아버지가 원망스러울 때도 있었지만… 그래도 대부분의 시간 존경했습니다. 그래서 이렇게 할 수밖에 없었습니다."

어느새 다 커버린 아들이었다. 세상에 홀로 남겨졌는데도 눈물한 번 보이지 않던 그 어린 것이 이제는 자신을 응원해달라고 하고 있었다.

공 회장은 도운을 향해 손을 뻗었다. 어쩔 수 없이 도운은 가장 아픈 자식이었다. 가장 미안한 것이 많고 가장 사랑하는 자식이었다.

어색했지만 도운도 아버지의 손을 마주잡았다. 아주 어렸을 때를 제외하면, 이렇게 손을 잡는 것은 처음인 것 같았다.

"…비서실장을 불러다오."

고개를 끄덕이는 도운에게 공 회장은 덧붙여 말했다.

"너는 그 애한테 가봐라. 지금 혼자 있을 테니."

도운이 괜스레 입을 열었지만 공 회장은 단호했다.

"여긴 내 와이프가 올 거다."

마주치면 피차 불편할 터라 결국 도운이 한 발 물러날 수밖에 없었다.

"…그럼 그때까지만 있겠습니다."

"…."

공 회장도 그것까지는 말리지 않았다. 곧 편안히 누워 눈을 감는 공 회장이었다.

도운은 복잡한 심경으로 잠시 아버지를 지켜보다가 비서실장에게 연락을 넣었다.

세원은 도연의 집으로 돌아와 늦은 저녁을 먹고 있었다. 요리하고 남은 시금치와 우엉을 밥에 마구잡이로 넣고 고추장에 참기름 한 스푼까지 얹어 비벼먹는 참이었다.

양껏 비빔밥을 입에 넣고 씹다가 세원은 들어오는 길에 사온 소주를 꺼내왔다. 어지간해서는 술 생각이 나지 않았지만 오늘만큼은 꼭 필요할 것 같았다. 아무리 생각해도 바보 같은 말들만 하고 온 것 같아서였다.

벌컥벌컥 목구멍으로 넘어가는 쓴 맛이 세원을 편안하게 만들었다.

'멋있어서라니….'

생각할수록 부끄러워 세원은 또다시 소주를 들이켰다. 빨리 마셔서 그런지 취기가 금방 오르는 것 같았다.

어느새 양푼이 텅 비어 있었다.

"하아…."

세원은 소파에 가서 아무렇게나 드러누워 버렸다. 테이블 위에는 도연의 스케치들이 나뒹굴고 있었다. 도연은 내내 집을 비운 자신을 대신해 강 여사를 보살피고 있었다.

갑자기 세원은 설움에 눈물이 났다. 오늘 가장 견딜 수 없었던 건 자신이 너무도 초라하게 느껴졌다는 거였다. 도연에겐 자신도 소중한 사람이었다. 돌아가신 아빠에겐 누구보다도 귀한 딸이었다. 그러니까 초라하다고 생각하지 않으려고 해도 자꾸만 현실이 심장을 옥죄어왔다.

어찌할 바를 모른 채 울음을 삼키고 있는데 전화벨이 울렸다. 겨우 손을 뻗어 가방에서 핸드폰을 꺼내자 도운의 이름이 떠올라 있었다.

전화를 받자마자 도운은 말했다.

"홍세원! 집에 가자!"

쩌렁쩌렁 스피커를 울리는 장난스러운 목소리였다. 그 목소리를 듣자마자 세원은 갑자기 안심이 되면서 설움과 반가움이 동시에 터져 나오는 것 같았다.

"응…."

웃음도, 울음도 아닌 이상한 소리가 세원의 입에서 흘러나왔다.

16
서로 사랑하는 것만으로도

탁.

머리맡에서 들려온 작은 소리에 세원은 무거운 눈꺼풀을 들어 올렸다. 미처 눈을 뜨기도 전에 희미한 금목서 향이 먼저 느껴졌다. 도운이 아주 가까이 있는 것 같았다.

"…홍세원 씨, 정신이 드십니까?"

익숙한 저음의 목소리가 들려왔다.

"…"

세원은 슬그머니 뜨던 눈을 다시 감았다.

어제 분명 도운의 차를 타고 함께 내려왔다. 그러나 상세한 기억들은 드문드문 끊겨 있었다.

빈 술병을 보고 놀란 도운의 얼굴이 얼핏 기억날 것 같았다. 도운에게 안기듯 기댄 채 엘리베이터에 탄 다음 양껏 성질을 부린

258

기억도 희미하게 떠올랐다.

'어떡해….'

조금씩 기억이 돌아올수록 세원은 더욱 자는 척해야 했다. 너무 빨리 마신 게 문제였다. 사실 도운이 예상보다 너무 빨리 돌아온 탓이었지만.

은근히 돌아눕는 세원을 보고 잠이 깼다는 걸 도운은 바로 간파했다.

"공도운이 꿀물을 타오셨는데 계속 자는 척을 한단 말이야?"

뜨끔한 세원은 눈을 꼭 감고 이불 속으로 얼굴을 숨겼지만 도운은 가만히 놔두지 않았다. 이불을 끌어내려 간지럼을 태우자 세원은 바로 항복할 수밖에 없었다.

"잠깐만!"

민망함에 볼이 발개진 세원이 이불을 끌어올리며 다급하게 말했다.

"…미안해요."

어쩔 줄 몰라 하는 세원을 보고 도운은 피식 웃어버렸다. 좀 더 약을 올리고 싶었지만 안타깝게도 출근 시간이 임박해 있었다.

"대충 인터넷에서 찾아보고 뜨거운 물에 꿀 세 숟갈 넣었어."

일어서서 옷매무새를 가다듬으며 도운이 말했다.

"고마워요."

웅얼거리듯 작은 소리로 세원이 대답했다.

"안 들려."

장난스럽게 도운은 허리를 굽히고 세원에게 얼굴을 가져다댔다.

다시 세원의 얼굴이 발갛게 달아오르자 도운은 재미있다는 듯 웃더니 세원의 이마에 키스 했다.

"다녀올게."

방을 나가려던 도운은 다시 돌아보고 말했다.

"아, 장 탐정이랑 회의 잘해. 오늘은 도저히 시간을 못 빼서 나는 불참."

도운이 나가자 자신도 모르게 심호흡을 한 세원은 양 손을 올려 볼에 가져다댔다. 화끈화끈 볼이 달아올라 있었다.

"후… 못 살아."

세원은 머리맡에 도운이 놓아둔 꿀물로 시선을 돌렸다. 컵에는 아직 온기가 남아 있었다. 천천히 한 모금 넘기자 속이 조금 진정되는 것 같았다. 그제야 어제의 대화가 새록새록 떠올랐다.

"드디어 포기하신 것 같아."

출발하기 전, 조수석에 세원을 태우고 무릎 담요를 덮어주며 도운이 건넨 말이었다.

"으응…? 진짜?"

취해서 중얼거리는 걸 보며 도운은 차를 출발시켰다.

"잘살아야지."

그 옆모습에서 어쩐지 책임감 같은 게 느껴져 세원은 담요 아래로 꼼지락거리며 도운의 손을 잡았다.

"내가 잘할게요…."

쏟아지는 잠을 가누지 못하고 눈을 감으며 말했다.

따스한 멘트에 감동을 느낀 도운이 돌아보았을 때 세원은 이미 곯아떨어져 있었다.

피식, 웃는 소리가 희미하게 귓가에 들린 것 같았다.

세원은 소중하게 컵을 감싸 쥐며 빙그레 웃었다.

"내가 잘할게."

세원은 다시 한 번 어제의 각오를 되뇌어 보았다.

"확실한 거야?"

소희의 새된 목소리는 집무실 바깥으로까지 뻗어 나왔다.

비서가 눈치껏 자리에서 일어났다. 혹시 소리가 새어 나갈까 봐
복도로 향한 문까지 꼭 닫아버리려는 것이다.

"…?"

문이 닫히려는 순간, 누군가가 바깥쪽에서 힘을 주어 밀었다.
무슨 일인가 싶어 문틈으로 내다보니 잘 차려입은 중년 여자가 빙
긋 웃고 있었다.

"나, 최소희 시어머니 될 사람이에요."

비서는 순간 멍해져서 아무 대응도 하지 못했다. 여자는 당당하
게 비서를 제치고 집무실 문을 열어버렸다. 뒤늦게 놀란 비서가
후다닥 쫓아갔지만 이미 문은 활짝 열린 후였다. 심각하게 회의를
이어가던 로펌 변호사들이 뒤를 돌아보았다.

"패기는 좋은데 머리가 안 되는 거 아니니?"

대차게 말을 던지는 여자를 보고 변호사들은 당황한 표정이었다.
이어지는 최소희의 반응에 변호사들은 더욱 당황할 수밖에 없었다.

"…어머님이 여기 무슨 일이세요. 뒤엎어버리고 나가실 땐 언제고요."

소희는 약혼식 날을 잊을 수 없었다. 그러나 여자는 당당하게 걸어와 변호사들 옆에 앉으며 말했다.

"뒤엎다니, 내가 언제. 그냥 좀 일찍 일어난 거지."

서로 눈치만 볼 뿐 변호사들은 이러지도 저러지도 못하고 앉아 있었다.

"…나가들 봐."

소희가 내뱉듯 말하고 나서야 변호사들은 황급히 서류를 챙겨 들고 방을 나섰다.

잠시 후 방이 조용해지자 소희는 다시 입을 열었다.

"여기 무슨 일이시냐고요?"

냉랭한 말투였지만 도운의 엄마는 웃음기를 잃지 않은 얼굴로 물었다.

"이길 수 있겠니?"

재판을 묻는 게 분명했지만 소희는 대답하고 싶지 않았다.

"…."

의심스런 표정을 한 소희에게 여자는 다시 말했다.

"네가 우리 도운이랑 결혼해야겠어."

어처구니가 없어 소희는 헛웃음을 터뜨렸다. 더 말할 것도 없다는 듯 소희는 책상으로 가서 내선전화를 집어 들었다.

"경비대 불러줘."

그 말을 들은 도운의 엄마는 조금 마음이 급해진 것 같았다.

"내가 도와줄게."

"…어머님."

그러나 호락호락하게 넘어갈 최소희가 아니었다.

"이제 와서 안 도와주셔도 나 공도운이랑 결혼해요."

소희는 망설임이 없었다. 그런 소희를 물끄러미 보던 여자가 잠시 후 다시 입을 열었다.

"도운이, 회장님 허락 받아냈어."

그 말엔 소희도 얼굴이 구겨질 수밖에 없었다. 이렇게 빨리 공회장이 태세를 전환할 줄 몰랐던 것이다.

"남은 방법이 없어, 네가 이기는 것 밖에. 근데 되겠니? 뭐 어려운 게 있다고 눈 뜨고 당했니?"

직설적인 말에 소희의 얼굴이 분노로 달아올랐다.

"바라던 대로 되셨네요. 도운 오빠, 떨거지랑 결혼시켜서 내쫓으려고 했잖아요."

"그랬지, 근데…."

벌컥, 경비대원들이 집무실 문을 열어 여자의 말이 끊겼다. 어쩔 수 없다는 듯 도운의 엄마는 자리에서 일어났다.

"…그렇게 되면 내가 잃는 게 더 크더라고."

정확한 뜻을 알 수 없었지만 진심어린 말투였다. 순간적으로 소희의 머릿속에 수많은 생각들이 오갔다.

더 생각할 것 없다는 듯 여자는 말했다.

"어쨌든 너나 나나 궁지에 몰린 건 마찬가지야. 혼자 못하겠음 어설프게 나대지 마. 진짜 죽여버릴 거니까."

서슬 퍼런 얼굴로 마지막 말을 던지고 도운의 엄마는 집무실을 빠져나갔다. 또각또각 소리만이 메아리처럼 방 안을 채웠다. 분한 얼굴로 입술을 깨물며 소희는 사무의자에 다시 앉아버렸다. 경비대원들은 조용히 눈치를 살피더니 문을 닫고 나갔다.

변호사들은 CCTV 영상을 세원 측에서 손에 넣는 건 불가능하다고 말했다. 하지만 소희는 전부 믿을 수가 없었다. 손 놓고 있다간 또 뒤통수를 맞을지 몰랐다. 그도 그럴 것이 저쪽에는 꽤 괜찮은 참모가 있었다. 카페에서 만났을 땐 얼치기라고만 생각했던 장 탐정이었다. 그런 인재가 세원 쪽에 붙었다는 게 소희는 분했다. 그러나 분한 것만으로는 상황을 해결할 수 없었다.

'내가 도와줄게.'

앙칼진 목소리가 소희의 귀에 맴돌았다. 어쩌면 이것이 마지막 동아줄일지도 몰랐다.

***

장 탐정의 설명은 결국 요약하자면 다음과 같았다.

모든 루트를 최소희 측에서 체크하고 있기 때문에 CCTV 소스 자체에 접근할 수 없음.

"그럼…."

침착하게 입을 뗐지만 세원은 눈앞이 캄캄해지는 것만 같았다. 홍 검사가 대신 말을 이었다.

"CCTV 말고 다른 방안은 없습니까?"

장 탐정은 어두운 얼굴로 고개를 가로저었다.

"검사님이 더 잘 아시겠지만 지금으로선 없습니다."

당연한 대답이었다. 무거운 침묵이 세 사람 사이에 내려앉았다. 최소희 측에서 경계를 한층 강화한 것이 문제였다. 그들은 생각보다 훨씬 철저하게 모든 경로를 차단해버렸다.

"그나마 해볼 만한 방법이 하나 있긴 한데…."

잠시 망설이던 장 탐정이 조심스레 입을 열었다.

찬 밥 더운 밥 가릴 때가 아니었다. 세원은 간절한 눈빛으로 그의 다음 말을 기다렸다.

"…가능성은 낮습니다."

먼저 기대하지 말라는 듯 말을 던져두었다. 세원은 고개를 끄덕였지만 기대감을 갖지 않을 수가 없었다. 실낱같은 희망이라도 움켜잡고 싶었다.

진지한 세원의 얼굴을 보고 장 탐정은 일말의 책임감을 느끼며 말했다.

"운에 맡기는 방법이니, 어디 가서 기도라도 하는 게 좋을 겁니다."

뜬금없는 말에 세원은 당연히 농담일 거라고 생각했다. 그러나 장 탐정의 얼굴엔 웃음기가 없었다.

얼굴이 하얗게 질린 채 세원은 대답했다.

"그럴게요. 뭐라도 할게요."

이대로 물러서기엔 너무 억울했다. 공 회장도 겨우 마음을 열었는데 여기서 일이 잘못되면 모든 것이 무너진다.

'너무 겁을 줬나.'

장 탐정은 조금 걱정이 되었지만 돌이킬 수는 없었다. 잘못될 가능성을 대비해 나쁠 것은 없었다. 마음의 준비는 해두는 편이 좋았다.

"어머니는 당분간 병원에 모시는 게 좋겠어."

가만히 듣고 있던 홍 검사의 말이었다. 심적으로 크게 흔들리고 있는 세원을 대신한 판단이었다.

"저쪽에 흘릴 정보는 뭡니까?"

홍 검사의 질문에 장 탐정은 어깨를 으쓱해보였다.

"없습니다. 보안 유지를 위해서이기도 하고… 실제도 아무 것도 없기도 하고."

"…뭔가 대단한 작전이 있다고 착각해주면 좋을 텐데."

"흠, 아예 그렇게 얘기를 해버릴까요?"

장 탐정과 홍 검사는 좀 더 이야기를 나누었지만 세원의 귀에는 들리지 않았다. 고비를 넘었다고 생각하면 또 다시 고비가 찾아왔다. 언제까지 험한 산을 넘어가야 하는 것인지 알 수가 없었다.

무음으로 해둔 핸드폰 화면이 밝아졌다.

-저녁은 같이 먹을 수 있을 것 같아.

도운에게서 온 메시지였다. 가만히 보고 있으려니 곧 화면이 다시 꺼졌다. 침착하게 세원은 다시 핸드폰을 집어 들었다.

-미안해요, 내가 안 될 것 같아요.

세원이 자리에서 일어서자 장 탐정과 홍 검사가 동시에 바라보았다. 어디 가냐는 듯 묻는 표정들을 향해 세원은 덤덤하게 말했다.

"…기도하러 가요."

그 말을 남기고 세원은 회의실을 나가버렸다. 두 사람이 붙잡을 틈도 없었다.

당장이라도 비가 쏟아질 것처럼 흐리고 습한 날씨였다.

언덕을 오르는 세원의 이마에도 땀이 송골송골 맺혔다. 우산을 챙겨오지 않은 게 아쉬웠지만 지금은 그런 걸 신경 쓸 때가 아니었다.

조금 더 걸은 다음에야 세원이 찾던 나무가 나타났다. 아빠의 이름이 걸린 나무였다. 나무는 지난번보다 훨씬 더 무성한 잎들을 달고 있었다. 바람에 잎사귀들이 소리를 내며 흔들렸다.

천천히 다가가 세원은 와락 나무를 껴안았다. 나무 둘레에 팔을 감은 채 가만히 귀를 가져다대었다.

"아빠… 힘들 때만 와서 미안해."

말없이 나무는 가지만 흔들었다. 쏴아아, 하는 소리를 듣고 있으려니 조금은 안심이 되는 것 같았다.

"그래도 도와줄 거지?"

나무에 대고 세원은 나지막한 목소리로 이야기했다.

세원의 말을 들었는지 귓가에 스치는 바람소리가 거세어졌다. 바람소리를 좀 더 잘 듣기 위해 세원은 눈을 감았다. 코끝에 비 냄새가 훅 끼쳐왔다.

쾅쾅쾅쾅!

또다시 복도를 울리는 소리에 소희의 비서는 놀라 자리에서 발딱 일어섰다. 최근 집무실은 하루도 조용한 날이 없었다.

"회장님…!"

일단 문을 막아섰지만 오늘 집무실을 찾은 사람은 최 회장이었다. 잔뜩 화가 난 얼굴로 최 회장은 물었다.

"안에 있지?"

"…."

선뜻 대답하지 못하는 앳된 비서를 보니 상황은 뻔했다. 최 회장은 노크도 없이 벌컥 문을 열어 젖혔다. 급하게 통화하던 소희가 어정쩡하게 전화를 끊었다.

최 회장은 한숨을 푹 쉬더니 말했다.

"집에 가 있어라."

소희가 나갈 때까지 꼼짝도 하지 않을 듯 문 앞에 버티고 섰다.

"갑자기 왜…."

소희도 버텨보려 했지만 최 회장은 벼락같은 소리를 내질렀다.

"가라면 가 있어!"

결국 최소희는 한숨을 내쉬고 메모하던 것을 덮었다.

그러나 막상 자리에서 일어나려니 화가 솟구쳐 올랐다. 안 그래도 골치 아파 죽겠는데 아버지까지 왜 이러는지 모를 일이었다.

"왜 이러시는 건데요."

"왜? 왜냐고?"

그 말은 최 회장을 더 자극했을 뿐이었다.

쾅! 최 회장 뒤에서 집무실 문이 닫혔다. 화가 났을 때 과격하게 행동하는 것은 최 회장의 특기였다. 소희는 괜히 쫄지 않기 위해 주먹을 꽉 쥐었다.

"너는 왜! 주식에 왜 손을 대려고!"

"…."

그렇게 아버지 모르게 하랬건만…. 소희는 속으로 구시렁거릴 뿐 아무 대답도 할 수 없었다.

입을 꽉 다문 소희를 보며 최 회장은 답답한 속내를 터트렸다.

"…도대체 뭘 하고 다니는 거냐. 그깟 결혼 안 하면 그만인 걸 왜 이렇게 일을 크게 만들어!"

소희는 대답 대신 다이어리와 책상 위의 서류들을 마구잡이로 가방에 욱여넣었다. 그러다 갑자기 다 내던져버리더니 말했다.

"이미 늦었어. 이미 늦었는데 나보고 어쩌라고!"

"…소희야."

그제야 솔직한 얼굴로 돌아온 딸을 바라보며 최 회장은 한층 누그러진 목소리로 말했다.

"집에 가 있어라."

오히려 최 회장이 화내기를 멈추자 소희는 어린아이처럼 울음을 터뜨리며 주저앉았다.

이렇게까지 원하는 대로 일이 풀리지 않았던 적이 없었다. 처음 맞닥뜨린 실패 앞에서 소희는 어쩔 줄을 몰랐다.

최 회장은 침착하게 소희가 울음을 그치길 기다렸다. 양껏 눈물을 쏟아내자 소희도 차츰 냉정하게 이성이 돌아오는 것 같았다.

눈물을 닦아내고 가방을 집어 들며 소희는 말했다.

"가볼게요."

최 회장은 집무실 문을 열고 밖에 서 있던 비서실장에게 눈짓을 보냈다. 따라붙으라는 것이 분명했다. 꼼짝 없이 소희는 집으로 향해야 했다.

하지만 이대로 포기한다면 달라지는 것은 없었다. 일단 커다란 선글라스를 꺼내 써서 표정을 숨겼다. 얌전히 차에 올라타 겉으로는 아무 내색도 않은 채 생각하고 또 생각했다.

이제 정말로, 마지막 동아줄로 손을 뻗어야 할 시점이었다.

한층 거세진 바람소리가 빗소리라는 걸 조금 지난 후에야 깨달았다.

조심스레 눈을 떠보니 사방의 바닥이 젖어 들고 있었다. 그러나 세원의 어깨엔 빗방울이 떨어지지 않았다. 무성한 나뭇잎 덕분이라 생각했지만 고개를 들었을 때 세원은 그 이유를 알 수 있었다. 도운이 큰 우산을 받쳐 들고 있었다.

"…."

예상치 못한 나머지 세원은 가만히 그를 바라보았다.

"여기 어떻게…."

"지난번에도 여기 왔잖아. 나 때문에 힘들 때."

세원은 아무 대답도 할 수 없었다. 도운은 챙겨들고 온 국화꽃 다발을 나무 아래 가지런히 내려놓았다.

"처음 인사드리는 건데, 소개 안 시켜줄 거야?"

다정하게 도운이 말하자 세원은 어쩐지 부끄러워서 시선을 돌렸다.

"…아빠도 다 알아요."

그럴 줄 알았다는 듯 도운이 대신 나무를 향해 입을 열었다.

"아버님, 공도운입니다. 저희 세원이, 잘못한 거 없으니까 잘 해결될 수 있도록 도와주시고 무사히 저한테 시집올 수 있도록 해주세요."

그의 말에 세원은 피식 웃어버리고 말았다. 아빠가 정말로 이 자리에 있었다면 뭐라고 했을지 상상해보았지만 잘 가늠이 되지 않았다.

"우리 여기서 결혼할까?"

도운이 주변을 둘러보다 말했다.

"그럼 아버님도 참석하실 수 있잖아."

넓은 수목장은 풍광이 나쁘지 않았다. 그래도 죽은 사람들의 유골이 뿌려진 곳인지라 세원은 고개를 가로저었다.

"나중에 같이 사진만 한 장 찍어요. 엄마랑 다 같이."

"그거 좋다. 예쁘게 입고."

도운은 세원의 어깨를 당겨 비가 닿지 않도록 우산 안으로 잘 넣었다. 세원은 불안한 눈빛으로 도운을 올려다보며 말했다.

"혹시 재판이 잘 안 되면…."

도운은 그 말을 끝까지 듣지도 않았다.

"다 내 탓이야. 나 때문에 시작된 싸움이니까."

세원은 놀란 눈으로 반박하려 했지만 도운이 틈을 주지 않았다.

"…내가 이렇게 말하면 마음 아프지?"

정확한 지적에 세원은 입을 다물었다.

"그러니까 이제 그런 말은 하지 말자."

세원은 대답 대신 팔을 뻗어 도운을 안아버렸다. 비 냄새에 섞여 희미한 도운의 향기가 풍겨왔다. 든든하고 푸근한 품속에서, 세원은 못 다한 기도를 속으로 읊었다.

이것이 마지막 고비라는 예감이 강하게 다가오고 있었다.

＊＊＊

속절없이 시간이 흘러갔다.

하루하루 지날수록 수목장에서 다졌던 각오가 희미해지는 것 같았다. 새로운 프로그램 촬영이 바로 다음날로 다가왔지만 세원은 아무 준비도 할 수 없었다. 마음이 어수선한 탓이었다.

장 탐정에게 전화가 걸려온 건 늦은 밤, 세원이 홀로 집을 지키고 있을 때였다.

"기도가 통했나 봅니다."

수화기 너머에서 들려오는 장 탐정의 목소리는 여유를 되찾은 것 같았다. 기대하지 않으려 했지만 그 말을 듣자마자 세원의 심장은 미친 듯이 뛰기 시작했다.

아무 말 없는 세원의 마음을 읽은 듯 장 탐정이 말했다.

"바로 넘어가겠습니다."

세원은 그저 고개를 끄덕였다.

곧 전화는 끊어졌다. 떨리는 손으로 우선 도운에게 연락하려는데 밖에서 차 소리가 들렸다. 창으로 내다보니 도운의 차가 주차 중인 게 보였다.

마구 달려가 세원은 급하게 현관문을 열었다.

놀란 얼굴이었지만 도운은 반가운 목소리로 말했다.

"오래 기다렸어?"

도운의 손에는 치킨 집 비닐봉지가 들려 있었다. 귀가가 늦어질 때 아버지들이 하는 것처럼 따뜻한 치킨을 사들고 온 것이다.

"혼자 고민하고 있을까 봐 사온 건데, 잘 됐네."

세원에게 자초지종을 들은 도운은 찬장에서 와인을 꺼내오며 말했다.

"아직 일러요. 탐정님 얘기를 들어봐야죠."

세원은 고개를 흔들었지만 도운은 식탁에 앉으며 주머니에서 핸드폰을 꺼내들었다.

"…역시."

읽지 않은 메시지 목록 중 동영상이 있었다.

함께 유학시절을 보낸 친구에게 와 있는 거였다. 결혼 괜찮은 거냐는 메시지와 함께 첨부된 동영상은 그날의 CCTV 영상이었다.

같이 보자는 눈으로 도운은 세원을 바라보았다. 긴장감을 숨기지 못하고 세원은 작게 심호흡을 내쉬더니 곁에 와서 앉았다.

드디어 도운이 플레이 버튼을 누르자 화면이 움직이기 시작했다. 선명한 화질은 아니었지만 두 사람의 모습을 확인하는 데는 어려움이 없었다.

도운은 눈을 가늘게 뜨고 상황에 집중했다. 소희가 먼저 팔을 들어 내려치는 게 보였다. 마음이 아파 도운은 시선을 돌렸다.

세원은 입술을 깨물고 끝까지 화면을 응시했다. 두 사람이 엉키기 시작하고 얼마 되지 않아 영상은 끝나 있었다.

여러 감정이 세원을 지나가는 와중에, 도운이 갑자기 팔을 뻗어 품에 안았다. 분명 세원이 평범한 남자를 만났다면 절대 겪지 않았을 고충이었다. 게다가 아이러니하게도 지금 자신은 그 누구보다도 평범한 사람이 되었다.

띵동. 벨소리가 울려 두 사람은 어색하게 떨어졌다. 장 탐정이 도착한 모양이었다.

식탁 위에 펼쳐진 치킨을 보고 장 탐정은 어리둥절한 표정이었다. 기어이 도운이 와인 잔을 꺼내왔다.

"축배를 들어도 되겠죠?"

당연히 안 된다고 할 줄 알았지만 장 탐정은 어깨를 으쓱하더니 말했다.

"그럴 것 같네요. 저도 한 잔 주시죠."

세원은 장 탐정에게 동영상을 보여주었다.

"…역시 빠르시군요."

장 탐정은 이미 확인했다는 듯 감흥 없이 대답했다.

"어떻게 된 거죠?"

세원은 아직 이해가 되지 않았다. 그토록 손에 넣기 힘들었던 영상이 이렇게 공유되고 있다는 걸 믿을 수 없었다.

"소문을 냈습니다."

"소문…?"

와인을 다 따른 도운도 흥미로운 표정으로 앉아 그의 이야기를 들었다.

"분명히 동영상이 있는데… 거래할 생각도 있는데. 그걸 가지고 있는 사람을 도무지 만날 수가 없었죠. 그래서 컨택을 포기하고 그 동영상이 얼마짜리라더라. 이런 소문을 퍼뜨린 겁니다."

여전히 고개를 갸우뚱하는 세원과 달리 도운이 눈을 가늘게 뜨며 와인 잔을 들었다.

"누군진 몰라도 그 소문을 듣고 최소희한테 가서 돈을 더 달라고 한 거군."

도운의 말에 장 탐정이 고개를 끄덕였다.

"아마도요. 제아무리 최소희라 해도 그걸 계속해서 맞춰주긴 힘들었을 겁니다."

"그래서 결국 동영상을 유포해 버렸다는 건가요?"

세원의 말에 도운은 짠, 하고 잔을 부딪쳤다.

"그렇지. 우린 이제 이걸로 최소희를 끝내버리면 되는 거고."

잠자코 듣던 장 탐정이 말했다.

"아마 합의를 요청할 겁니다."

"…이제 와서?"

의아하다는 듯 묻는 도운에게 장 탐정은 고개를 끄덕여 보였다.

"시끄러워지는 것보다 나으니까요. 세원 씨 선택에 달려 있습니다. 어떻게 마무리를 할지는."

두 남자의 시선이 세원을 향했다.

꼴깍, 세원은 침을 삼켰다. 길었던 싸움이 끝을 보려 하고 있었다.

다음 날, 예상대로 최소희 측에서는 바로 연락을 해왔다.

촬영 때문에 정신이 없던 세원은 쉬는 시간에 겨우 장 탐정과 통화를 할 수 있었다.

"최 회장이요?"

변호사에게 다이렉트로 연락을 해온 사람은 최소희의 아버지였다. 원만한 합의를 바란다면서 어지간한 조건은 다 맞춰줄 것처럼 말했다는 전언이었다.

"글쎄요…."

세원은 난감하다는 듯 목소리를 낮추었다.

"…사과를 받더라도 최소희한테 직접 받고 싶어요. 아시잖아요."

당연히 장 탐정도 알고 있었다.

"일단 전달하긴 했는데…."

한참 동안 회신이 돌아오지 않으니 장 탐정도 할 말이 없었다.

통화는 결론 없이 싱겁게 끝났다. 솔직히 최소희만 생각하면 세원은 그 어떤 협상도 하고 싶지 않았다. 가능성을 열어둔 건 그저 피로감 때문이었다. 싸움이 늘어지면서 세원 또한 지칠 대로 지쳤던 것이다. 그런데 아버지를 앞세워 연락을 하다니, 하여간 끝까지 마음에 드는 구석이 없었다.

"세원 씨, 잠깐 와보겠어요?"

세원을 부른 것은 이번 촬영의 멘토인 자연요리 연구가였다. 한 달음에 촬영장으로 달려간 세원은 긴장된 얼굴로 섰다. 멘토는 인품이 좋아 보였지만 전문가답게 실수를 용납하지 않았다. 배울 것이 많은 대신 집중력을 잃으면 바로 날벼락이 떨어진다.

멘토는 다음 촬영을 시작하기 전에 알아둬야 할 것들을 읊어내기 시작했다.

눈을 크게 뜨고 세원은 숨을 깊게 쉬었다.

'딱 오늘까지만.'

오늘까지 회신이 오지 않으면 예정된 수순대로 가면 그만이었다. 세원은 스스로를 다독이며 멘토의 목소리에 귀를 기울였다.

"후아…."

촬영은 해가 떨어지고도 한참이 지나서야 끝났다. 첫 촬영이라 이런 저런 이유로 계획보다 훨씬 늦어졌다. 혹시라도 도운이 기다리다 지쳤을까 싶어 세원은 급한 마음을 안고 달려갔다. 걱정과 달리 도운은 스탭들 틈에 끼어 요리를 시식하고 있었다.

"이거 괜찮네요. 약간 심심하지만 건강한 맛이랄까…."

작가들의 요청에 따라 도운은 다양한 요리를 평가하고 있었다. 도운의 친화력에 새삼 감탄하면서 세원은 연락 온 게 없는지 확인할 요량으로 핸드폰을 꺼내들었다.

도운은 잠시 후에야 근처에 서 있는 세원을 발견했다. 세원은 꽤 심각한 표정으로 핸드폰을 들여다보았다.

"무슨 일 있어?"

도운이 묻자 세원은 믿기지 않는다는 얼굴로 고개를 들었다.

"사과하겠대요."

"…정말?"

세원은 긴장이 가시지 않는 표정으로 고개를 끄덕였다.

"…최소희가 직접."

혹시 잘못 이해한 게 있을까 봐 세원은 장 탐정에게서 온 메시지를 보여주었다. 도운은 천천히 메시지를 읽더니 씩 웃으며 말했다.

"장하다, 홍세원. 천하의 최소희가 사과를 하게 만들어?"

떨리는 손을 뻗어 세원은 도운의 팔짱을 끼었다. 두 사람은 천천히 도운의 차를 향해 걸었다.

"속 시원하게 잘 말하고 와야 되는데…."

"어디서 만나?"

"그때랑 똑같이 회사 로비에서 만날까 봐요."

"그럼 나도 같이…."

세원은 바로 고개를 가로저었다.

"일 대 일로 얘기할 거예요. 녹취 장비는 챙겨갈 거니까 걱정은 말아요."

세원을 물끄러미 바라보다가 도운은 말했다.

"오늘은 일찍 재워야겠네."

민망하게 웃으면서도 받아치는 세원이었다.

"부탁드립니다. 지금도 너무 피곤해."

어쩔 수 없다며 체념한 표정으로 도운은 차 문을 열어주었다. 세원은 도운의 볼에 키스를 던지고 차에 올라탔다. 나름대로 고마움의 표시였다. 작은 행동에 눈 녹듯 마음이 풀린 도운이 웃으며 문을 닫았다. 두 사람은 다정하게 함께 집으로 향했다.

순식간에 밤이 지나고 아침이었다.

세원은 긴장된 얼굴로 거울 앞에 서 있었다.

"김도연은 왜 이렇게 여행을 오래 가 있는 거야…"

방학 때마다 해외여행을 가는 건 도연의 오랜 취미생활 중 하나였지만 이번엔 유달리 길게 느껴졌다. 혼자 올려 묶은 머리는 영어설퍼서 마음에 들지가 않았다.

결국 머리를 풀어버리고 묶은 자국이 사라지도록 마구 흔들었다. 인상이 세 보이진 않았지만 그래도 자연스러웠다.

'아빠, 나 잘 하고 올게.'

한 번 더 각오를 다지고 집을 나섰다.

서울까지는 버스를 타고 갈 생각이었다. 도운은 터미널까지 이라도 태워주고 싶어 했지만 세원은 혼자서 모든 여정을 소화하고 싶었다. 어른답게 혼자 사과를 받아낸 다음 맛있는 케이크를 사들고 돌아올 계획이었다. 그게 이날을 자축하는 세원만의 방식이었다. 마침 날씨도 좋고 길도 막히지 않아 시작은 순조로웠다.

그러나 이 소소한 계획은 최소희를 만나는 순간부터 금이 갔다.

"정말로 마지막 기회를 줄게."

세원을 보자마자 최소희가 던진 말이었다. 예상과는 다른 첫 마디에 세원은 표정 관리를 할 수가 없었다.

"…사과하러 나온 거 아니었어?"

최소희는 대놓고 비웃었다.

"내가 왜?"

"…."

기가 막힐 정도로 뻔뻔한 반문에 세원은 대답을 하지 못했다. 최소희가 충격에 정신이 나간 게 아닐까 하는 생각이 들 정도였다.

할 말을 잊은 세원을 빤히 보며 소희는 말했다.

"설마 정말로 이겼다고 생각한 거야?"

이런 말이나 들으려고 사비를 들여 서울까지 올라온 게 아니었다. 황망한 얼굴로 세원은 자리에서 일어났다.

"…사과할 거 아니면 일 없어."

"지금이라도 말해, 네가 먼저 때렸다고."

최소희는 눈 하나 깜짝하지 않고 말했다. 잘못 들었나 싶어 내려다보았지만, 여유 만만한 표정을 보니 그건 아닌 것 같았다.

세원은 슬슬 진심으로 최소희가 걱정되기 시작했다.

"말이 안 되잖아, 영상도 뜬 마당에…."

그 말에 소희는 기다렸다는 듯 말했다.

"먼저 때리는 게 너라고 해. 네 옷이잖아."

"뭐?"

터무니없는 말에 세원의 얼굴이 굳어졌다.

"착각했는데 영상을 보니까 네가 먼저 때린 거라고 해. 그 옷이 네 거라는 증거는 다른 사진을 보여주면 될 테고. 그렇게 증언하기만 하면 우리, 아무 문제없이 끝날 수 있어."

더 말을 섞을 가치가 없다고 느껴 세원은 황급히 자리를 떴다.

건물을 벗어나 한참을 걸어 나온 후에야 부들거리는 손으로 핸드폰을 꺼냈다.

"네, 세원 씨."

장 탐정의 목소리를 듣자 세원은 눈물이 쏟아질 것 같아서 잠시 멈춰 서야 했다.

"괜찮으십니까?"

세원은 잠시 마음을 추스른 후 입을 열었다.

"…만약에요, 최소희가 옷을 바꿔 입은 적이 없다고 우기면 어떻게 되는 건가요? 누가 먼저 때리는지 얼굴이 선명하게 찍히진 않았잖아요."

장 탐정은 오래 생각하지도 않고 대답을 해왔다.

"그건 걱정할 필요가 없을 것 같은데요. 밝힐 수 있는 방법은 많습니다. 두 사람은 키 차이도 꽤 있고 걸음걸이 분석이나 목격자 진술도 활용할 수 있으니까요. 좀 번거로워지긴 하겠지만…."

그래도 세원은 선뜻 안심이 되지 않았다. 불안한 세원의 목소리에 장 탐정이 물었다.

"이야기가 다시 원점인가요?"

세원은 아무 말이 없었다.

침착하게 장 탐정은 세원을 진정시키고자 입을 열었다.

"저쪽에서 교란시킬 목적으로 이러 저런 말들을 던진 걸 수도 있습니다. 너무 신경 쓰지 마시고 일단…."

그때 세원이 갑자기 장 탐정의 말을 끊었다.

"탐정님, 제가 다시 전화 드릴게요."

장 탐정이 미처 뭐라 답변할 틈도 없이 전화가 뚝 끊어졌다.

그리고 그것이 세원과의 마지막 연락이었다.

도운은 종일 기다렸지만 세원은 감감무소식이었다.

회의 때문에 전화를 놓쳤을까 봐 핸드폰을 확인해본 것도 여러 번. 슬슬 걱정이 되기 시작했을 때 장 탐정이 갑자기 사무실로 들이닥쳤다. 그의 얼굴을 보고 단번에 심상치 않은 일이 생겼다는 것을 눈치 챘다.

"무슨 일이죠?"

보고 있던 서류를 놓고 물었다. 장 탐정은 심란한 얼굴로 자리에 앉지도 않은 채 말했다.

"동영상을 일부러 유포시킨 게 아니었습니다."

잘 이해가 가지 않아 도운은 눈을 가늘게 떴다.

"그게 무슨…."

"유사 시 자동으로 업로드 되게 설정해둔 것이었습니다, 시한폭탄처럼."

도운은 잠시 눈을 깜빡이며 생각을 정리했다.

"…그 사람들 신변에 문제가 생겼다는 겁니까?"

굳은 얼굴로 장 탐정이 대답했다.

"…아마도요."

심각한 장 탐정의 표정을 바라보던 도운이 헛웃음을 터뜨렸다.

"설마 누가 그렇게까지…."

그러나 장 탐정의 얼굴은 그답지 않게 경직되어 있었다.

"오늘 최소희, 사과도 하지 않았고 당연히 합의도 없었습니다. 그 후 세원 씨와 연락이 끊겼습니다."

애써 외면하던 불길한 예감이 도운의 뒷덜미를 스치고 지나갔다.

"…자세히 말해보세요."

"확언하긴 힘들지만 전화를 끊을 때 약간 다급했습니다. 나오는 길에 누굴 본 것 같았는데…."

장 탐정 말에 도운은 오히려 안도감이 들었다.

"오랜만에 친구를 만나서 대화가 길어지는 거 아닙니까?"

"…하필 오늘 거기서 우연히 친구를 만났다고요?"

장 탐정은 동의할 수 없었다. 도운은 애써 여유를 되찾은 얼굴로 자리에서 일어났다.

"걱정 마세요, 소희는 과감한 일은 못 하는 애니까."

차 키를 챙겨들고 사무실을 나서려는데 장 탐정이 막아서며 말했다.

"쥐도 궁지에 몰리면 고양이를 무는데, 최소희 씨라고 안 그렇겠습니까?"

"…."

장 탐정이 그렇게까지 말하니 도운도 심각해지지 않을 수 없었다. 도운의 표정이 진지해지자 장 탐정은 한 발짝 물러서서 말했다.

"저는 경찰서에 가 있겠습니다. 상무님은 혹시 모르니 최 팀장과 동행하십시오."

그야 어렵지 않은 일이었지만 도운은 장 탐정이 과민하다는 생각을 떨칠 수가 없었다.

"…별일 없을 겁니다."

애써 평온한 얼굴로 대답하고 도운은 사무실을 나섰다.

눈치껏 집무실 쪽에 귀를 기울이던 최 팀장도 바로 일어나 도운을 따라나섰다.

별일 없기 바라는 마음은 장 탐정도 마찬가지였다. 하지만 불길한 생각을 쉽게 떨칠 수가 없었다.

"…계속 꺼져 있습니다."

운전 중인 도운을 대신해 최 팀장이 계속 세원에게 전화를 걸었지만 닿지 않았다.

잡생각을 떨치려 굳이 운전대를 잡은 도운도 신경이 쓰이는 건 어쩔 수 없었다.

도운의 눈치만 보던 최 팀장이 조심스레 입을 열었다.

"정말로 만에 하나, 장 탐정의 말대로 최소희 씨가 극단적인 일을 벌이고 있는 거라면…."

힐끔 룸미러로 최 팀장을 바라보는 도운은 상상하고 싶지 않은 일이라 표정이 일그러졌다.

그때 갑자기 차 안에 벨소리가 울려 퍼졌다. 다급하게 발신자를 확인한 최 팀장이 말했다.

"최소희 씨입니다."

도운은 핸들에 붙은 버튼을 눌러 바로 전화를 받았다.

"안녕? 오랜만이야."

최소희의 목소리는 평소와 다를 게 없었다.

"왜 전화했어?"

시치미를 뚝 뗀 말투였다. 도운은 순간 오늘 두 사람이 만나긴 만난 건지 헷갈릴 지경이었다.

"…오늘, 세원이 만났지?"

그 질문에 자세를 바꿔 앉는지 스피커에서 바스락거리는 소리가 들려왔다.

잠시 후에야 대답이 돌아왔다.

"아까 전에 만났어. 왜?"

도운은 아예 비상등을 켜고 졸음쉼터에 차를 댔다. 솔직하게 말하는 것이 나을 것 같았다.

최 팀장도 동의한다는 듯 고개를 끄덕였다. 도운이 천천히 입을 열었다.

"지금 연락이 안 돼."

"그래?"

소희의 대답은 심드렁했다.

"난 모르는 일인데. 나랑은 얘기 잘 끝내고 갔어."

"…무슨 얘기했는데?"

도운의 질문에 소희는 헛웃음을 지은 것 같았다.

"오빠, 그걸 왜 나한테 물어봐?"

할 말이 없어 도운은 입을 다물었다.

소희는 원망스러운 목소리로 말했다.

"정말 너무하다. 이제는 오빠가 나한테 돌아와도 받아줄 수 있을지 모르겠어."

그 말에 어이가 없는 건 도운도 마찬가지였다. 소희는 아직도 자신에 대한 희망을 놓지 않은 모양이었다.

"합의 안 하려고?"

도운은 살짝 말을 돌려보았지만 소희는 짧게 한숨을 쉬더니 대답했다.

"법정에서 봐."

뚝. 전화는 끊어지고 말았다.

깊은 한숨이 도운의 입에서 흘러나왔다. 힌트를 얻기는커녕 기분만 나빠진 통화였다. 자신도 이런데, 세원은 혼자 어딘가에서 울고 있을지도 몰랐다. 배터리가 나가 전화를 못한 채 집으로 돌아왔다가 텅 빈 집을 보고 마음이 더 아플 수도 있었다.

도운의 마음을 짐작한 최 팀장이 조심스레 물었다.

"차 돌릴까요?"

잠시 고민하던 도운은 비상등을 끄고 차를 출발시켰다. 일단은 직진이었다.

"나는 서울로 가야겠어. 장 탐정한테 집에 가 있으라고 전해줘."

갈등의 뿌리를 완전히 뽑아버려야겠다고 생각했다. 소희에게 무언가 꿍꿍이가 있다면, 모든 희망과 가능성을 없애버려야만 그만둘 게 뻔했다.

최 팀장은 서둘러 장 탐정에게 메시지를 보냈다. 그가 핸드폰을 내려놓기 전에 도운이 말했다.

"아버지 스케줄도 바로 체크해줘."

예상 밖의 요청에 최 팀장은 당황했다.

"최소희 씨한테 가지 않으시고요?"

도운은 능숙하게 핸들을 돌렸다.

"…일단 최대한 빨리 파혼해야겠어."

파혼이라는 다소 과격한 말에 놀랐지만 최 팀장은 내색은 하지 않았다. 바로 공 회장의 비서실장에게 연락을 넣었다.

도운은 말없이 액셀을 밟은 발에 힘을 주었다. 부드럽지만 빠르게 속도가 올라갔다. 한산한 도로를 매끄럽게 가르며 질주했다.

재빨리 움직인 덕에 도운은 외부 미팅이 잡힌 공 회장을 간신히 만날 수 있었다.

"나중에 얘기하자. 재판까지 지켜보기로 한 거니까."

공 회장은 피곤해 보였다. 넓은 컨벤션 센터를 가로지르는 공 회장을 급하게 따라잡으며 도운이 말했다.

"그럴 필요 없습니다, 증거 영상이 떴으니까요. 혹시 퍼져나가기라도 하면 기업 이미지가…."

그 말에 공 회장은 발걸음을 멈추고 도운을 돌아보았다.

"왜 이러는 거냐."

기업 이미지를 운운하는 아들의 진심을 파악할 수 없었다.

잠시 흔들리는 눈빛으로 아버지를 마주보던 도운이 입을 열었다.

"…소희가 포기하지 않습니다."

"결과가 나오면 포기하겠지. 그쪽 집안에서도 결혼을 밀어붙일 명분이 없을 테니까."

공 회장은 다시 발걸음을 재촉하기 시작했다.

"그 전에 무슨 짓을 할지 모릅니다!"

결국 도운은 목소리를 높일 수밖에 없었다. 공 회장이 멈칫하자 도운은 한마디를 덧붙였다.

"세원이… 지금 연락이 되지 않습니다."

예상치 못한 말에 공 회장은 몸을 돌렸다.

"오늘 최소희를 만나고 나서 지금까지 연락이 없습니다."

일단 큰일은 아닌 것 같았다. 도운이 경찰서 대신 자신에게 달려왔다는 게 그 증거였다.

작게 한숨을 내쉬고 공 회장은 말했다.

"…파혼은 할 수 없다. 그렇게 약속을 했어."

대체 누구와 무슨 약속을 했다는 것인지, 막연한 말이었다. 도운의 얼굴에 물음표가 가득 떠올랐다.

물끄러미 아들의 얼굴을 바라보던 공 회장이 다시 입을 열었다.

"재판이 끝날 때까지 지켜보고 나서, 네가 소희와 결혼하지 못하게 되면 호적에 올릴 거다."

도운이 빈털터리로 회사에서 내쫓기는 걸 보고 있을 수만은 없었다. 누구와 결혼하든 도운이 자신의 아들이라는 사실은 변함이 없으니까.

"하지만…"

오랜만에 들은 호적이라는 단어에 도운은 말문이 막혔다. 아버지에 대한 고마움보다 당황스러운 감정이 더 크게 느껴졌다.

"…그걸 이사장님이 허락하셨다고요?"

도운은 믿기 힘들다는 눈빛이었다. 당연한 반응이었다.

"그렇게 얘기가 됐으니 기다려라."

더 말해줄 수는 없어 공 회장은 대화를 끝냈다. 그도 그럴 것이 공 회장이 가진 무기는 둘째의 친자확인서였다.

의심으로만 품고 있던 사실을 확인한 건 삼십 년도 더 전의 일이었다. 공 회장은 아무 내색도 하지 않은 채 개인금고 안에 그 서류를 감추어두었다. 뻐꾸기 새끼를 키우는 종달새처럼 그저 조용히 둘째 또한 친아들로 대하며 살아온 것이다.

딱히 나중에 써먹기 위해 벼른 것은 아니었다. 처음엔 받아들이기가 힘들어서, 나중엔 도운 때문에 속죄하는 마음으로 그렇게 살았다.

그러니 아내도 받아들이지 않을 수 없었을 것이다. 단 한 번도 의심의 말조차 한 적이 없는 공 회장이었으니까.

"당신 참 무서운 사람이네."

사실을 알게 된 아내는 그렇게 말했다. 씁쓸했지만 그렇게 해서라도 도운을 지키고 싶은 것이 공 회장의 마음이었다.

잠시 생각에 빠져 있던 공 회장은 도운이 더 자세한 것을 묻기 전에 걸음을 옮겼다. 공 회장의 눈짓에 맞춰 멀리서 따라오던 비서실장이 따라붙었다. 경호원들도 도운을 제치고 그 뒤를 따랐다.

도운은 더는 아버지에게 다가설 수 없었다. 멀어지는 그의 뒷모습을 보며, 도운의 마음속에 여러 가지 감정이 교차했다.

멀리서 진득하게 기다리던 최 팀장을 바라보자, 조용히 고개를 가로저었다. 아직도 세원이 나타나지 않고 있었다.

세원은 깊은 밤이 되어서야 눈을 떴다.

잠시 뒤척인 후에야 세원은 여기가 집이 아니라는 사실을 상기할 수 있었다. 낯설게 높은 천장을 바라보며 세원은 이게 꿈이었으면 했다. 잠시 후 다시 눈을 떠봐도 똑같이, 여기는 집이 아니었다.

문 밖은 조용했다. 세원은 살그머니 일어나 창밖을 살펴보았다. 완전히 깜깜한 게 첩첩산중인 것 같았다.

한숨을 쉬며 방 안을 둘러보는데 작은 테이블 위에 샌드위치가 놓여 있는 게 보였다. 랩으로 둘러싸인 간단한 샌드위치는 차갑게 식어 있었다.

'더 심한 것도 할 수 있어.'

낮에 들었던 여자의 말이 생생하게 세원의 머릿속을 울렸다. 기다리고 있었다는 듯 건물 앞에 대기하고 있던 도운의 엄마였다.

전에 병원 앞에서 봤던 검은 차가 아니라 스타렉스에 타고 있다는 게 이상하다는 걸 생각했어야 했는데. 세원은 덜컥 여자의 손짓에 따라 차에 올라탔다가 핸드폰은커녕 녹취 장비까지 빼앗기고 여기까지 오게 된 것이다.

잠시 샌드위치를 노려보던 세원은 조심스레 랩을 뜯었다. 냄새를 맡아보고 안쪽을 살펴보았다. 수상한 부분은 없는 것 같았다.

'죽일 거면 진작 죽였겠지.'

냉정하게 생각하며 세원은 샌드위치를 크게 한 입 베어 물었다.

지금은 정신을 바짝 차릴 때였다.

도운의 엄마가 말하는 '더 심한 것'은 바로 강 여사가 있는 요양병원에 불을 지르는 거였다.

여자는 마치 단신 뉴스를 읽는 것처럼 감정 없는 얼굴로 세원에게 말했다.

"저번에 봤잖아. 요양병원에 불나면 사람 많이 죽어."

하얗게 질린 세원에게 여자는 안심하라는 듯 한마디를 덧붙였다.

"여기 며칠만 있다가 나가면 아무 일도 없을 거야."

"왜 이러시는 건데요…?"

떨리는 목소리로 겨우 입을 떼고 물었다.

"마음이 바뀌었거든. 너, 우리 도운이랑 결혼하면 안 되겠어."

그 말을 끝으로 여자는 방에서 나가버렸다.

작은 샌드위치는 금방 동이 났다. 생각을 정리하다 보니 더 허기가 지는 것 같았다.

어슴푸레한 달빛이 방 안을 비추었다.

세원은 무기력하게 앉아 생각을 거듭했지만 어떻게 해야 할지 쉽게 판단이 서지 않았다. 도운의 엄마는 헤어지라고 하거나 진술을 바꾸라고 하지도 않았다. 그저 자신을 여기에 가둬두었다.

'…'

결국 이 곳에서 죽고 말 것 같았다. 여름밤인데도 한기가 느껴져 세원은 몸을 웅크렸다.

과분한 사람을 사랑한 죄가 죽음까지 이르게 할 거라곤 생각해본 적이 없었다.

세원은 가만히 앉아 도운을 떠올렸다. 도운이 나타나 아무렇지도 않은 얼굴로 씩 웃으며 안아주는 것을 상상해보았다. 말라붙었다고 생각한 눈물이 흘러내리기 시작했다.

후회는 되지 않았다. 그의 눈웃음, 길고 가느다란 손, 매력적인 중저음의 목소리와 은은한 금목서 향기. 단단한 허리와 듬직한 어깨, 능숙하게 자신의 귓불을 훑곤 했던 그의 혀끝까지도. 세원은 그 모든 것을 사랑했다.

그때, 최소희가 했던 말이 세원의 머릿속을 스쳤다.

'정말로 마지막 기회를 줄게.'

이제야 그 말이 정확히 이해가 될 것 같았다.

'…알고 있었어.'

분명 최소희는 다 알고 있었던 게 분명했다. 도운의 엄마와 함께 작전을 짠 것이다.

거기까지 생각이 미치자 세원은 다잉 메시지라도 남겨야 할 것 같아 자리에서 일어났다. 이대로 무기력하게 죽어버리기엔 너무나 억울했다.

그러나 휑한 방 안에는 먼지만이 가득했다. 아무리 뒤져도 메모로 쓸 만한 종이 한 장 나오지 않았다.

포기하기 직전, 세원은 침대 머리 뒤쪽에서 무언가 반짝이는 것을 발견했다.

얼핏 봐서는 정체를 잘 알 수 없었다. 유리조각 같기도 하고 귀걸이 같기도 했다. 호기심이 발동한 세원은 힘들여 그것을 꺼냈다.

수북이 쌓인 먼지를 불어내자 원래의 모습이 드러났다. 반짝거리는 것의 정체는 작은 펜던트였다.

힘을 주자 딸깍 소리를 내며 펜던트가 열렸다.

조심스레 침대에 앉아 세원은 환한 달빛에 비추어 안에 붙은 사진을 살펴보았다.

세원의 얼굴에 복잡한 표정이 떠올랐다.

새벽 한 시 반, 시끄러운 전화벨 소리에 공 회장은 잠에서 깼다.

화면 위에 떠 있는 도운의 이름을 확인하고 나서도 그는 한동안 멍한 상태였다.

그도 그럴 것이 이 시간에 아들이 전화를 걸어올 일이 무엇인지 단번에 떠오르지 않았던 것이다.

통화 버튼을 누르자마자 도운은 틈을 주지 않고 말했다.

"실종 신고 하기 전에 전화 드렸습니다."

뜬금없는 말에 공 회장은 지금 이상한 꿈을 꾸고 있는 게 아닌가 생각하며 몸을 일으켰다. 그러나 수화기 너머로 들려오는 아들의 목소리는 선명했다.

"이사장님, 지금 어디 계시는지 아십니까?"

공 회장은 침대에 걸터앉아 전화기를 든 손을 바꾸었다. 도운이 갑자기 아내를 찾는 이유를 짐작할 수 없었다.

"그걸 왜 묻는 거냐?"

피로한 얼굴로 작은 스탠드를 켰다. 아내는 한국에 잘 있지도 않았지만 한국에 있을 때도 각방을 쓴 지 오래였다.

"아무래도 연관이 있는 것 같습니다."

"…."

공 회장은 대답 대신 깊은 한숨을 내쉬었다. 고작 몇 시간 연락이 되지 않는다고 해서 이렇게 난리를 칠 일인가 싶었다.

"최소희는 확실히 그 후에 집으로 돌아갔습니다. 나오는 길에 세원이 누군가를 만난 것 같은데…."

이어지는 도운의 말에 공 회장은 조용히 호출 벨을 눌러 집사를 불렀다.

곧 파자마 차림의 집사가 다급하게 방문을 열었다. 공 회장은 손짓으로 그를 안심시킨 다음 들으라는 듯 전화기를 댄 채 물었다.

"남쪽 방에 별일 없지?"

와이프가 좋아하는 해가 잘 드는 방을 일컫는 말이었다.

별 뜻 없는 질문이었지만 집사가 살짝 당황한 것 같았다. 전화기 너머로 도운이 귀를 가까이 대는 기척이 느껴졌다. 공 회장의 표정도 덩달아 심각해졌다.

"그게…."

잠깐 망설이던 집사는 결국 입을 열었다.

"…오늘 안 들어오셨습니다."

그때까지만 해도 공 회장은 별 생각이 없었다. 갑자기 바람을 쐬러 갔거나 호텔에서 유유자적하고 있을 지도 모를 일이었다.

"기사한테 조용히 연락해봐, 지금 어딘지."

그 말에 집사의 표정이 더욱 어두워졌다.

"죄송합니다. 담당 기사는 오늘 휴가입니다."

"뭐?"

아내는 오전에 택시를 타고 나갔다고 했다. 한평생 택시를 탄 적 없는 사람이.

할 말을 잊은 채 잠시 앉아 있던 공 회장은 곧 벌떡 자리에서 일어났다.

"…다시 연락하마."

집사는 공 회장의 심각한 표정에 아무 말도 못한 채 방을 나갔다.

옷을 갈아입으며 공 회장은 혼란스러운 머릿속을 정리하려 노력했다.

'우리 어쩌다 이렇게까지 됐을까.'

그것이 아내의 마지막 말이었다.

그 말을 떠올리니 가슴에 통증이 가해졌다. 익숙한 아픔이었다. 공 회장은 천천히 숨을 들이쉬었다.

친자확인서를 들이민 것이 그토록 큰 충격이었다면, 정말로 세 원을 어떻게든 해야 할 만큼이었다면….

"차량 준비시켰습니다."

대기하고 있던 집사가 말했다.

"직접 움직일 테니 키만 준비해줘."

"하지만…"

집사가 더 반박할 수 없도록 공 회장은 고개를 흔들었다. 아내가 갈 만한 곳은 딱 한 군데뿐이었다.

그리고 그곳은, 공 회장 혼자 가야 하는 곳이었다.

동이 터올 무렵에야 세원은 완전히 밤을 샜다는 걸 깨달았다.

펜던트를 만지작거리며 불안한 기분으로 침대에 앉아 있을 때, 차가 들어오는 소리가 들렸다.

벌떡 일어나 창가로 다가가 보았지만 작은 창문은 뒤쪽으로 나 있어 차량은 확인할 수 없었다.

세원은 그대로 방 안을 서성이기 시작했다. 머릿속이 복잡하게 엉키는 것 같았다.

어젯밤, 펜던트 속에서 발견한 얼굴은 공 회장이었다.

젊은 시절 그의 모습은 도운과 꼭 닮아 있었다. 샐쭉한 눈매와 여유 있는 웃음 때문에 색 바랜 사진 속에서도 그는 매력적으로 느껴졌다.

처음에 세원은 펜던트가 도운의 친어머니 물건일 거라 생각했다. 사진 속 남자를 소중하게 생각하는 마음이 느껴지는 탓이었다.

그러나 억지로 끼워져 있던 사진을 꺼내 펼쳐보자 뒤로 접힌 나머지 반의 모습이 드러났다. 거기에 찍혀 있는 건 세원을 여기로 데려온 당사자, 현재 공 회장의 와이프였다.

사진 속 여자는 공 회장 한 발짝 뒤에 서서 발그레한 얼굴로 그를 바라보고 있었다. 앳되고 아름다운 모습이었다.

그 모습을 본 세원은 어쩐지 서글퍼졌다. 가질 수 없는 사람을 사랑하는 것은 얼마나 비극적인지. 어쩌면 자신을 통해 못 다한 복수를 하려는 것일지도 몰랐다.

그때였다.

다급하게 누군가 계단을 뛰어오르는 소리에 세원은 우뚝 멈추어 섰다.

긴장감에 심장이 빠르게 뛰었다.

오래 지나지 않아 철컥 소리와 함께 문이 활짝 열렸다.

문 밖의 사람을 확인한 세원의 눈이 놀라움으로 떨려왔다.

아버지가 알려준 주소가 가까워졌다.

비밀스러운 산길 입구에 들어선 도운은 속도를 올리고 싶었지만 그럴 수가 없었다. 길이 가팔라 도운의 비싼 차로도 수월하게 오르는 데 한계가 있었다.

덜컹, 비포장도로에 차가 흔들렸다. 멀리서는 사이렌 소리가 들려왔다.

괴괴한 분위기의 산길을 통과하며 도운은 불길한 생각에 휩싸였다.

'이런 곳에 왜….'

한 번 머릿속에 자리 잡은 불길한 생각은 꼬리에 꼬리를 물었다.

도운의 심장이 빠르게 뛰었다. 기분 탓인지 사이렌 소리가 점점 가까워지는 것 같았다.

'쥐도 궁지에 몰리면 고양이를 무는데, 최소희 씨라고 안 그러겠습니까?'

장 탐정의 목소리가 머릿속을 울렸다. 젠장, 최소희가 아니었다는 것을 좀 더 빨리 눈치 챘어야 했다. 오랜만에 도운은 자신을 두고 세상을 떠나버린 어머니를 떠올렸다.

'조금이라도 나에게 미안하게 생각한다면… 지금 나를 도와줘.'

이윽고 산장 입구에 도착했다.

세원의 방문 앞에 서 있는 건 공 회장이었다.

"…."

두 사람은 다소 놀란 얼굴로 서로를 바라보고 서 있었다.

"괜찮은 거냐."

"조금 전에 나가셨어요."

둘은 거의 동시에 입을 열었다. 공 회장은 무슨 말인지 알아들을 수 없었다.

십여 분 전이었다. 누군가 집에서 나가는 소리가 들렸었다. 그런데 지금 문을 연 건 공 회장이었다. 세원은 어지러워서 머리가 핑 도는 것 같았다. 정신을 놓지 않으려 애쓰며 생각했다. 그렇다면 밖으로 나간 건 공 회장의 아내였다. 자신을 멀쩡히 살려둔 채.

공 회장에게 펜던트와 함께 사진 조각을 보여주며 세원은 말했다.

"빨리… 빨리 찾아야 돼요."

사진을 건네받은 공 회장의 표정이 순간 심각해졌다. 세원이 하고 싶은 말이 무엇인지 알 것 같았다.

급하게 산장을 뛰쳐나간 공 회장은 입구에서 도운과 마주쳤다.

"세원이는…."

소리치듯 묻는 도운에게 집 쪽을 가리키고 나서 공 회장은 바람처럼 다시 차에 올라탔다. 지금 도운에게 설명할 틈이 없었다. 아직 마르지 않은 새벽이슬로 촉촉한 마당을 바라보며 공 회장은 아내의 타이어 자국을 따라 차를 움직였다.

영문을 모른 채 도운은 일단 산장으로 발길을 옮겼다.

문을 열자 조용한 실내가 도운을 맞았다. 산장 안은 굉장히 깨끗했다. 식탁에 남아 있는 식기의 흔적만이 이곳에 사람이 있었다는 걸 알려주고 있었다.

"세원아…."

작은 목소리에도 조용한 산장 안이 울렸다. 1층의 모든 문을 열어보았지만 세원은 보이지 않았다. 도운은 뛰듯이 2층으로 올랐다. 계단을 올라 작은 응접실 중심에 섰을 때야, 방 안에 쓰러져 있는 세원을 발견할 수 있었다.

"홍세원!"

울부짖듯 외치며 달려갔다.

그토록 그리웠던 목소리에 세원은 마지막 힘을 짜내어 천천히 눈꺼풀을 들어올렸다.

흐릿한 시야에 익숙한 실루엣이 나타났다. 세원을 들여다보는 그의 얼굴 위로 보드라운 머리칼이 살짝 흐트러져 있었다. 세원은 손을 뻗어 그것을 쓸어 만지고 싶었지만 그럴 수가 없었다. 희미하게 풍겨오는 금목서 향을 맡으며 세원은 혼절했다.

틀림없이 여자가 집에 불을 지르러 돌아올 거라고 생각했던 세원이었다. 작은 산장이 온통 불에 타 꼼짝없이 갇힌 채 죽어가는 꿈을 꾸다가 눈을 떠보니 병원이었다.

똑똑, 링거액 떨어지는 소리가 조용한 병실을 가득 채우고 있었다. 허무함과 안도감에 잠시 링거액을 바라보고 있자니 곧 도운이 나타났다. 도운은 눈을 뜬 세원을 보고 당장 달려와 작은 손을 붙들었다. 그의 눈가가 촉촉하게 젖어 있었다.

"괜찮아?"

도운의 말에 세원은 힘없이 미소만 지어 보였다.

"쇼크 상태래. 일단 안정을 취한 다음 집으로 내려가자."

도운은 다정한 목소리로 세원을 안심시켰다. 가만히 도운을 바라보던 세원이 작은 목소리로 말했다.

"…용서할래요, 최소희."

잘못 들었나 싶어 도운은 몸을 떼고 세원의 눈을 똑바로 바라보았다. 세원은 침착하게 손을 잡고 다시 한 번 말했다.

"우리 이렇게 서로 사랑하는 것만으로도… 세상 모든 일을 용서할 수 있어."

세원의 눈빛에는 의지가 담겨 있었다. 그래도 도운은 받아들일 수 없었다. 세원이 겪은 모든 일들에 화가 나 있는 탓이었다. 그런 도운을 설득하려는 듯 세원은 다시 한 번 말했다.

"…당신 어머니도 날 살려줬어요. 사랑을 얻었기 때문에."

한 번에 알아듣기엔 너무나 수수께끼 같은 말이었다.

그때 누군가 병실 문을 두드렸다. 드르륵, 문을 열고 들어온 건 수척한 얼굴의 공 회장이었다.

"어머니는…."

무심결에 세원이 말한 대로 도운의 입에서 어머니라고 말이 나왔다. 공 회장은 조금 놀란 눈치였다. 머쓱해져 눈길을 피하는 도운에게 공 회장이 덤덤하게 대답했다.

"…괜찮다."

새벽녘, 아내의 타이어 자국을 따라 간 공 회장은 너무 늦기 전에 아내를 발견할 수 있었다.

세원의 짐작은 정확했다. 아내는 차 안에 번개탄을 피워놓은 상태였다. 다행히 공 회장이 한 발 빨랐다. 일산화탄소가 충분히 퍼지기 전에 아내를 꺼낼 수 있었다.

"미안해, 여보. 내가 미안하다…"

아내를 껴안으며 공 회장이 흐느꼈다. 평생 철저한 비즈니스 관계라고만 생각했다. 항상 겉도는 아내에게 이유를 물을 필요조차 느끼지 못했는데, 아내가 뒤에서 자신을 하염없이 기다리고 있었다니. 모든 미움도 원망도 눈 녹듯 사라져버렸다.

"어떻게…"

힘겹게 눈을 뜨며 아내는 말했다.

결혼을 앞두고 딱 한 번, 둘이 이곳을 방문한 적이 있었다. 아내의 어머니, 장모님이 아끼던 비밀스러운 공간이었다. 외부와 단절된 이곳에서의 하루가 두 사람의 추억 전부였다.

공 회장도 이곳을 기억하고 있었다. 아내는 공 회장이 나타나지 않으면 자신도 죽고 세원도 방 안에서 죽은 채 발견되게 할 생각이었다. 하지만 만약 나타나기만 한다면 세원이라도 살릴 수 있도록 열쇠를 거실에 놓아둔 것이다.

공 회장이 이렇게 빨리 이곳을 기억해냈다는 것에 아내는 감격할 수밖에 없었다. 감기는 눈을 따라 몇 십 년에 걸친 아픔의 눈물이 주르륵 흘러내렸다. 공 회장은 말없이 그녀의 손을 잡아주었다.

곧 아내는 구급차에 실려 가까운 병원으로 떠났고, 옆 병실에서 이제 막 잠이 든 상태였다.

공 회장은 천천히 세원을 향해 다가갔다. 세원은 몸을 일으키려 했지만 그는 그대로 있으라는 듯 고개를 끄덕이더니 넓게 팔을 벌려 세원을 안아주었다.

"…고맙다."

속삭이듯 작게 말하는 공 회장이었다. 세원은 조용한 미소로 화답했다.

"이제 좋은 일만 있을 거다."

아버지처럼 인자한 목소리로 말하고 공 회장은 다시 아내에게로 돌아갔다. 어쩐지 눈물이 날 것 같아 세원은 입술을 꽉 다물어야 했다. 이곳에서의 일이 자신의 상상대로 비극으로 끝나지 않았음에 감사하며, 세원은 눈을 감았다.

"아가씨, 이제 내 차롄니다."

눈을 감고 감격에 빠져 있는 세원을 향해 도운이 말했다.

무슨 말인가 싶어 눈을 뜨자 도운이 다가와 세원을 꽉 안아주었다. 그 품에 안기며 세원은 정말로 살아났다는 것을 실감했다.

"…사랑해요."

도운은 갑작스러운 말에 놀라 감았던 눈을 떴다.

몸을 떼어낸 도운은 감격스런 얼굴로 세원을 내려다보며 시치미를 뚝 떼고 말했다.

"방금 뭐라고 하셨죠?"

세원은 쑥스러움에 그의 품으로 얼굴을 묻으며 다시 한 번 말했다.

"사랑해, 공도운."

잠시 그대로 서 있던 도운이었다.

"나 봐봐."

그 말에 세원은 슬그머니 고개를 들었다. 미처 그를 바라보기도 전에 도운의 입술이 와서 덮쳤다. 뜨겁게 두 사람은 서로의 입술을 찾아 헤맸다. 사람들이 복도를 오가는 소리가 들렸지만 오랜만에 시작된 두 연인의 키스는 쉽게 끝날 줄 몰랐다.

한참 후에야 아쉽다는 듯 입술을 떼고 도운이 말했다.

"…이제 우리 절대로 헤어지지 말자."

세원은 고개를 끄덕이며 도운의 가슴에 얼굴을 기댔다. 그의 심장 소리가 편안하게 귓가를 울렸다.

도운은 세원의 어깨에 팔을 둘러 편안하게 누울 수 있도록 자리를 잡아주었다.

그대로 꿈 같은 잠으로 빠져 든 두 사람이었다.

기절한 것처럼 자다가 눈을 떠보니 푹신한 침대 위였다. 옆에는 도운이 곤히 잠들어 있었다.

꿈인가 싶어 세원은 조용히 그의 얼굴 위에 손을 올려보았다. 뽀얀 피부 위에 손끝이 닿을 듯 말 듯 그림자를 만들었다. 도운의 코에서 나오는 부드러운 숨결이 느껴졌다.

세원의 기척을 느꼈는지 도운은 팔을 끌어다가 세원을 꽉 안았다. 세원이 그의 품안에 쏙 들어가자 정수리에 쪽, 키스를 남기고 다시 잠으로 빠져들었다.

무심결에 하는 행동이 진짜라고, 누군가 그랬다. 지금 완전히 잠에서 깨지 않은 채 도운이 한 행동이 진짜라고 생각하니 세원의 입가에 미소가 번졌다. 그는 마음 깊은 곳에서부터 자신을 사랑하는 게 분명했다.

잠시 그의 품에 안겨 있던 세원이 조용히 입을 열었다.

"나… 도운 씨가 생각하는 것처럼 착한 딸 아니에요."

도운은 계속 자는 것 같았지만 세원은 말을 이어나갔다.

"엄마는 한평생 아들만 사랑했으니까. 그래서 내가 엄마를 돌보는 것이 싫었어…."

도운의 가운 안으로 손을 넣어 맨 허리를 쓸어내렸다.

아직 잠에서 덜 깬 목소리로 도운이 중얼거렸다.

"…결국 내려왔잖아."

"그건…."

잠시 생각하다 세원이 입을 열었다.

"…아빠 때문에. 아빠 유언이었거든요. 엄마를 잘 살피라고."

그 말에 도운이 세원의 머리를 쓰다듬으며 말했다.

"결국 아버님이 보내주신 거네. 홍세원을 나한테…."

그렇게는 생각해본 적이 없었다. 세원은 어쩐지 감동받은 표정으로 몸을 떼어내 도운을 바라보았다. 도운도 겨우 눈을 뜨고 세원을 내려다보았다.

"…감사합니다, 아버님."

세원은 눈물이 날 것 같아서 다시 도운을 꽉 껴안았다.

도운은 세원의 뒤통수를 쓰다듬어주던 손을 내려 자연스럽게 앞섶 안으로 집어넣었다.

"아버님 덕분에 제가 세원이 가슴도 만져보고…."

예고 없이 세원의 가슴을 꽉 쥐며 도운이 말했다. 간지러움과 짜릿함이 동시에 세원을 덮쳤다. 꺄르르 소리를 내며 몸을 웅크리는 세원을 와락 눕히는 도운이었다.

허공에서 두 사람의 눈빛이 마주쳤다. 도운은 완전히 잠에서 깬 얼굴로 천천히 고개를 숙였다. 그의 키스에 맞추어 세원도 눈을 감았다.

도운과 함께 보냈던 첫 밤이 기억났다. 이곳은 바로 그때의 스위트룸이었다. 폭발할 것처럼 뛰는 심장을 누른 채, 세원은 도운에게 온전히 몸을 맡겼었다. 그는 젠틀하면서도 강렬하게 세원을 새로운 세계로 이끌었다. 바로 그 밤처럼, 도운은 세원의 가녀린 어깨에 위태롭게 걸쳐져 있던 슬립 끈을 끌어 내렸다. 부드러운 그의 손길에 추억에서 깨어난 세원도 이제는 제법 자연스럽게 도운의 가운을 벗겨냈다.

그의 단단한 어깨를 쓸자 도운은 손끝으로 세원의 민감한 곳을 자극했다.

"앗…."

오랜만에 깨어나는 감각에 세원은 파르르 몸을 떨었다. 도운의 뜨

거운 숨결이 그의 체취와 함께 세원의 오감을 자극했다. 본능적으로
도운의 허리를 자신 쪽으로 끌어당기는 세원에게 도운은 말했다.

"…벌써?"

장난스러우면서도 관능적인 목소리였다.

"빨리…."

순식간에 도운을 받아들일 준비가 끝난 세원이었다. 적극적인
자세에 도운 또한 참지 못하고 다시 세원의 입술을 찾았다. 촘촘
하게 두 사람의 숨결이 부딪혔다. 더 기다릴 것 없이 강렬하게, 도
운은 세원을 파고들었다.

"…!"

길고 긴 역경을 딛고 마침내 맞이한 아침의 사랑은 색다르게 달
콤한 맛이었다. 두 연인의 환희가 조용한 호텔 방을 가득 채웠다.

"원래 계획하던 데서 하는 게 어떻겠니, 세원이만 괜찮으면."

공 회장은 조용히 물었다. 도운의 결혼식도 다른 아들들과 마찬
가지로 성대하게 열어주고 싶었다. 도운도 아버지의 뜻을 모르는
것은 아니었지만 고개를 가로저었다. 그것은 최소희와의 결혼 계
획이었으니까.

문제는 옆에 선 세원이 대뜸 그러겠다고 대답을 해버린 것이다.
'세원이'라는 다정한 호칭에 무조건 공 회장의 뜻대로 하겠다고
세원은 결심했다.

도운은 놀라서 세원을 바라보았다. 성대한 호텔에서, 하객은 천
명이 넘을 거고, 예식은 2부로 나누어 진행될 텐데 그 피곤하고 긴

행사를 기꺼이 하겠다니. 세원은 그런 사실들은 모른 채 일단 대답부터 한 게 분명했다.

한 술 더 떠 세원은 공 회장에게 애교를 담아 물었다.

"저희 신혼여행은 어디로 갈까요? 아버님은 전 세계를 다녀보셨을 거잖아요. 가장 좋았던 곳을 골라주세요."

"허허… 내가?"

공 회장은 다소 당황한 것 같았지만 기분은 좋아 보였다.

"그럼 전 세계를 다녀본 나도 가보지 못한 여행이 있는데, 그 여행을 한 번 가보겠니?"

온 세상을 다 가볼 돈을 가졌을 공 회장이 가보지 못한 여행이라니 세원은 솔깃했다.

"그게 뭔데요?"

아버지가 오지여행이라도 가라고 할까 봐 도운은 두려운 마음이었다. 아무리 특색 있다 해도 신혼여행을 그런 곳으로 가고 싶지는 않았다.

공 회장은 씩 웃더니 말했다.

"아이슬란드 캠핑카 투어."

순간 세원의 눈이 반짝였다.

"너무 좋다. 도운 씨도 캠핑 가보고 싶다고 했어요."

생각보다 나쁘지 않은 제안에 도운도 표정이 밝아졌다.

"젊을 때 시간이 있어야 할 수 있는 여행이지. 두어 달 정도 여유 있게 다녀오너라."

순간 세원의 눈빛에 걱정이 스쳤다. 엄마 때문에 그렇게 오래 시간을 낼 수는 없을 것 같았다.

그런 세원의 마음을 읽었는지 공 회장은 말했다.

"최고의 간병인을 찾아놓으마. 서울로 모셔서 내가 가끔 찾아뵙기도 하고 말이야."

너무나도 감사한 말에 세원은 아무 대답도 못한 채 도운의 손을 찾아 꽉 잡았다.

"건설은 그동안 둘째에게 맡아보게 하고⋯."

이제 도운을 향해 이야기를 시작하려는데 노크 소리가 들렸다. 다 같이 돌아보자 비서가 문을 열고 말했다.

"손님이 오셨습니다."

어떤 손님이기에 대화 중에 불쑥 들어오는 것인지 공 회장은 미간을 찌푸렸다.

그런데 곧 등장한 얼굴은 의외의 인물이었다.

"⋯."

말없이 바닥만 보고 선 최소희 뒤에는 최 회장의 수행비서가 동행해 있었다. 잠시 지켜보고 있자니 최소희가 천천히 입을 열었다.

"죄송합니다. 회장님께도, 오빠에게도 그리고⋯."

차마 사과를 하고 싶지 않았는지 소희는 입술을 깨물었다.

수행비서는 덤덤하게 뒤에서 그런 소희를 바라보고 있었다. 그는 최 회장에게 정확히 보고하기 위해 녹취를 하는 중이었다.

한참을 망설인 끝에 최소희는 다시 입을 열었다.

"⋯홍세원 씨에게도 미안합니다."

억울한 감정을 억누르느라 입술 끝이 바르르 떨렸다. 최소희가 억울하거나 말거나, 기대하지도 않은 사과를 들었다는 것에 세원은 묘한 승리감을 느꼈다.

아무래도 대답이 있기 전까지는 움직일 수 없는지 소희는 그러고 나서도 한참을 서 있었다.

결국 공 회장이 선심 쓰듯 말을 건넸다.

"해외로 나간다면서."

소희는 작게 고개를 끄덕였다. 예상치 못한 따스한 말투 때문인지 소희의 뺨 위로 눈물이 또르륵 흘러 내렸다.

"그래, 건강 잘 챙기고."

그 말엔 결국 대답하지 못한 채 도망치듯 방을 빠져나갔다.

소희의 뒷모습을 보며, 오백만 원어치 복수는 충분히 했다고 세원은 생각했다.

바람의 언덕에 돌아온 것은 밤이 깊어서였다.

도연은 눈물 바람으로 세원을 맞이했다. 옆에 선 최 팀장의 눈가도 촉촉하게 젖어 있었다. 장 탐정은 의연한 미소를 지어 보였지만 세원을 맞이하는 손에는 힘이 들어가 있었다.

"다들 고마워요."

세원은 이루 말할 수 없이 깊은 감사를 전했다.

"진짜 괜찮은 거지?"

걱정스런 얼굴로 묻는 도연에게 세원은 고개를 끄덕여 보였다.

"하여간 나쁜…."

도연은 최소희를 향해 욕지거리를 하려다 눈치껏 꾹 참았다.

"아무 일 없었으니까 괜찮아."

세원은 다시 한 번 도연을 안심시켰다.

그때 조용히 안방 문이 열리고 잘 준비를 마친 강 여사가 나타났다.

"엄마!"

강 여사는 환하게 웃더니 달려와 세원을 제치고 도운을 끌어안았다.

"우리 사위 오랜만이야."

어이가 없어 웃고 있는 세원을 향해 도운이 윙크를 건넸다.

곧 사람들은 넓은 식탁에 모여 앉았다. 서울에서 사온 다과를 펼쳐놓고 야밤의 티타임이 벌어졌다.

늦은 시간이 되도록 다들 이런저런 소회를 나누었다.

세원은 즐겁게 오가는 대화를 들으며 생각했다. 아빠가 보내준 것은 꿈같은 사랑뿐만이 아니었다. 옆에 앉은 이 멋진 남자와 함께 다가온 것은 인생 전체에 대한 희망과 행복이었다.

미소로 자신을 바라보는 세원을 의식하고 도운은 말했다.

"여러분, 너무 늦기 전에 슬슬 정리할까요? 제 와이프가 뜨거운 눈빛을 보내와서요."

왁자지껄한 웃음이 터졌다. 세원은 양 손을 뻗어 열심히 부정해 보았지만 다들 그럴 만하다는 듯 웃으며 재빨리 티 테이블을 정리하고 일어났다.

사람들이 떠나고 집이 조용해지자 도운은 담요로 세원의 어깨를 감싸더니 작은 가스램프에 불을 붙였다. 호기심 어린 눈빛을 한 세원을 이끌고 옥상으로 올라간 도운은 폭신한 캠핑용 매트를 깔고 그 위에 세원을 앉혔다.

"신혼여행 사전 준비."

배시시 세원이 웃자 도운도 옆에 자리를 잡고 앉았다.

곧 두 사람은 자연스럽게 누워 하늘의 별들을 바라보았다. 여름 밤의 별들은 아주 영롱하고 아름다웠다.

"…캠핑하는 동안 현지 식재료들로 요리를 하는 거예요."

세원의 말에 도운은 토닥이며 대답했다.

"좋은 생각이네, 사진 많이 찍어서 책도 내자. 그리고 밤에는 시간이 많을 테니 아기를 만들고."

뜬금없는 말에 세원이 돌아보자 도운은 말했다.

"세쌍둥이."

절대 안 된다고 하려는데 도운이 세원을 향해 씩 눈웃음을 던졌다.

하여간 저 눈웃음. 거절할 수도, 눈을 뗄 수도 없게 만드는 저 웃음. 세원은 결코 이겨낼 도리가 없는 눈웃음.

결국 안 된다고 말하지 못하고 다시 하늘을 보는 세원의 귓가에 도운이 속삭였다.

"사랑해."

쾌청한 바람이 불어와 세원의 머리를 흔들었다. 두 사람은 다정하게 누워 멀리서 들려오는 파도 소리를 들었다.

"…두 명은 안 되겠어요? 세쌍둥이면 이 집을 떠나야하니까…."

은근히 절충을 시도하는 세원이었다. 도운은 잠시 고민하는 눈빛이었다.

"그것도 그렇네."

진지한 목소리로 도운이 대답했다. 꽤나 심각한 그를 보고 있으려니 세원은 웃음이 나왔다.

웃는 세원을 내려다보며 도운이 물었다.

"홍세원, 행복해?"

당연한 걸 왜 묻느냐는 듯 세상을 다 가진 얼굴로 세원은 고개를 끄덕였다.

도운은 마주 웃더니 세원을 깊이 안았다.

"…앞으로 더 행복하게 해줄게."

이 남자와 함께라면 평생 행복할 수밖에 없다는 것을 세원은 이미 알고 있었다.

깊은 애정이 담긴 세원의 눈을 바라보다가 도운은 키스를 건넸다. 그런 도운의 머리 뒤로 별이 쏟아질 것처럼 보였다.

어두운 밤이었지만 눈이 부신 풍경이라고 생각하면서, 세원도 조용히 눈을 감았다.

〈끝〉